私は言祝の神子らしい 2
※ただし休暇中

矢島汐

Ushio Yashima

レジーナ文庫

イサーク
カレスティア王国の
天聖騎士団団長。
囚われのトモエが助けを
求めた人物で、英雄と呼ばれる
ほどの強さを持つ。
妻のトモエを溺愛している。
登場人物
紹介
トモエ（奏宮巴）
かなみやともえ
異世界トリップしたら、なぜか「言祝の神子」
ことほぎ みこ
と崇められる存在になっていた元日本人。
名前を呼んだ者に祝福を与える
「言祝の力」が使える。
悪徳貴族に監禁されていたところを
救ってくれたイサークに一目惚れし、
この度めでたく結婚した。

ルース
南公領で出会った
エキゾチックな美女。
イサークの知り合い
らしいが……？
ロシータ
トモエの
専属侍女。
親しみやすい
性格を
している。
フィオ
天聖騎士団
第十四小隊副官。
ロシータの幼馴染で、
溌剌(はつらつ)とした雰囲気の
好青年。

ベロニカ
トモエの専属侍女。
クールで忠誠心が強い。
ミゲル
天聖騎士団第一小隊長。
チャラいイケメンだが、
軽薄な態度とは裏腹に、
剣の腕は一級品。

目次

私は言祝の神子らしい 2

※ただし休暇中

第一章

カタカタと、小さな音が聞こえる。

暖かい車内。慣れてきた振動に身を委ねると、瞼が勝手に落ちていってしまう。

「トモエ、眠かったら寝てもいいんだぜ?」

「んー……」

平穏だ。とてものんびりとした時間。微妙に伝わる振動が眠気を誘う。

抱き込まれた肩を撫でられ、更に眠りを促されているような気がした。

「あとどれくらいでつく……?」

「そうだな……一時間もねえか」

「え、もう?」

思ったよりも、うとうとしていたらしい。まさかそんなに時間が経っていたなんて。

ぱちりと目を開けて、彼から体を離す。隣を見れば、見慣れた巨躯の超絶男前。

少し癖のある赤銅色の髪を掻き上げた彼――私の夫は「いきなりどうした」とばかりに片眉を上げた。

大好きな茜色の目を眇め、私をまた優しく腕に収めようとする。それを阻止しながら、私は何度か首を横に振った。

「いや、寝たら駄目でしょ。そんなだらけきった態度で、南公都に入るなんて……」

「俺の家紋がついた馬車の中なんて、誰も検めねえよ。公式の紋章は魔力で描かれるから、詐称しようもねえしな」

「それはそうかもしれないけど……」

今更ながら説明すると、私達は現在馬車の中にいる。

夫の実家へ向かう旅の途中……というか、新婚旅行らしきものの真っ最中だ。

馬車で新婚旅行とか何言ってんだ、とはツッコまないでほしい。ここは日本どころか地球ですらない、ファンタジーそのものの世界なのだ。

そもそも私、奏宮巴の人生は、平坦で平凡なものになる予定だった。大好きな平穏に満ち溢れたそのプランが崩れたのは、二年前だったか。正確にはわからないけど、きっとそれくらい。

ある日、私は唐突に日常生活から切り離された。そして落ちたのはこの異世界、クラウィゼルスのカレスティアという王国。

私はその世界で一大宗教とされる五聖教の神子（みこ）――人々を言祝（ことほ）ぎ、祝福という神の雫（しずく）を与える〝言祝（ことほぎ）の神子〟なんて存在になってしまっていたのだ。

天上世界から降臨した世界の至宝（しほう）と持てはやされ、うまいこと担（かつ）ぎ上げられ……るかと思いきや、悪党に監禁された。

平和主義者を自称する私は、流されるがまま悪人達を祝福して。ひたすら働かされる日々を送ること、半年以上一年未満。

そんな私を助けてくれたのは、カレスティアが誇る勇猛果敢（ゆうもうかかん）な天聖騎士団の団長様だった。

美しい獣（けもの）のごとき雄々（おお）しい男前で、更には地位も権力も、何もかもを持っているようなひと。

彼は何の奇跡か私に一目惚（ひとめぼ）れをしてくれた。そして私も自分でびっくりするくらい、彼に心を奪われて。あんな素敵な人に情熱を向けられて、落ちない女がいたら見てみたい。

あれよあれよという間に婚約を果たし、トモエ＝カーミァ・アナ・セレスティアと名を改めた私。その後は言祝（ことほぎ）の神子の降臨を国内外に周知するため、カレスティアの王城で準備を進め、世界中の国を招待して披露目（ひろめ）の儀までされたのだ。

その際、五聖教の上層部にいる麗しの大神官に誘拐されるなんて事件もあった。その人は私というより言祝の神子に執着していて、危うく二度目の監禁生活になるところだったのだが……それを助けてくれたのも、もちろん彼だった。

本当に、色々あった。嫌なこともたくさんあったけど、それを上回るくらい、今は幸せに満ち溢れた日々。この世界に落ちたのも彼との出会いも、運命なんじゃないかって思ってしまうくらい、私は恵まれている。

そして去年の秋、私は世界で最高に幸せな花嫁として、彼――イサーク・ガルシア・ベルリオスと婚姻した。

婚姻式にはイサークのご両親とお兄様も出席してくれた。その際に約束したのだ。式に来られなかった彼のお爺様とお義姉様に会いに、イサークの生家がある南公領スルティエラに行くと。

カレスティアの王都から見て、南方の端にある南公都は結構遠い。正確にはわからないが、馬車で一週間程の場所だという。やっぱり日本のようにはいかないのだ。

とはいえ、イサークの騎獣、ノクシァに乗っていけば数時間で着ける。

ノクシァはスレイプニルと呼ばれる八つ足の黒馬で、クラウィゼルスでも希少な幻獣の一種だ。私もたまに乗せてもらうけど、とんでもなく足が速い。気付いたら山ひとつ越えていたなんてざらだ。

ただ、ノクシァに乗ってちょっと夫の実家へ、というのはあまりにも風情がないというか。そこで私が新婚旅行のことを彼に話したら、それが何故かカレスティア国王――イサークの幼馴染でもあるアマンシオ王にまで伝わってしまい。その結果、イサークに長期休暇がプレゼントされたのだ。

天将軍の異名をとり、国の双璧とも名高いイサークはそれはもう忙しい。そんな彼にぽんとお休みをくれるんだから、アマンシオ王は相変わらずイサークに甘いと思う。まあせっかくだし、厚意に甘えて、のんびり馬車旅させてもらうけど。

ちなみにカレスティアには、新婚旅行の風習がない。

なんせ基本的な移動手段が徒歩か馬、馬車な世界だ。ファンタジー的な瞬間移動ができる〝転移門〟は緊急用の手段だから、普通に生活している限り使う機会はない。そんな中で、世の新婚カップルが皆旅行に出かけるという文化はなかなか根付かないだろう。

本当はお義兄様であるスルティエラ公爵の爵位継承式に合わせて行きたかったけど、どうしても日程が調整できなかった。泣く泣く手紙と祝いの品だけ送らせてもらったのは、春になったばかりの半月前だ。

さて、この旅行は公爵家への顔見せのほか、公的な意味合いも結構大きい。南公領への正式訪問に新公爵のお祝いと、国から伯爵位を授かっているイサークとその夫人としての、色んな目的があるのだ。イサークがどんなにいいと言ってくれていても、気を引き締めるべきだろう。

「ええと……まず真っ直ぐ公城に行くんだよね。あー、口上吹っ飛びそう……」

国の四方の守りを固める公爵は、住居と公務の場を兼ねた公城と呼ばれる城に暮らしている。

王城より小さいから安心しろと言われたけど、どこに安心できる要素があるんだろうか。

いくら一時期王城に住んでいたとはいえ、庶民意識が抜ける訳もない。お城に住んでいる夫の家族に挨拶するなんて、色んな意味で心臓がどきどきする。

「披露目の時は各国の代表を前に、あんなに優雅に振る舞ってたじゃねえか。今更緊張することも……」

「あれは頑張って神子様っぽく意識してたんだよ。今回は立場が違うし……ご実家に顔を出す前にお嫁さんになっちゃったんだから、きっちりご挨拶したいもの」

「嫁にって急いだのは俺なんだから、そんなに気負うなよ。つうか、挨拶ったって義姉貴と爺だけだぜ？　それに義姉貴とは手紙のやりとりもしてるだろ」

「それはそれ、これはこれ。他にもイサークがお世話になった人がたくさんいるんでしょう？　気負うっていうか、単に気合入れてるの。あなたのお嫁さんとして恥ずかしくないようにしないと」

「ハッ、俺の嫁に誰が文句つけんだよ。今日も綺麗だぜ」

甘く囁き、私の髪を軽く梳いて、キスまで落としてくる。相変わらず、イサークは私をきゅんきゅんさせる天才だ。

だけど、ここで〝そう言ってもらえるなら安心〟とはならない。

「ありがとう。でも、色々おさらいしなきゃいけないから、向かいに座って」

ベルリオス伯爵家の馬車はさすがというか、大きくてしっかりした造りだ。ところどころにシンプルで綺麗な彫刻が施されていて、柔らかい座席にふかふかのクッションまで付いている。

最初は向かい合わせで普通に座っていた私達だけれど、それが隣合わせになるのに、さして時間はかからなかった。そうなるともう、イサークのスキンシップの激しいこと。

それでも南公領の予備知識は何とか頭に入れることに成功した……膝に乗せられて甘やかされながら。申し訳ないけど、これ以上いちゃいちゃしている余裕はない。今はいざという時の知識の補助役に徹してほしかった。

「あんだけ勉強したのにまだやんのかよ。っとに、真面目だな」

「知識は腐らないお宝。大体、夫の実家のこと何も知らずにのこのこいけないよ」

そう返すと、イサークは不満げながらも、私の頬にキスをしてから向かいの席に移ってくれる。視線で再度感謝を示してから、私は席の片隅に置いていた手帳を手に取った。

これは本を読んだり彼に聞いたりして、私なりに南公領やスルティエラ公爵家についてまとめたノートだ。南公領は広く、領地自体にはとっくに入っている。ただ、公城がある南公都スルティエラは、中心地なのに領内の最南端にあるのだ。

私がまとめたのは、とりあえず南公都周辺について。領地全体や近隣の貴族についても学ぶべきかもしれないけど、今回は時間がなくて情報を絞ったので、その辺は追々勉強しようと思う。

手帳を開きながら、都市の基本情報や周辺状況を確認していく。

しばらくの間、車輪の音とペンが紙に擦れる音だけが車内に響いた。振動で眠くなることもなく、ページを捲っていく。記憶と情報を照らし合わせつつ、覚えたことが間違っていないかおさらい。

ふと顔を上げれば、放っておかれているにもかかわらず、彼は飽きた様子もなく私を見ていた。

……微笑ましく思っているような、優しげな視線を向けられると何だかむず痒い。

「なぁに」

「いや、俺の故郷のこと頑張って知ろうとしてくれてんだなと思ってよ」

「当たり前でしょ。私の第二の実家になるんだから」

「ちゃんと会話についていけるように、何か変なこと言って俺が恥かかねえようにってか？　ンなこと気にしねえでもいいのに、いじらしいっつうか」

あ、やめて。その甘い笑顔は今禁止。いちゃいちゃに突入しそうな雰囲気も禁止だから。

ついわざとらしく咳払いをして、私は話を真面目な方向に戻そうとあえて声を大きくする。

「あのさ！　南公都はやっぱり、王都とは雰囲気が違うんだよね？」

甘い方向に持っていくことを一旦諦めたのか、イサークは向かいから動かないまま頷いた。

「ん？　そりゃあな。うちは陽の河挟んで国境があるし、遺跡も多いから人の流れが激しい」

カレスティア王国は中央に王都、四方に公都と呼ばれる四公爵が治める都市を持つ。

四つの公都にはそれぞれ特徴があり、南公都は陽の河と呼ばれる巨大な河から近く、主に貿易や遺跡で栄えているという。

貿易で繁栄するのはわかるけど、遺跡とは。以前そう思って質問したら、地図を出して説明された。

南公都と陽の河の間には深い森があるため、普通の人は整備されている道以外通らない。

その森に、大小数多くの遺跡――魔物が発生する、いわゆるダンジョンのようなものがあるのだ。

クラウィゼルスには遺跡の外で繁殖する魔物と、内部から発生する魔物がいるらしい。

遺跡内は魔物が跋扈し、外界では有り得ない地形や罠がひそむ危険区域だ。ただ、そこで得られる恩恵は大きい。

まず、魔石が手に入る。魔力を帯びた魔石は様々な魔道具の動力源だ。遺跡内にある〝魔力溜まり〟と呼ばれる採掘場以外に、魔物の体内からも取れるので、魔石は遺跡でもっとも手に入りやすいとされている。

更に遺跡からはＲＰＧよろしく魔道具が発見されることもあるらしい。大きな遺跡には人が創り出せないような希少な魔道具も眠っているという。ちなみに私は魔道具の仕組みなど全く知らないので、ただとんでもなく便利な道具だということだけ認識している。

遺跡は危険を冒してでも入る価値のある、貴重な資源だ。それを目指して冒険者や研究者達が南公領を訪れ、商人達は魔石や装備品の売買を求めて集まり、お金と人の流れができるという仕組みのようである。

ダンジョンもとい遺跡。一攫千金を狙う冒険者。ファンタジー、ここに極まれりだ。

「遺跡があって冒険者も多いなら……何ていうか、南公都は賑やかな感じ？」

「まあな。血の気の多い奴もいるが、基本的にはおおらかで適当な人間ばっかだな。頭柔らかくしとかねえと、うちでは暮らしていけねえ」

「国民性ならぬ都民性なのかな。公都の全員神経質ですって言われるよりはいいけど……」

「東公の、クリスのとこはそういうのが多いぜ。あそこは神経の細い奴ばっかだ」

「ああ、うん……わかりやすいね」

手帳にペンで小さく〝賑やかでおおらか。血の気が多い〟と書き加えておく。

血の気の多さを物語る場面は、できれば近くで見たくはない。平和が一番だ。

余談ながら、神経質な人ばかりと言われた東公都は、イサークのもうひとりの幼馴染であるクリス――クリスティアン・ラサロ・フレータ地聖魔術士団団長の故郷だ。そんなに話をする機会はないものの、横で見ているだけでも確かに神経質っぽいと頷ける人である。

「それで、都市の東側が市街地で、西側は冒険者達の拠点が多いんだっけ？　あー、地図とかあればいいのに」

「ンなもんわざわざ作らねえよ。公城見りゃあ自分がどこにいるか大体わかるしな」

「私、ガイドブックなしで旅行にいくと大体悲惨な目に遭ってきたから」

「俺が案内してやんだから必要ねえ」

自信たっぷりに言われるとそうなのかも、と思ってしまうけど、ひとつ問題がある。

「イサーク。一応聞くけど、私このまま市街地を歩いたらまずいよね？」

今回のイサークの訪問はすでに都民に知らされている。当然、夫人である私が同行することも。

婚姻して半年。今まで私は王都から不特定多数に祝福を送っていた。だが、五聖教のトップであるミュシオス老からぜひにと乞われ聖地に赴いた以外、他国や地方にはいったことがない。

お招きの手紙はたくさんもらっているものの、私ははじめての訪問先に南公領を選んだ。

夫の故郷を真っ先に祝福したいと思うのは、悪いことじゃないはず。そう考えたから、今回の旅程には公都の神殿への訪問も組み込んである。一応この旅は言祝の神子としてではなく、ベルリオス伯爵夫人としてなので非公式訪問という形になるけど。

さすがに身内びいきが激しい自覚はあるし、これ以上お招きを無視するのも厳しい。だから年内には親交国などを中心にいくつかの神殿を訪問するつもりだ。

ただ、そんな半引き籠りな言祝の神子がはじめて王都から出てきたとなったら、南公領だってそれは熱狂するだろう。

「いけねえっつうか、すげえ混乱が起きる。オメエの立場が立場だかんな」

「だよね……」

幸せのおすそ分けとして祝福をするのはいい。旅の途中に寄った神殿でも少し祝福したしね。

だけど、無防備に出ていって道行く人に殺到されるのは困る。それは冗談ではなく、予想できる事態だ。出かけるとしたら王都と同じようにお忍び、ということになるのかな。

「イサークも目立つから、一緒にお出かけは無理だね」

「何でだよ。時間はあんだろ?」

確かに滞在日数は多めに取ってあるので、南公都をゆっくり回れると思う。

ただ、イサークはとても目立つ。どう変装しても巨躯の超絶男前を隠せる訳がないし、地元なら尚更彼の顔を知っている人も多いだろう。

「いや、あなたはお忍び観光とかできないでしょ」

真顔で首を横に振ると、イサークは鼻で笑ってポケットから何かを取り出した。

鈍い金でできた素っ気ないネックレスと、銀でできた華奢なチェーンブレスレットだ。

ネックレスには三つ、ブレスレットには二つ、それぞれ透明の小さな魔石がついている。

魔力が籠っているようだから魔道具だというのはわかるけど……

「これがありゃあ、気にすることなく出かけられる。オメエはこっちだ。手ぇ貸してみろ」

「え、うん」

求められるまま手を出せば、銀のチェーンが手首に巻きつけられる。

「トモエ、何色がいい？」

「いきなり何なの」

「赤はちいと違えんだよなぁ。ああ、そうだ。元々こういう色だったか」

「だから何……」

私の疑問を丸無視したイサークが、魔石のひとつに触れる。

透明な魔石が一瞬だけ輝きを揺らめかせ、パチリと音を立てたように聞こえた。

「……何つうか、逆に目立つな」

魔石から手を放したイサークが、私の髪に触れる。

ハーフアップにしているそれがさらりと流れて、視界につやつやの黒髪が映った。

……ん？　黒髪？

「なにこれ」

両手で髪を掴んで目の前に持ってくる。

クラウィゼルスに来て、黒目黒髪だった私の色彩は変わった。髪は朝焼けに似た薄紫色に、目は桔梗のような青紫色に。

だいぶ見慣れてきたその髪は、今は元の黒色になっていた。

「変化の魔道具だ。オメエに渡したやつは髪と目の色が変えられる。そんだけでも結構印象が違えからな……だが、まずいな。いつもより神秘的な感じになっちまったぜ」

また魔石に触れて、パチリパチリと音を立てながら濃い栗色や金髪に変えられる私の髪。

「ちょっと、ころころ変えないで」

そんな適当に……もっとこう、おもしろい魔道具に触れた感動ってものに浸らせて。

「暗い髪色のオメエもいいな。肌が白いから、まさしく深窓の令嬢っつうか」

「元々はそういう色だったんだけど……ていうか、遊ばないでよ」

「ハハッ、悪い。俺の嫁さんが何でも似合うからつい、な」

全然悪びれる様子のないイサークが、再び黒色に戻された私の髪にキスをする。

懐かしい黒髪に彼の唇が触れるのは、何だか変な感じだ。まるで私のじゃない髪に触れられているような気持ちになってしまう。

少しおもしろくなくて、左手首につけられたブレスレットに触れる。魔石を爪で弾きながら、元の色に戻すイメージでじわりと魔力を籠めてみた。どれくらい籠めればいいかわからないので、少しずつ段階を上げていく。すると、パチリと音を立てて薄紫色が戻ってきた。

「お、魔道具の扱い、慣れてきたじゃねえか」

「明確なイメージが大事なんでしょ？　あと、発動に適切な魔力量」

「そうそう。その辺も頑張って勉強してんな」

褒めるように髪をくしゃりと撫でられて、妙に気恥ずかしい。

確かに最近、魔道具の使い方についても色々チャレンジしている。魔道具は、ただ魔力を籠めればいいというものばかりではない。日常で使う生活用品のような魔道具は別だけど、それ以外はさっきも言ったように魔力量の調整とイメージが重要なのだ。

加えて、魔術や神術を使う方法も学んでいる。この世界なら誰もが持っている魔力を使う魔術。天上世界から降ってきた力で、世界でも一部の人だけが持つ神力を使う神術。どちらもファンタジー感が溢(あふ)れるものだから、勉強していて結構楽しい。

魔術はやっと初級魔術をクリアしたあたり。逆に神術は神子の特性と元々尋常じゃない多さの神力があるからか、色々できるようになってきた。今は中級を越えて上級に入るくらいか。

熟達(じゅくたつ)というレベルには全く及ばないけど、今では神術で治癒(ちゆ)も浄化も結界を張ることもできる。ただ……イサークの隣にいて、全力で神術を使う場面なんてこないと思う。学んだことは無駄にならないと信じているものの、今のところは魔道具の扱い方くらいにしか生かされていなかった。

「この魔道具、割と簡単に発動できるようにしてあるでしょう。体を変化させるのは、結構複雑な魔道具だって聞いたけど」

「まぁな。地聖魔術士団でこういうの得意な奴がいっから、魔石の加工だけ頼んだ。ちゃんと思い浮かべりゃあこんなこともできる」

イサークがまた私の髪色をいじり、今度はメッシュのように一筋だけ赤銅色(しゃくどういろ)にされてしまった。

鏡を見なくても、おかしいのがわかる。無言で元に戻すと笑われた。

「やっぱ俺とお揃いはナシか」

「少なくとも髪色はなしでしょ。ねぇ、イサークは何色にするの？」

「そん時の気分で変えっから、特に考えてねぇな」

「……ていうか、変えたとしても、顔ですぐバレるんじゃない？」

「その辺はあとでのお楽しみ。絶対うまくいくから、大丈夫だ」

ウインクと共ににやりと笑みを返されて、ブレスレットを外されてしまう。

「ほら、おさらいしなくていいのか？　途中だろ」

「脱線させた本人が言うの、それ」

「むくれないでくれよ。可愛い顔が台無しだぜ」

そんな甘い声ごときでごまかされると思ったら大間違いだ。

……この人に下手に出られると、何でも許しちゃいそうになるけど。

「南公都のこと、教えて」

溜め息交じりに言って、全部スルーしておく。

時間がないと焦っていたはずなのに、むしろリラックスしてしまった気がする。

「手帳はいいのか？」

「いい。ここまで来たら地元民の生の声聞いた方がためになる」

「道中でも色々話したけどよ……何が聞きたい？」

「何でも。重要じゃなくても、おもしろかったことでも、何でも教えて」

公的訪問、夫の実家にお招き。それ以前に、この旅は新婚旅行なのだ。私は構え過ぎなのかもしれない。まず楽しむことを考えてもいいんじゃないか。ここにきて今更そんな風に思う。

手帳を閉じて席に置いた私に向かって、彼が手を差し伸べる。

おさらいはやめたけど、果たして夫の膝の上に乗って公都入りをしていいのか。

少し悩んでから、私は新婚を免罪符にしようと決めて彼の手を取った。

×　×　×

「団長、だんちょー」

まだ動いている馬車の外からかけられた間延びした声に、はっと我に返る。

気付けばお膝抱っこされて、髪を撫でられてキスされて……まさしくバカップル上級者のお手本のような体勢になっていた。

「おう、もう着くか」

「あとちょっとで公都門の前っすね。いい加減、奥さん離してくださいよ」

まるで車内を見ているかのようなその台詞に、慌てて彼の膝から下りて向かいに座り直す。

イサークには普通サイズの馬車だけど、少女と間違われそうな程小柄な私にとっては、充分身動きできる空間だ。ちなみにこの世界の平均身長がやけに高いだけで、私は日本人の平均身長である。

「おい、ミゲル。オメエが余計なこと言うから逃げちまったじゃねえか」

「馬車ン中でエロいことしないでくださいよー」

「してねえよ」

……色々際どいことをしていたけど、それはエロいことに含まれないのかな。

無言で身繕いをする私を見て彼が苦笑する。さすがにここまできていちゃつき再開はないようだ。

「馬車見たら勝手に門は開くと思うんすけど、一応門番に知らせにいかせました」

「そうか」

だるだるな声の主、イサーク直属小隊長のミゲルは今回の旅のお伴だ。

天聖騎士団の団長ともなると、余程プライベートなお忍びでない限り、直属小隊から身辺警護を兼ねた随伴者が多数派遣されるらしい。でも、警護をされるイサークが騎士団で一番の強者だからか、いつも二名程しか随伴者がいないと聞いた。

今回は外出時の護衛を雇っていない私が主な警護対象なので、ミゲルを含め三名となっている。

本当だったら、神子は五聖教の騎士から専属の者を選ぶことができる。今まで特に必要だと思っていなかったが、これから公式訪問が増えるなら、その辺のことを考えた方がいいかもしれない。

「私も専属の騎士が必要なのかなぁ」

「は？　何言ってんだ。俺じゃ不満なのか」

軽く目を眇めたイサークが、声を一段低くしてそう聞いてくる。

「いや、そうじゃなくて。天聖騎士団の騎士に毎回私の護衛をしてもらう訳にいかないでしょう？　今後神子の公務も増えてくると思うし……」

「ンなこと気にすんな。でけえ戦争もねえから、うちの騎士だってそれなりに暇してんだ。アーシオなんか、王城の近衛士を派遣しようとしてきたんだぜ」

「王族専属からの派遣はちょっと……天聖騎士団さえよければ、現状維持だと助かるな」

「特に問題はねえよ。つうか、オメエは俺が守るから、どっちだっていいけどな」

天下無双（てんかむそう）の天将軍に守られるなら、傍（そば）に騎士を置く必要はないだろう。

ちらりと見えた独占欲がかわいい。でもそれをつくとまた膝の上に戻されそうだから、私は笑顔で頷（うなず）くだけにした。

ふと、外が騒がしいことに気付く。

馬車の防音性が高いのか、耳を澄（す）ましても正確な言葉は聞き取れない。

「ああ、大歓迎って感じだな」

「よく聞き取れたね」

「車内の一部だけ、外の音が通るようにしてあんだよ。貴族の馬車にはよくある仕掛けだ」

イサークが彫刻された壁の一部を手の甲でコンコンと叩（たた）く。

同じ彫刻が私の席の方にもあったので耳を近づけてみると、急に声が大きくクリアになって聞こえてきた。

イサークを讃（たた）える声。私を歓迎する声。色々な声が押し寄せてきて、思わず壁から体を離してしまう。

「な？　すげえだろ」

「イサークの人気がすごいってことはわかった」

「まぁ、俺は滅多にこっから公都に入んねえしな」

「ノクシァでそのまま空から？　大丈夫なの、それ」

「ここそ入ってねえから大抵の奴は気付くし、南公都で俺程身元がしっかりした奴もいねえ」

それはその通りだけど、門や手続きを総スルーって……まぁ、イサークに関しては多分大丈夫なんだろうな。今まで問題なかったみたいだし。

「団長、このまま入ってくださいって。後ろの侍女さん達の馬車も」

「進めろ」

「はいはいーって、あー……」

間の抜けた声と共に馬車が止まる。一体どうしたんだろう。

「団長、すんません、何かすげーことになってきた」

「何だよ」

壁の薄いところに近づいて喋っているからか、ミゲルの声は私にも聞こえた。

どこか焦っているようなそれに、首を傾げる。

「人がどんどん寄ってきて、門番とか憲兵が対応しきれてねーっす。さっきから人多いなーって思ってたけど、この馬車のために外で待ってた奴がかなりいるみたいっすね。

予想以上に盛り上がっちまってるんで、このまま馬車に籠（こも）って公城行くのは無理そうっすよ」

「俺が顔見せんのはいいが、トモエもか？」

「どっちかっつーと神子様を一目見たいって感じっすかね」

「だよなぁ」

大きく溜め息をついたのは、イサークが先かミゲルが先か。

無防備に市街地に出たらまずいけど、この場で顔を出すくらいは大丈夫なのかな。でも、それで更なる混乱を招くのも……

「しょうがねえ。トモエ、出られっか？」

「ちょっと待ってね」

言いながら常備してある簡易的なメイク道具を取り出す。

いきなり多人数の視線を浴びるなら、それなりに準備も必要になる。

いちゃいちゃしていたせいで完全に落ちてしまっている口紅を塗り直し、髪を整えてアルカイックスマイルの練習をすればオッケーだ。

「律儀だな」

「乱したのは誰？」

「そりゃあ俺だ」

そう楽しげに笑うと、イサークは馬車の扉を開けて外に出た。

彼が差し伸べてくれた手を取り馬車から降りれば、まず昼間の明るい陽(ひ)が目を焼く。

思わず目が眩(くら)んで少しよろけてしまったが、彼はしっかりと私の肩を抱いて支えてくれる。

「う、わ……」

視線を上げて少し微笑むと、彼が何かを言うより先に怒涛(どとう)のような歓声が耳を貫(つらぬ)いた。

たくさんあってよく聞き取れないけど、歓迎されているということだけは伝わってくる。

「すごいね」

「言祝(ことほぎ)の神子は世界の至宝(しほう)。目にできただけで僥倖(ぎょうこう)ってやつだ」

おもむろにイサークが私の腰を抱き、腕に座らせるようにして抱き上げる。

どよめきというか悲鳴というか、何ともつかない声が起こった。

「えっ、いきなり何？」

「どうせオメエのことだから、祝福すんだろ？　遠くまで見えるようにしてやるよ」

「歓迎してくれてるんだし、するけど……この体勢恥ずかしい」

子どもを抱っこするような体勢に、じわじわと頬の血色がよくなるのを自覚する。

そんな私を見て苦笑したイサークだが、少しだけその茜色の瞳が赤みを増したように見えた。それは彼が感情を高ぶらせている証で……いつも恥ずかしい程の熱っぽさを感じさせるのだ。

う、嬉しいんだけど、今はスルーさせてもらっていいかな？

「ったく、可愛い顔すんなよ。そこまで見せつける気はねえんだから」

「待って、落ち着くからちょっと待って」

幸い、平穏に生きるために身につけた面の皮の厚さには定評がある。

深呼吸をして冷静さを取り戻す。数秒で自分の顔から余計な熱が引いたのを感じて、私は右手をすっと上げた。

「私達を迎えてくれた人々に、どうか幸せに満ちた今日を」

私が万人に対して言祝ぐ内容は、いつも幸せについて。

人の感じる幸せはそれぞれだから、具体的には指定しない。そして大きなものは願わない。祝福は神様からのご褒美で、常に与えてもらえるものではないと思うからだ。

銀の光が巻き上がって、その場に降り注ぐ。

個人の名前を呼ばない限り、直接私の声は届かないから、きっとほとんどの人は私が

何を言祝いだかわからなかっただろう。それなのに湧き上がる大歓声。祝福をもらったことに対する喜び、そして感謝が場に溢れている。

　イサークと共に手を振ってそれに応えていると、ひょいと抱き直されて馬車に戻されてしまった。

「これ以上は無理だ。警護を固めてねえから、誰かが興奮して箍外れたら皆押し寄せてきちまう」

　私を抱き上げ膝に置いたまま、彼が溜め息をついた。

　外の熱狂がここまで聞こえてきて、馬車が動き出す振動と混ざって車内が揺れる。

　もう少しひっそりと歓迎してくれてもいいんだよと言いたいけど、無理なんだろうなぁ。

「見かけたらその日いいことがある、みたいな存在だと思ってくれればいいのに」

「世界中の信徒にとっちゃあそんな気軽な存在じゃねえ。世界を言祝ぐ神子を、世界は尊ぶ。敬うのが当たり前なんだよ」

　自分が言祝の神子だという自覚はある。それでも、無条件で敬われたり大歓声を浴びたりするのは未だに慣れない。

　まだ世界に認知されて一年足らずなのだ。神子として歩む人生はこれからと言えばこれからなんだろうけど。

「神殿に行く時、すごいことになりそうだね」

「公示はしてねえが、目敏い奴らが神殿前に張ってそうだな」

「……お義兄様、公爵家の私兵貸してくれたりしないかな？」

「わざわざ兄貴が出さなくても、おふくろが喜んで貸してくれんだろうよ。おふくろ、オメエのこと大好きみてえだから」

「えっ⁉」

イサークのお母様、もといお義母様には婚姻式とその前後に会っている。

まさしく美魔女という言葉がぴったりなお義母様は、お義父様が非っ常に寡黙なのを気遣ってか結構話を振ってくれた。距離感を測りかねていた私にも優しく接してくれた記憶があるけど……

「おふくろは娘がたくさんほしかったらしくてな。俺が婚姻する気配もねえから、義姉貴と合わせて義娘がふたりできるのは諦めてたみてえなんだ。顔にはあんま出てねえが、相当嬉しかったんじゃねえか？　興奮して俺の胸倉掴んで締め上げたくれえだし」

「そ、そうだったんだ……」

細身の美女が身長二百センチメートル相当の成人男性を締め上げる……想像したくな

い光景だ。

　ベルリオス家の直系はお義母様の方らしいから、代々苛烈なところがある一族なんだろうか。お爺様も何だかすごい人だと聞くし。

「つうか、女の華やいだ雰囲気が好きなんだろうな。うちはとことん男ばっか生まれっから、おふくろは相当女の会話に飢えてたんだと。オメエの侍女達とも話したいっつってたぞ」

「ふたりが恐縮しちゃうから、先に話を通しておきたいんだけど……時間あるかな？」

「おふくろの気分次第だろうな。もしかすると、公城の玄関に陣取って待ってるかもしんねえ」

「いくらなんでもそれはないでしょう」

「とは言い切れねえな」

「……………そう」

　私の侍女は現在四人いる。悪党に監禁されていた時からお世話をしてくれているふたりと、イサークの御屋敷で婚姻式の準備をしていた時に雇ったふたりだ。

　今回の旅のお伴はベロニカとロシータ――私に最初から仕えてくれている侍女達である。今はもう一台の馬車に荷物と同乗しているのだ。

公城に着いたらすぐ話せるタイミングがあるといいんだけど……お義母（かあ）様の気分は、どんな具合なんだろうか。

「今通ってる場所は、大通りみたいなところ？」

「そうだな。公城までは一本道だ」

今までの街道よりゆるやかな振動が、馬車を少しだけ揺らす。

公城は公都の一番奥にあり、そこまで馬車で乗り付けられるのは貴族だけらしい。

都市に近づく前に窓のカーテンを下ろしていたので、車中から外がどうなっているのかは見えない。けど、相当目立っているのは確実だ。壁に耳を近づけなくても外のざわめきが聞こえる。

また降りて祝福をすると、さすがに大変なことになりそうだから、このまま通らせてもらおう。

「今は馬車が通ってっからそこまででもねえけど、この通りはちょうど冒険者と都民が入り交（ま）じってて一等賑（にぎ）やかな場所だ。慣れてねえとちいと刺激的だが、歩いてみれば結構楽しいぜ」

そこまででもないって……物音からしてかなり大勢の人がいる感じがするんだけど。

もしかして馬車のために一旦規制をかけているのかな。

普段がどこまですごいのか。刺激的というのが賑やかで楽しめる範囲なのか。色々気になる。

「うまく変装できるんだったら歩いてみたいな」

「任せとけ」

「うん……で、今更なんだけど」

「何だよ」

「向かいに座ろう。せめて膝抱っこはやめて」

ナチュラルにこの体勢でいるのは駄目だろう。

馬車を降りる時、もし彼の言う通り玄関にお義母様がいたら……

「気にすることでもねえだろ」

「自分が気にしないってだけだよね？」

「仲いいとこ見せて何が悪い」

「こら、どさくさでキスしない！」

ほんっとにもう、何だって私の旦那様はこんなにも甘ったるいのか。

嫌じゃないんだけど、ＴＰＯは大事にしようよ。公都入りの時点でこの体勢だった私が言えたことじゃないけどさ。夫の実家だよ？　いきなりバカップル体勢で実家にいくのはきつい。

彼のキスを回避しつつ、茜色（あかねいろ）のジト目をしれっとスルーして向かいに座り直す。

「ていうか、子どもじゃないんだから抱（だ）っこばっかりしないでよ」

「何言ってんだ。ガキにこんなべたべた触るかよ。まぁ、オメエが気にすんなら今はやめとくが……あとで思う存分触らせろ」

「……言い方がいやらしい」

今度は私の方がジト目になってイサークを見るものの、彼は気にせず笑う。

確かに私も楽しもうとは思っているけど、イサークはちょっと楽しみ過ぎなんじゃないか。

でも、やっぱり嫌な訳じゃないのだ。彼とこんなに長く一緒にいられるのははじめてで、私だってかなり浮ついてしまっている。

真面目に真面目にと思っても、流されてしまうのはある意味当然だ。

——せめて挨拶だけでもしっかりしないと。

そう決意して、私はわざとらしく溜め息をついてから、結局彼の言葉に頷（うなず）いた。

第二章

　王城より小さいから安心、というのは一体どういう意味だったんだろうか。

　眼前に広がるのは、煉瓦と白石で作られた縞模様が特徴的な、やや低めないくつかの塔を円状に繋いだお城。城壁は綺麗な煉瓦色。城門前にひとつだけある大きな橋は大通りと繋がっていて、それ以外は深い堀で隔てられている。

　戦時なども想定して造られた城だと聞いていたけど、何となく理解できた。王城より重厚感がある雰囲気と言えばいいんだろうか。とにかく、どこにも安心できるアットホームさがない。

　価値観の違いをひしひしと感じながら馬車から降りた私達を出迎えたのは、普通に門番と公爵家家令、それと公爵補佐官だった。

　イサークの言う通りお義母様が待っていることもなく……と思いきや、実際は私達を出迎えようと先程までここにいたらしい。今姿が見えないのは、公城の使用人総出でお義母様を連れ戻してくれた結果のようだ。

さすがに何の準備もなくご挨拶するのはハードルが高い。公城の皆さんには感謝だ。

そこから予定通り部屋に案内され、挨拶を兼ねた晩餐まで休息を、ということになった。

旅の間はほとんど座っているだけだった。何日も馬車の中にいて、宿に泊まる時も無用な混乱を招かないようにできるだけ動かなかったので、気疲れしていたのかもしれない。

私はまさかの転寝をしてしまって、気付けば仕度をする時間になっていた。

すぐ傍で寝顔を見ているだけだったイサークに文句を言いながら仕度をし、いざ会場へとなったのだが。

部屋の扉を開けると、案内してくれるはずの使用人はいなかった。代わりに……

「予定より少し到着が遅いようだったから心配したわ。門の前で暴動寸前の騒ぎになったと聞いたけど、大丈夫だったかしら？」

「ええ。歓迎してくれただけで、暴動なんて物騒なものではないです」

「ならよかった。せっかく南公都に来てくれたのに、悪い印象を持ってほしくないもの」

私達の案内役となったのは、艶やかなドレス姿の美魔女。

お義母様――バネッサ・カミラ・ベルリオス＝スルティエラ前公爵夫人だ。深紅と言っていい程深みのある赤髪と、彼と同じ茜色の目をした、とても美しい人。

どうやら、私に会うのを晩餐まで待ちきれなかったらしい。侍女を振りきり使用人をどかして案内役をもぎ取ったと聞いて、この強引なところはイサークと親子だなぁと思った。

「南の人間はお祭り好きなのよ。息子がお嫁さん連れて里帰りして、しかも相手が言祝の神子様なんて、盛り上がる要素しかないわ」

やや鋭く感じるお義母様の目が優しく細まり、隣にいる私に温かい視線を注いでくれる。

イサークが教えてくれた通り、どうやら私は嫁としてお眼鏡に適ったらしい。ありがたいけど、そんなに気に入られるような気の利いた言動ができた記憶はない。

「おい、おふくろ。そこは俺の位置だろうが」

私達の斜め後ろにいるイサークがそう言うと、お義母様はうんざりと言わんばかりの視線を向ける。

「譲りなさいよ。どうせ旅の間中、ずうーっとべたべたして困らせていたんでしょう？全く……本当に父上にそっくりね」

「ああ、爺も婆さんにべったりだったな。そういや」

彼のお婆様は数年前に亡くなったと聞いた。元々体が弱く、ここまで長生きしたことが奇跡だと言われる程の大往生だったらしい。

お爺様はお婆様を深く愛していて、今は晩年を共に過ごした田舎の別邸で暮らしているという。

今日の晩餐には参加してくれるそうなので、やっと会うことができるのだ。

お義姉様とは手紙のやりとりを重ねているので何となく人となりもわかるけど、お爺様は人づてに色々な武勇伝を聞いただけ。実際はどんな人なのか、かなり気になっている。

「父上がいつも母上を抱き上げるせいで、私はなかなか母上に抱き上げてもらえなかったのよ」

「心狭えな、爺」

「自分以外が母上に触れることが嫌な訳じゃなくて、とにかく母上に触れていたかっただけのようよ。今のあなたみたいにね」

「わかってんな、爺」

「ちょ、イサーク」

「…………はぁ」

お義母様がこめかみに手を当てて、大きな溜め息をつく。

イサークはお爺様に似ていると、婚姻式の折にお義兄様も言っていた。

ということは、歳を取ってもこの甘々いちゃいちゃは変わらない可能性があるのか……そして後々子孫にこう言われることになると。

……節度を大事に生きていこう、うん。

「お義母様、あの……」

「ああ、いいわぁ、お義母様って響き。セシリアにおっとり呼ばれるのもいいけど、可憐な声でカーミァ様に呼ばれるのも嬉しい。馬鹿息子が引き起こした頭痛も吹き飛ぶわ」

確かに母親から見て、息子のこの開き直りっぷりは頭が痛いかもしれないけど、それより。

「そのカーミァ〝様〟と呼ぶのは、どうしてですか？」

私は公的にはトモエという名前を使わず、カーミァ・アナ・セレスティアと名乗っている。イサークと婚姻したことで、最後にベルリオスがついて相当長い名前になってているけど、ちゃんとそれぞれに意味もあるのだ。

奏宮を発音しやすくしてカーミァ。あとに続くアナ・セレスティアは言祝の神子に必ずつけられる〝天から贈られた神の恩寵〟という意味の姓をカレスティア風にしたもの。

近しい人であれば、私のことをカーミァ様と呼ぶ。呼び捨てでも全く構わないのに、義兄であるジェリオ様を含めて皆、ナチュラルに私を様付けするのだ。

質問をすると、今まで話しながらも淀みなく進んでいたお義母様の歩みが止まる。

「そうね……いくら義娘とはいえ、言祝の神子を呼び捨てにするなんて考えもしなかったわ」

私の肩書きは、王族のように降嫁すれば立場が変わるというものではない。

アマンシオ王でも私を呼び捨てにはせず、そうするのはイサークだけ。

でも、彼の親ならてっきり呼び捨てにしてくれると思っていたのに……

「ああ、勘違いしないで。別にあなたを遠い存在にしたい訳ではないの。ただそう呼ぶのが当然だと思っていたから。いっそのこと愛称だと捉えてくれてもいいけど、あなたが嫌なら改めるわ」

私の思考を先回りしたように、お義母様がそう言って微笑む。

距離を置かれているのでなければ、無理に考えを曲げてほしいとは思わない。

「大丈夫です。私のことを義娘だと思っていただけるなら、呼び方は何でも」

「そう？　でもカーミァ様はもうひとつ秘密の名前があるわよね？　せっかくだからそっちを……」

「駄目だ。あれは俺ンだから」

ついにお義母様から私を奪取したイサークが、私を腕に収めて威嚇するような鋭い声を吐き出す。

トモエという名前はイサークにあげたのだ。彼はその名をふたりきり以外の時に呼ぶようになっても、他の人が呼ぶことを絶対に許していなかった。

傍から見たらかなりの独占欲に溢れていて、心が狭いと思われるのかもしれない。だけどそれは、彼が私の名前をとても大切に、ひとりでしまい込みたい程大切にしている何よりもの証拠だ。

さすがに実の母親にその言い様はどうなのかとは思うけど、彼の気持ちが嬉しいことは確かだ。

私の名前をはじめて聞き、言祝の神子としてしか存在していなかった私を、トモエにしてくれたのだから。

「三十過ぎても不実な女関係しか築いてこなかった息子が、ここまで骨抜きになるとはね……」

歩みを再開したお義母様が、やれやれというように首を横に振る。

苦笑するその姿は、言葉の割に楽しそうだ。

「カーミァ様、嫌だったら嫌と言っていいのよ？　暑苦しい大男に年中ひっつかれているのも疲れるでしょう」

「確かに時と場所と場合を考えてほしいとは思いますけど、まあ、嫌じゃなくて困るだけなので」

言いながら、頬が赤くなるのを感じた。

いつも素っ気なくかわしているものの、私だって思う存分いちゃつける時間があるなら甘えてしまう。新婚ののろけと思って見逃してほしい。時間が経てば落ち着いてくる……はず、だよね？

そんな私の様子を満足げに見て、イサークが私の頭の天辺に唇を落とす。

だから、ＴＰＯ！　私以上にメンタル強過ぎないか、イサークって。

「可愛いわねぇ、カーミァ様。今日のドレスもよく似合っていて……ちょっと、イサーク。あなた、ちゃんと褒めたんでしょうね？」

「当たり前じゃねえか。俺が贈ったドレスと装飾品で飾って、陽の下で咲くジェリアーシェみてえだろ」

ジェリアーシェとは釣鐘型の花で、今頃の季節に、まるで橙色の絨毯のように一斉に咲き誇るらしい。南公領の隣の領地が一番有名な群生地のようで、帰りに遠回りできたら寄る予定だ。

「ならよろしい」

私の晩餐用ドレスは、濃い橙を基調としたオフショルダーのもの。鎖骨の間にあるホワイトオパールに似た聖石と、肩に広がる銀色の刺青めいた聖痕がよく見えるデザインだ。赤と黄色の糸で刺繍されたレースをドレス全体に重ね、宝石を縫い留めた幅広の白いリボンでウエストを締めている。

アクセサリーは金と赤い魔石で作られた華奢な髪飾りとピアス。髪はふわりと編み込んでアップにし、春らしい感じに。かつて王城で舞踏会に参加した時より、可憐さを押し出したテイストになっていると思う。これでも人妻なのにね。

案内された客室には当然のように続きの間がいくつもあった。仕度を終えて出てきた私を見た瞬間、イサークの褒め言葉の引き出しが全開になったのは言うまでもない。

もちろん、私も夜会服に身を包んだイサークの男前っぷりを褒め称えた。綺麗な染めのちょっとラフなタイとか、黒いコートにあえてわかりにくく入れている同色の刺繍とか、遊び心がある洒落者って感じがひたすらかっこよかったのだ。

ただ、私の褒め言葉の引き出しは浅いらしい。頑張って言葉を尽くしたけど、全く及ばなかった。

親の目の前でのろけだらけで何が〝よろしい〟のかわからないけど、お義母様は自分の父親がそうだったから大して気にしないんだろうなぁ……

どうせ止めても家族の前で私に触るのはやめないだろう。私にできることは、なるべく平常心を保つことだ。

イサークのエスコートのもと、遠い目をしながら回廊を歩いていると、王城とは少し違う雰囲気の物が目立つことに気付いた。絵画や置物の他に、武器のようなものが飾ってあるのだ。

「ん？　ああ、それは遺跡から出てきた魔剣だな」

「まけん……魔剣？」

とてつもないファンタジー用語が登場してしまった。

いつぞやにオタク気質な友達が魔剣について語ってくれたことがあったけど、私の中にはゲームみたいに、聖剣を持つ勇者と魔剣を持つ魔王といった、わかりやすいイメージしかない。

クラウィゼルスにおいて魔剣とは、一体どういう扱いなんだろうか。

「うちの森、この辺りでも特に遺跡が多いんだよ。これは確か、八十年前くれえに発生した遺跡で見つかったやつだな」

「え、遺跡って勝手にできるの？　ていうか冒険者と研究者以外も遺跡に入れるの？」

本で読んだ内容とは別の情報がぽろぽろ出てきて驚く。有名だと聞いて調べはしたけど、まだまだ情報不足だったようだ。

こんなことならイサークにもっと色々聞いておけばよかった。そう考えている私の様子なんてお見通しなのか、イサークが物々しく飾られている剣を何のためらいもなく手に取る。

「遺跡ができる瞬間は誰も見たことがねえが、ある日忽然と現れる。消える時は前兆があって割とわかりやすいんだけどな。で、遺跡は貴重な資源だから、うちの私兵も南方支部の騎士や魔術士も、修行と巡回兼ねて入る。小せえ遺跡なら、ガキが小遣い稼ぎ目的で入ったりもするんだぜ」

抜身で飾ってあった剣の刃を指で撫でるようにしてから、彼は剣の柄を握った。

すると、何故かふわりと風が巻き起こる。

「魔剣を含めた魔武具ってのは、人工的に魔石を埋め込んだやつと、遺跡にある魔石と融合した天然物がある。魔力を通しやすい性質があって、属性がついたり、他の効果が付与されてたり色々だな。これは風の魔剣だ。風属性のない俺でも、本気で振れば竜巻くれえ起こせんだろ」

「そんなすごいのここで握らないで！」

「大丈夫だ。ンなヘマしねえよ」

からからと笑って、剣を元の場所に戻すイサーク。

いくら説明するためとはいえ、竜巻を起こす威力の武器を室内で握らなくていい。心臓に悪い。

「カーミァ様は魔武具に慣れていないのね。可愛いわぁ……」

「騎士団の見学じゃあ魔武具は発動させねえし、普段も武器を近づけるようなことさせてねえんだよ」

「あら、あなたの槍だって魔槍じゃない」

「そうなんですか？」

「ああ。俺のも遺跡で見つけたやつだ。死ぬ程硬くて、投げても元の場所に戻ってくるだけだがな」

「手に入れた時は自分の槍だって大喜びで振り回していたくせに。最大級の灰色熊の亜種に槍投げ込んで仕留めたあと、槍がちゃんと戻ってくるの見て目を輝かせていたじゃない」

「……ンなガキの頃の話すんじゃねえよ」

子どもの頃から遺跡に入っていたのかとツッコみたかったけど、照れた風に話を切ったイサークにはそれ以上聞けなかった。

照れるところなのか？　今のはやんちゃだったたってレベルの話なのか？

微妙な顔つきになってしまった私に気付いたのか、お義母様は私の背中を押して通路の先へ促そうとする。同時にイサークも私の手を取り直した。

そのまま美術品のことには触れず廊下を歩いていくと、ようやく目的地に着いたらしい。

品のいいお仕着せを着たふたりの男性が対になるようにして、ひとつの扉の脇に立っている。

「揃っているかしら？」

「先々代様はご到着が遅れるとご連絡をいただいております」

「一体何をしているの、父上は……」

「ご伝達をいただいた際は、お祝いに若君の〝思い出の味〟を持ってくると」

「……〝かって〟んな、多分」

「ええ、〝かって〟るわね」

上級使用人らしき男性の言葉に、イサークとお義母様が顔を見合わせて神妙な面持ちで頷いた。

買ってるって、何を買ってるのかな。思い出の味というからには、きっと食べ物なんだろうけど……

「トモエの前でいきなり獲物そのまま出さねえだろうな、あの爺」

「ないとは限らないわ。ああもう、魔物担いで入ってきたら絶対蹴り出してやるんだから」

……あ、〝買ってる〟じゃなくて〝狩ってる〟か。

気にするところはそこじゃなかったかもしれない。まぁすでに、イサークに輪をかけて豪放な性格と聞いているので、余程のことがない限り私もいつもの厚い面の皮を保ったままでいられると思う。

「爺は多分外からそのまま来る。庭の方張っとけ」

「かしこまりました」

何で捕獲作戦みたいな指示を出しているんだろう。皆普通にしているからツッコまずにスルーするけどね。とりあえずお爺様は途中参加だということはわかったから、それでいい。うん、多分。

気を取り直したお義母様が、手振りで扉を開けるよう指示する。

扉に取り付けられた魔道具らしきものに素早く一声かけ、綺麗な礼をした男性達が扉を開けた。

「ようこそ、スルティエラ公城へ」

芝居がかった仕草で艶やかに微笑み、お義母様がするりと室内に入っていく。後を追うように、イサークにエスコートされて足を踏み入れると――

「素敵……」

思わずそう呟いてしまうくらい、綺麗な景色がそこにあった。

公城でも高い位置にあるこの広間。バルコニーは開け放たれていて、外には深い森と、その先に広がる海のような大河が見える。夕焼けが森を穏やかに照らし、ちらほら見える遺跡らしき建物を赤く染めている。陽の河は光を取り込み、きらきらと眩しいくらいの輝きを放っていた。

目を奪われて、少しだけ思考が飛ぶ。

それを感じ取ったのか、彼が僅かに力を籠めて私の手を握り、素早く現状を思い出させてくれた。

いけない。呆けるより先に挨拶しなくちゃ。

「おう、秋振りだな。義姉貴も元気そうで何より」

そんな適当な、と呆れる程あっさりしたイサークの挨拶。内心慌てながら私もそれに続く。

「お久しぶりです。お義父様、お義兄様。そして初めてお目にかかります、お義姉様。カーミァ・アナ・セレスティア・ベルリオスです。本日はお招きいただき、ありがとうございます」

王城で体育会系貴婦人のスパルタ教育により培われた礼儀作法は、今でも役に立っている。

礼を取ってから顔を上げると、立ち上がって私達を出迎える人達がいる。

挨拶した通り、お義父様とお義兄様、そしてお義姉様だ。

「久しぶり、イサーク。カーミァ様も丁寧な挨拶をありがとう。ここは私的な晩餐の間だから、楽にしてくれていいよ」

相変わらずの貴公子っぷりで微笑むお義兄様。茜色の目は優しく細まり、私達を歓迎してくれているのが伝わってくる。

それに重々しく頷いて同意しているのは、栗色の髪に琥珀色の目をした筋骨隆々なお義父様だ。

婚姻式の時も思ったが、あの全身甲冑の近衛士団団長に負けず劣らず寡黙で、コミュニケーションも首を横か縦に振るくらいしか見られない。全部お義母様が代弁してくれているけど、彼女がどうやってお義父様の気持ちを読み取っているのかは謎だ。

「お久しぶりですわね、イサークさん。そして、やっとお会いできましたわ。はじめまして、カーミァ様」

わざわざ私の前まで歩いてきて、同じように礼を取ってくれたのは、金茶色の上品なドレスに身を包んだ美女だった。年齢はお義兄様と同じか少し若いくらいか。杏色をしたふわふわの髪を綺麗に結い上げた彼女は、柔らかい雰囲気を漂わせた笑みを浮かべる。その目は黒と見紛う程濃い緑色で、不思議な魅力を湛えていた。

「セシリア・ブランカ・ラモン・ベルリオス＝スルティエラと申します。わたくし、あなたに会えるのをとても楽しみにしておりましたの」

私より更に長い名前を名乗ったセシリア様は、お義兄様の奥様――つまり私のお義姉様だ。

手紙以外にも、覚えたての遠話の魔術で対話もしていたから、あまり初対面という気がしない。

思った通り、とてもふんわりおっとりとしたお姉さんだ。カレスティアには結構サバサバした感じというか、はっきりとした人が多い印象だから珍しいタイプ。お義兄様曰く〝芯が強く、意外と頑固〟らしいけど、これから付き合っていくうちにその辺もわかる日がくるのかな。

「私も楽しみにしていました。お義姉様が思った通りの方で、ちょっと安心しました」

「うふふ、わたくしも……と言いたいところですが、カーミァ様は思っていたよりずっと可憐な方ですのね。少女と見紛うばかりのご容姿と夫から聞いておりましたけど、こんなにも可愛らしいとは。あなた様が義妹になってくださって嬉しいですわぁ」

私と手紙の内容にギャップがあるのは許してほしい。もうこれはデフォルトだ。

幼妻と思われる程若く見られることは多いけど、こうふんわりと言われると全く嫌味に聞こえない。素直に言葉の通りに受け取れる。

「さあ、お喋りはあとでたくさんできるわ。座りましょう」

私達のやり取りを満面の笑みで見ていたお義母様が手をひとつ叩き、私達はようやく扉の前から移動した。

席は珍しいことに円形のテーブルだ。私的な晩餐の間というのも頷ける、十人座れるかというくらいのものにやや戸惑う。今までも王城で知り合った人に内輪の晩餐会へ招かれたことはあった。その時はいかにも晩餐といった感じで長方形のテーブルに、少し離れて座ったのだが。

私に対するアンテナの感度がいつでも絶好調なイサークが私の困惑に気付き、腰を折って声をかけてくれた。

「堅っ苦しい晩餐っつうよか、ただの食事会だと思え。南では料理の順番もそこまでこだわんねえし、飯はがっつり食うのが基本だから、ガチガチにマナー固めなくてもいいぜ」

「わかった、ありがとう」

最後のエスコートとして、私を手ずから座らせたイサークが、左の掌にキスをする。

これは彼曰く〝マーキング〟らしい。通常は男除けのまじない程度に、恋人に香りならぬ魔力を残すそうだけど、イサークはどんなに遠く離れても私の居場所がわかるくらい頻繁かつ強めに魔力を残している。

この独占欲溢れる束縛態勢にも慣れてきた。ＧＰＳを付けられているようなものだが、そもそも黙って彼から離れるつもりもないしね。

いつものことと普通にそれを受け止めたものの、周りから見ると普通ではなかったようだ。

「イサークさん、らぶらぶねぇ」

「おう。嫁が可愛いからな」

平常心だ、平常心。ここで照れたらイサークの思うつぼ。

「聞いてちょうだいセシリア。イサークったらまるで父上みたいなのよ。とにかくカーミァ様に触れていたくてたまらないって感じで」

「まあ。お熱いですわね、素敵」

「ジェリオもここまではしなくていいけど、たまには夫婦でいちゃいちゃしなさいね」

「母上、私とセシィは程々に触れ合っていますから」

とばっちりを受けたジェリオ様は苦笑を滲ませ、セシリア様に目配せをする。

微笑みを返すセシリア様もとても嬉しそうにしていて、夫婦としてそれなりの年数を経たふたりの間には確かな絆を感じた。

ジェリオ様がすっと手を上げると、それが晩餐の開始の合図になったらしい。席に置かれていたグラスに給仕がお酒を注いでいく。

花のような香りが漂う。淡いピンク色のワインだろうか。クラウィゼルスのお酒は元の世界と似ている物から予想もつかない物まで色々あるから、見た目だけじゃ味が想像できない。

同時にオードブルも運ばれてきた。真っ白なお皿に三つの小さなボウルが並べられ、それぞれに綺麗な盛り付けの料理が載っている。

「杯を掲げ、恵みに感謝を」

音頭を取ったジェリオ様に続き、全員が軽くグラスを掲げる。

そのまま一口含めば、甘い花の香りとは裏腹にすっきりとした果実の味が広がった。

甘過ぎないので飲みやすい。

続いてチーズと玉ねぎの一口サイズのタルトを取る。口にすると、見た目を裏切らず美味しかった。少し香辛料の辛味があって、それもいいアクセントになっている。

「お口に合ったかしら、カーミァ様」

「ええ、とても。このお酒も香りが華やかで上品ですね」

「そうよね。これ、セシリアの実家から贈られてきたものなの」

「うふふ、気に入ってもらえて嬉しいですわ。こちらのマリネとの相性もよいので、ぜひ」

「カーミァ様はお酒も結構飲めるって聞いたから、色々揃えてあるのよ。当たり年の南の銘酒もあるから、どんどん飲んでちょうだい」

美女ふたりから勧められて、会話やら食べることやらで忙しくなる。

あれ、晩餐ってもっと堅い感じの会話中心じゃなかったっけ？　最初に口こそつけるけど、貴婦人はあんまり食事をしないっていうのが慣例で……

そもそも私は、食べるより先に言わないといけないことがある。だけどタイミングが掴めない。もっと食事が進んで場が温まってからの方がいいんだろうか。

「お、そうだ。今更だが兄貴、襲爵おめでとう」

早くも食前酒を空にして次のグラスを注いでもらっていたイサークが、いきなり本題のひとつをぶち込んできた。私の思考を読んだのかと勘繰りたくなったが、色んな意味でありがたい。

遠話ですでにお祝いの言葉を伝えていたものの、面と向かって祝うにはかなりラフな言い方だ。こんな感じでいいのか激しく謎だけど、せっかくだから乗らせてもらおうか。

「遅くなってすみません。おめでとうございます、お義兄様」

「ああ、ありがとう。先だっては素晴らしい祝いの品々まで送ってもらって」

「何言ってんだ。あれだけじゃねえ。今回残りを持って来てっから、あとで部屋に届けるぜ」

ジェリオ様が首を傾げ、セシリア様が〝え？〟という顔をする。

イサークが贈ったのは確か、王都一と名高い馬具職人の馬具一式と、危険度の高い魔物の毛皮と、年間で極僅かしか生産されない銘酒……と、色々だ。物は大きくなくてもひとつひとつがかなり希少なもので、お金だけでは手に入らないものも結構あった。

領地を持たない法衣貴族が、兄弟の襲爵祝いとして贈るには充分。むしろ過剰なレベルの贈り物だと教えてくれたのは、婚約者と共に御屋敷に遊びに来たフレータ団長だったか。

だけど、イサークは更にあちこちへ遠征して、他国の宝飾品や、どこかの遺跡に入って取ってきた最上級の魔石、その他珍しいものをチョイスして馬車に乗せてきたのだ。

過剰が更に過剰になっている。

余談ながら、イサークはアマンシオ王にいい加減領地を受け取ってくれと再三言われているようだ。そんなものがあったら、更に特産品などがプラスされていたことは請け合いだ。

「イサーク、もう充分もらっているよ。子の出産祝いもあれ程送ってくれたというのに」

ジェリオ様の言う通りかもしれない。私達の婚姻（こんいん）式後に生まれたその子にも、彼はたくさんの贈り物をしていた。よくそんなに思いつくなと感心してしまう。

当然ながら、その子は今この場にはいない。きっと乳母（うば）にお世話をされて別室で眠っているはずだ。明日以降、日中に対面させてもらえる予定である。

ちなみにお義兄（にい）様夫婦にはもうひとり子どもがいる。嫡男（ちゃくなん）であるその子が今まで話題に出なかったのは、親交国に留学中だからだ。結構遠い国らしく、転移門でも使わない限り留学期間中には戻って来られないと聞いた。私が会えるのは、早くても今年の秋以降になるだろう。

「これ以上は本当にもらい過ぎなんだが……」

「気にすんなよ。祝いは派手な程いいだろ？　遅れたのは悪いな、ちいと探すのに手間取った品があったんだ」

「……お前は私の婚姻祝いの時もそうだったな。部屋に届くのが少し怖いが、ありがとう」

それ以上追及しないジェリオ様は、イサークとの付き合い方をよくわかっている。さすが兄弟だ。

贈り物は裏を知ってはいけない。受け取る側に必要なのは笑顔とお礼の言葉。

それにしても、とんでもなく価値のあるものをポンとプレゼントしてしまうイサークの度胸というか、その度量は本当にすごい。

まだまだそのレベルの度胸はつかないと思いながら、次々にテーブルの上に運ばれてくる料理に目を奪われる。

席に着く前に言われた通り、魚料理とスープが一緒に運ばれてきた。

完全なコース料理だと物足りないままお腹いっぱいになってしまうから、個人的には嬉しいけど、これが南公城では普通なんだろうか。

目をぱちくりさせていたのがバレたのか、イサークが口元をゆるめて私の耳元で囁く。

「俺らが飯食う時みてえに全部一緒には持ってこねえが、ここも内輪ならこんくらい適当なんだ。あんま気にしねえでいいぞ。いつものスタイルとかは、とりあえず忘れとけ」

「わかった、ありがとう」

「グラス空きそうだな。何がいい？」

「選んでいいの？」

普通ゲストはお酒の指定をしたりせず、ホストのお勧めを飲むものだ。

さっきのお義母様とセシリア様の話からして、この場に色んな銘柄のお酒があるのはわかる。それを向こうが勧めてくるものだと思っていたから、イサークの問いについ声高く返事してしまう。

「ああ、うちはそこも適当だな。酒なんか好きなやつを勝手に飲めばいいんだよ」

「身も蓋もない言い方しないでちょうだい、イサーク。カーミァ様は甘口と辛口どっちがお好き？」

「どっちも好きですが、もし軽めの辛口があったら……」

飲みたいかも……と続ける前に、さっと手元にグラスが置かれ、ワインらしきものが注がれる。

小さくお礼を言うと、給仕をしてくれた女性は目元を和らげて綺麗な礼をしてくれた。

「果実の遺跡で作られたワインよ」

「遺跡……え？」

さらっとお義母様が放ったまさかの発言に、グラスを持とうとしていた手が止まる。

遺跡の中は異空間になっていると本で読んだ。外見はいかにもな石造りなのに、入ると海だったり、森だったり。そんなことが普通にあるらしい。

だけどお酒まであるなんて思いもしなかった。貴重な資源というのは、単に魔物を倒した素材やお宝という意味ではないのかもしれない。

「果実の遺跡はその名の通り、中が果樹園だ。そんなに強え魔物も出ねえから、収穫場になってる」

「何だか想像がつかない……」

「結構綺麗だぜ。他に景色がすげえとこだと、魔石でできた洞窟の遺跡とかもある」

「それは上級冒険者が入る遺跡だろう。カーミァ様に勧める場所ではないよ、イサーク」

窘めるようにジェリオ様に苦笑されて、イサークが軽く肩をすくめる。

多分、イサークは普通に単独で入れる場所なんだろう。お願いすれば気軽に連れていってくれるだろうけど、だからといって、調子に乗ってついていく気は全くない。これから入る機会が来るとしたら、それこそ子どもがお小遣い目的で入るような初心者向けの場所でデビューしたいものだ。

「最低限自分の身を守れる力がないと、遺跡に入ってはいけませんのよ、カーミァ様」

「お義姉様は遺跡に入ったことがありますか?」

「ええ。これでもノルティエラの女。わたくしも魔術にはそれなりの覚えがありましてよ？」

おっとりと、けれどどこかいたずらっぽく微笑むセシリア様。彼女は北公爵ノルティエラの息女だ。

公爵家同士の婚姻（こんいん）は、カレスティアにおいてはよくある。東公子息であるフレータ団長は西公息女であるテオドラ嬢と婚約しているし、後継ではなくても一世代に何人かは婚姻（こんいん）を結ぶらしい。

「南公都と遺跡は切っても切り離せない関係ですもの。婚約時から足手まといにならないよう修練を重ねましたわ」

「セシィは地団にいてもおかしくない程の魔術の使い手なんだ」

そう爽（さわ）やかに自慢するジェリオ様も、騎士と比べて遜色（そんしょく）ない剣の使い手だと聞いた。

更に言うなら、お義母（かあ）様は地聖魔術士団南支部の元副支団長だし、お義父（とう）様は天聖騎士団南支部の元支団長だったようだ。もちろん、家柄ではなく実力でその地位を得たという。

何だろうか、このハイスペックな人々は。元小市民が紛（まぎ）れ込んでいい顔ぶれなのか。

「私、本当に身を守ることしかできないので、遺跡に入れるのはまだまだ先ですね……」

「そもそも、神子は魔物が発生させる魔の穢（けが）れに弱い。まずそこを結界か魔道具でどうにかする必要があるな。まぁ、オメエは神術結界をひとりで多重展開できるくれえだから、ちぃと装備を整えて立ち回りを覚えりゃあ連れて――おい」

言葉を途切れさせたイサークが、唐突に立ち上がる。続けて他の南公爵家の面々も。

何が起こっているのかわからない私は、ひとりだけ座ったままのセシリア様に視線を送ってみたけど、何故か苦笑されてしまった。

そして彼女はさっとテーブルの上に手を翳して、更に謎なことに何かの魔術までかけはじめた。

「おそらく、いらせられたのでしょう」

「誰が……」

聞く前に、どさりと重い音がした。

つられて音がした方――バルコニーに目を向けると。

「う、わ」

何かいる。

その場に横たわっているのは、鹿らしき動物。

いや、鹿じゃない。角が青黒くて禍々しい形をしているし、体は青と白の縞々だし、とんでもなく大きい。明らかに生きていないとわかるそれは、おそらく魔物……だろうか。

「オイオイ……老体に鞭打って土産持ってきたのに、お前らもうはじめとるんか」

渋い声が楽しげに響き、鹿もどきの前に人影が降り立った。

濃い茶色のマントを後ろに払い、こちらに歩いてくるその人はジェリオ様程の長身だ。

明るい赤髪を短く刈り、動きやすそうな服を着ている。服の上からでもわかる鍛え抜かれたその体と相まって、まるで冒険者のよう。

その人は全員の顔をぐるりと見渡してから、目尻の皺を深くして笑った。

「はっはっは！　そんな怖え目で見なさんなって。遅れてすまんのぅ」

「お爺様……」

説明されなくてももう何となくわかっていたけど、疲れたようなジェリオ様の一言で正体が確定した。

ああ、確かに、間違いなくイサークのお爺様だ。似ているというか、色々すごいというか、前情報に偽りなしな雰囲気がひしひしと伝わってくる。

「なかなか青濡鹿が出て来んから、時間がかかっちまったんじゃ。結構いい個体が狩れたし、明日食う分にでもするかの」

「城の者に止められなかったのかしら、父上？」

「それはこう、ぴょーんと空を飛んで避けての。まだまだ小童どもには捕まらんわ。ははっ」

「カーミァ様が来るからおとなしくしてと、あれ程言っておいたのに……！」

「おお、そうじゃった」

思い出したように手をひとつ打って、お爺様はぴたりと私に視線を合わせる。茜色の目がにんまりと細まった。

若い頃は相当モテたんだろうとわかる、整った顔立ち。皺も驚く程少なく、ちょい悪オヤジな雰囲気が漂うお爺さんだ。もう八十歳を超えていると聞いていたけど、溌剌としていて全くそんな年齢には見えない。

私が観察している間に向こうも私をじっと見ていたようで、無言で数度頷かれる。

「イサーク、お前、こんな美少女攫って嫁にする趣味があったんかの」

「ねえよ。見た目よりだいぶ大人だっつっといただろ」

「ほーぉ……」

お爺様がマントを外すと、すかさず給仕のひとりがそれを受け取る。ついでに青澪鹿とやらの回収のためか、別の給仕がバルコニーに出ていった。浮遊魔術で移動させるようだ。

王城に続いて公城の使用人もすごいなと思いながら、私は席を立ってすごく今更な挨拶をしようと口を開いた。

「お初にお目にかかります、お爺様。遅ればせながらのご挨拶で失礼いたします。カーミァ・アナ・セレスティア・ベルリオスと申します」

気合を入れて礼を取れば、お爺様は私の目の前で大きく腰をかがめて目線を合わせてくれた。

「イグナシオ・エールヴァール・ベルリオス＝スルティエラじゃ。イグじいちゃんって呼んどくれ、可愛い孫嫁ちゃん」

……ものすごく、フランクだ。

さすがにお義父様↓お義母様↓イグじいちゃんは落差が激しい。謹んでお断りさせていただこう。

「セシリアちゃんも、呼びたくなったらいつでも呼んでくれていいんじゃよ？」

「わたくしには期待しないでくださいまし、お爺様」

おっとり微笑んで、完全拒否をするセシリア様。ジェリオ様が言う通り、色んな意味で強い人なのかもしれない。

何だか、公城に着いてからマイペースを保てていない気がする。郷に入っては郷に従えと言うけど、皆自由過ぎる……

「せっかくですが、私も慣れるまではお爺様と呼ばせてください」

「むう……まぁ、いつかに期待するかの」

「すみません」

「謝らずともよいわ。つうか、カーミァちゃんは声もかわゆいのぅ」

　上機嫌な声と共に、アップにした髪を乱さない程度に頭を撫でられる。

　何か、恥ずかしい。気軽に接してくる人が少ないから、ちょっと慣れないかも。

「爺、挨拶なら挨拶だけにしとけ」

　何となく声のトーンが低くなったイサークが、そう言って私を引き寄せた。

　窘めようとそっと手を伸ばして彼の頬に触れると、苦笑を滲ませて更に体を密着させられる。

「何だイサーク。お前、儂の若い頃にそっくりじゃな。儂も昔は嫁を部屋にしまって誰にも会わせたくない、自分が一から十まで全部世話してやりたいと思っとったわ」

「そこまで心狭くねえよ。つうか怖え」

「そうかのぅ?」

　その含みを持たせたとぼけ方、やめてくださいお爺様。さすがにそこまでそっくりになられるときついから。イサークには私がかわいいと思えるレベルの独占欲で留めておいてほしい。バカップルで許される範囲でいよう、うん。

というか……ふたりのやりとりを微笑ましげに見ている他の面々の視線が、そろそろきつい。やっと全員揃ったんだ。ここで仕切り直しをするべきなんじゃないかな？

そんな思いでお義母様を見ると、心得たとばかりに頷いてくれた。

「父上、イサーク。カーミァ様がまだ全然ワインを楽しめていないの。いい加減晩餐を再開したいんだけど？」

「おお、そうか！　すまないのぅ、カーミァちゃん」

「いいえ、大丈夫です」

「悪いなトモエ。スープも冷めちまった」

「それでしたら保温魔術をかけておいたので、大丈夫ですわ。さあ、まだまだ美味しいお料理がありますからね」

「席に座る前に身綺麗にしてきてね、父上」

「わかっとるって。儂にも強めの酒をくれ。ジェリオ、いいの用意してあるじゃろ？」

「ええ。イサークからもらった銘酒を開けましょうか」

再び戻ってくる和気あいあいとした雰囲気。楽しげなそれは、他家では見られない風景だ。

グラスを傾けて、遺跡産のワインを口に含む。辛口だけどしっとりとした舌触りで、これも美味しい。というか、さっきから美味しいしか感想が出てこない。もっと語彙力がないと、夜会に出た時大変だよね……

「……あ」

そこでようやく気付いたことがあった。

もしかしなくてもお義父様……まだ一度も喋ってないんじゃないかな。

誰も指摘しないものの、スルーするのもどうなのか。私は晩餐中に一度は話しかけようと心の中で誓った。

第三章

「――この地に生きるひとに、陽だまりのような幸せが訪れることを祈ります」

湧き上がる銀の光を両手で包み、そっと解放する。

光が踊るようにして手の外へ、そして聖堂にいる神官達に向かう。最上級の礼を取っている彼らは体勢を崩さない。だが、溢れ出る歓喜の嗚咽を必死で押し殺しているのがわかった。

少しの疲労感を覚えながらも、私はゆっくりと息を整え、神官達に声をかける。

「五聖の徒であるあなた方が、健やかな日を送れますよう」

右手で再度銀の光を起こし、彼らに贈る。

礼を取ることも忘れて呆然と顔を上げた人も数人いたけど、それを咎める気なんて全くない。

だって、今日は神官達が死ぬ程忙しい日なんだから。

南公都に来て一晩明けた今日。お義兄様の子と対面してから、予定通り公都の神殿への訪問を行う。公示はしていなかったものの、イサークの読み通り、神殿前には結構な見物人がいた。

護衛達はもちろん、出迎える神官達も大忙し。近隣の神殿から神官や神殿騎士を増員してのてんやわんや。見物人と熱心な信徒が取っ組み合いの喧嘩をはじめる一幕もあった。

王都では騎士と魔術士で周りを固めていたおかげか、ここまですごい展開になったことはない。

言祝の神子の影響というものを、私はまだ甘く見ていたようだ。警備や受け入れについては、次の機会までにしっかり対策を練ろうと心に決めたのは言うまでもない。

「楽にしていいですよ。なかなか儀式に入れず、迷惑をかけましたね」

「滅相もございませんっ！　聖下がそうおっしゃられることなど、決して……！　過分なお言葉、真に畏れ多い限りでございますっ！　この南中神殿に聖下がお越しくださり、祝福をお与えくださったこと……我々五聖がしもべ、生涯の宝となりましょう！」

そんなおおげさな。と言えないところが何とも言えない。

この神殿の長である司教——やたらと筋肉質で大柄な壮年の男性が体を震わせて、涙交じりの声で言葉を続ける。やけに声が大きいのはスルーしておこうか。

「いいえ、我々だけではございません！　南公都スルティエラの……」

「筋肉司教。予定詰まってっから、もう俺ら帰んぞ」

「もったいなくも聖下にお声をかけていただいているのがわからんのかっ！　ちょっと黙っとれ小僧ぉおお！」

「ハッ、悦ってんじゃねえよ。オメエだってそろそろ外の混乱治めなきゃなんねえだろうが」

喧嘩腰なそのやりとりを、どうにかアルカイックスマイルを保ちながら静観する。

イサークは本人曰く〝カスよかマシなくらい〟の神力持ちらしく、短期間ながらこの神殿で神官見習いをしていたことがあるそうだ。

その縁で神殿にいる神官達とは昔から顔見知りだと言っていたが、それ以上に結構仲がいいみたいだ。若干歪んでいる仲のよさな気もするけど、そこはスルーで。

「つうか、今後もちょくちょくここに来っから。いちいち暑苦しく泣いてたら、キリねえだろ」

「は……？」

「夫の故郷ですから。可能なら年に一度は寄らせてもらいます。もちろん、祝福も」

まさか、私がこれで二度とこの神殿に来ないとでも思ったんだろうか。

神子というよりベルリオス伯爵夫人としてだが、本神殿と同じように年一でここに来るつもりでいる。私の体はひとつだし、全ての神殿を平等に回るのは無理だ。その代わりと言っては何だけど、逆によくいく神殿があったっていいだろう。

考えもしなかったのか、筋肉呼ばわりされた司教が滂沱の涙を流しながら礼を取る。さすがに綺麗な姿勢だけど、何だか色々台無しだ。それから他の神官達にも声をかけるものの、かえってこっちが恐縮しそうな感謝を返されるばかり。

祝福は神子の義務じゃない。私を大切にしてくれる人を育んだこの地に、幸せのおすそ分けをしたいと私が思うだけ。でも、もっと軽く捉えてくれなんて、やっぱり無理な話なんだろうなぁ。

「私はこれで失礼しますね。都民には申し訳ないですが、再び混乱を招くのも忍びないので。あとは手筈通りに」

「かしこまりました……！　お気を、つけてっ！」

男泣きを止められない筋肉司教と、王都より平均的に体格のいい神官達に見送られて、私はイサークの手を取る。

当初の予定では、普通に馬車で往復するつもりだったのだけど、公都に入る時点での盛り上がりから見ても難しそうだとの意見が出ていた。実際、都民達は私がここに入った時より更に増え、今は神殿を取り囲むように人が溢れているらしい。そのため、帰りはこっそり神殿を出ることになっている。そうしないと往路以上の大混乱が起きるのは目に見えているから。

せっかく集まってくれた人々はがっかりしてしまうかもしれない。でも、イサークをはじめとする騎士や警護の人達が無理だと判断したのだ。私も混乱をうまく治めることなんてできないし、それに頷くしかなかった。

……ただ、実際には帰らない訳だけど。

「ミゲル、ベロニカ、ロシータ」

「はいはーい。お部屋はこちらですよ」

「奥方様はこちらに」

聖堂を出たところでイサークが声をかけると、廊下で待っていた三人がこちらに寄ってくる。

他の騎士と私兵達はいない。あの混乱の中だ。きっと中庭で待機しているのだろう。

「ノクシァはちゃんと隠せてこれたか？」

「隠蔽魔術でばっちり。中庭で待機してます」

「よし。じゃああとでな、トモエ」

「うん」

イサークとミゲルが慌ただしく踵(きびす)を返し、それを見送る間もなく私も近くの部屋に入る。

小さな室内には似つかわしくない、綺麗な衣装箱と大きな姿見が置いてあった。

私はこれから、城下観光という名のお忍びデートに出る。

神殿に多くが詰めかける今なら、市街に人が少なく案内しやすいと、イサークから提案されたのだ。

やることは簡単、替え玉を立てるというやつだ。私達は変装のブレスレットで髪と目の色を変え、騎士団南方支部の獣舎(じゅうしゃ)から呼び寄せたノクシァに乗って神殿の外に出る。その際は隠蔽(いんぺい)魔術をかけて姿を消し、誰にも気付かれないようにしておくのを忘れない。

元々乗ってきたベルリオス伯爵家の馬車には、変化魔術で私達に成り代わった騎士と公爵家お抱(かか)えの魔術士が乗る。その魔術士は変化魔術が得意で、余程のことがない限り見破られることはないとのこと。そもそも馬車から出ないので、こちらも気付かれないだろう。

ただ、変装してもイサークが目立ってしまってたら……まぁ何とかごまかせるよね？

多分。

「奥方様、お召し替えを」

「ごめん、迷惑かけて」

「何をおっしゃいます。奥方様のお世話をするのが、このベロニカの喜びでございます」

「変装って楽しそうですよね！」

うっとりと微笑むベロニカと、楽しそうに笑うロシータ。

どこに行っても変わらない侍女ふたり組は、いつもより素早い手つきで私の儀式用の白いドレスを脱がせて、結い髪を解く。動くと逆に仕事の邪魔になるから、その間私はされるがままだ。

何というか、こういう風に着替えをお任せするのは最初の監禁生活で慣れている。

あっと言う間に下着だけになった私は、また一から着替えさせられた。髪はひとまず櫛で梳かれて、最後に靴下とヒールの低い靴を履く。

「奥方様、どうぞ髪と目の色を」

「そのあとで御髪とお化粧は調整します」

「仕事が早いね。ありがとう」

一仕事終えて満足げなふたりが礼を取って、姿見を前に持ってくる。

いつものドレスに比べたら、かなり地味な格好だ。裾にリボンが縫い留められたピンクベージュのコルセットスカートに、襟に刺繍が入ったシャツ。首元には落ち着いた赤のリボンを巻いていて、何だか元の世界で言うお姫様系？　ロリータ系？　そんな感じの服だ。

　この世界の身分ある成人女性は、ロングスカート以外穿かないという習慣がある。だから、今回のようなふくらはぎ辺りまでの丈は久しぶりで、だいぶ新鮮な感じがする。

　何だか落ち着かないながらもできるだけ気にしないようにして、ベロニカが差し出してきたブレスレットを腕につける。いつも嵌めている婚姻指輪は、カレスティアでは馴染みがない習慣だからつけていても年齢はバレないだろうけど、一応チェーンに通して服の下に隠した。

　昨日と同じように魔力を流して、イメージを固める。

　まず髪をミルクティー色に、それから目を赤銅色に。

　……いや、思いつかなかったんだ、目の色が。髪は割と平凡な色ってことですぐ決まったけど、目の色なんてカラコンすらしたことないから変えろと言われてもよくわからないし。

　鏡の向こうでふたりが微笑ましい顔をしているのが居た堪れない。茜色は駄目だろう、と思って捻ったのに意味がないじゃないか。

「……お化粧と髪、よろしく」

「かしこまりました」

「ちょっと印象変えましょうか」

ツッコまれないの、逆につらい。

鏡の中の私は、いつもの厚い面の皮を保つことに失敗していた。

×　×　×

「ノクシァ、走ってきていいぜ。あとで呼ぶ」

魔術で姿を隠して神殿を脱出し、適当な路地でノクシァから降ろされた。

パスという精神的な結び付きでノクシァと繋がっているイサークは、いつものように八つ足の黒馬に話しかけてぽんと背を押す。

そうやって空へ駆け上がるノクシァを見送ったのは、間違いなくイサーク……なんだ、けど。

「おし、いくか……どうした？」

私の目の前にいるのは、シャツとベストとズボンという簡素な格好をした男性。

身長は百八十センチ弱くらいだろうか。クラウィゼルスの男性の平均身長より低く、顔立ちも少年と青年の間くらいに思える。

ただそれは決して子どもっぽいという意味ではない。やや癖のある黒髪をルーズに流し、葡萄のような濃い赤紫の目はどことなく甘い。鎖骨の下までくつろげたシャツと相まって、すでに危うい男の色気が漂っている。言うならば未だ発展途上にある、野性味が滲む美青年という感じだろうか。

どうして彼が自信満々に絶対大丈夫だと言っていたのか、よくわかった。

「あなたの魔道具に三つ魔石がついてたのって、こういうことだったんだね……」

「体の年齢変えんのは、かなり高度な術だかんな。魔道具使ってもあんま維持できねえ奴が多い。こうすりゃあ、まず疑われることもねえよ」

すっかり様変わりしたイサークが、機嫌よさそうに私を引き寄せる。

身長がかなり変わったせいか、いつもは肩を抱く手が腰に回ってきた。

何だかすごく落ち着かない。というより……超絶男前の少年時代なんて、破壊力が高過ぎるんだって！　黒髪なんかにしちゃってるから、いつもの不遜な笑みがミステリアスさ割増しになってるし、骨格が大人になりきれてないから男前というより美男子だし、もうどうすればいいの⁉

「えと、あの、イサークって何歳くらいの設定なの、今の外見」

新鮮過ぎる旦那様の姿が直視できず、どもりつつの質問になる。すると、返答にやや間があった。

「……十二だ」

「え？」

「十二歳ン時だ。これ以上歳進めると背が一気に伸びっから、この辺が妥当なんだよ」

それは言い換えると、ちょうどいい身長差である私は同年代に見られるということでは？

……いや、イサークが育ち過ぎなんだな、きっと。私は侍女達に最初十五歳くらいと思われていたし、いくらなんでも十二歳に見える訳がない。ないったらない。

「こんだけガキに化けっとさすがに気恥ずかしいが、この方がオメエの許婚だとしても目立たねえだろ」

「何かごめんね……でも、かっこいいよ。黒髪も雰囲気違って似合う。どことなくエロいし」

「はぁ？　……まぁ、オメエが気に入ったなら構わねえけどよ。俺としちゃあ、オメエの方がずっと似合うと思うがな。砂糖菓子みてえに甘い美少女になっちまって……俺から離れんじゃねえぞ。さりげなく爪は見せとけ」

夕焼けのような赤橙に染まり、先だけ銀を散らしたその爪は私とお揃いで婚姻の証だ。イサークの魔力性質と、何故かイレギュラーなことに私の神力が混ざって焼き付いた、珍しいものなのだ。

特殊な神術で焼き付けてあるから隠蔽魔術が効きにくく、理由があって爪を隠す人は専用のマニキュアを使うらしい。不倫をする人御用達だというそれに微妙な気分になったものの、変装のためには使うのかと思っていた。

なのに、イサークは爪を見せていいと言うのだ。せっかく変装したのに、どうしてだろう？

「婚姻できない年齢に見せてるのに、残したままでいいの？」

「神術を使わねえ爪染めは、先走った若い婚約者同士でやる奴もいる。公式の場以外なら普段は目零しされてんだ。ただ、これやっといて婚約破棄でもしたら、すげえ醜聞になんだけどな」

「若いってすごいねぇ……」

「オメエも今はガキの設定なんだから、そういうこと言うなって。そろそろいくぞ」

「はぁい」

くすくす笑い合って、誰もいない路地を抜けていく。公城へ続く大通りはすぐそこだ。だんだんと露店が増えていくのを横目に、私達は真っ直ぐに目的地へ向かう。

実は、イサークとこうやって街を歩くのははじめてだ。王都では目立ち過ぎるのと、普段忙しい彼に家でゆっくりしていてほしいのと色んな理由があり、一緒に城下へいくことはなかった。

この魔道具がなければ、きっとこんな風に時間を過ごすことはなかっただろう。

「何だか変な感じ」

「うん？」

見上げると、元の面影がある顔……と言うと逆かもしれないけど、確かにイサークだとわかる顔が私をまじまじと見る。

「……何つうか、やけにキスしやすい位置だな、これ」

「それは禁止」

違う意味で目立ってしまうだろう。きっぱり拒否をすれば、彼はからからと笑った。

「先に飯食うか。昼の会食も断ったから、腹減ってんだろ？」

「朝も軽くしか食べてなかったから、確かにそうかも。イサークは？　っていうか、イサークって呼んで大丈夫？」

「気にしねえでいい。スルティエラでは公爵家にちなんだ名前をつける奴が多いんだ。イサークもジェリオもバネッサも、果てはグラシアノだって結構いんぞ」

「……グラシアノって、お義父様だよね？」

「ああ、もしかして名乗ってすらいねえか。親父、とんでもねえ口下手だかんなぁ」

そんなレベルで済ませられるか。近衛士団長と違って家族間でもガチの無口っぷりだったぞ。

昨日何とか話しかけたけど「楽しめているなら、よかった」の一言だけで、あとは頷きオンリーだったんだから。しつこく話しかけるとうざいかと思って、それ以降は話を振らなかった。でもあまりに厳めしい顔のまま無言だったから……本当にどうしようかと思った。

「まぁ、親父もかなりオメエのこと気に入ってるぜ」

「どの辺が!?」

「親父の顔見てもオメエがびびらねえで話しかけてくれて、あんなに嬉しそうだったじゃねえか」

「……いや、修行が足りなくてわからなかった」

面倒事回避のための勘じゃ、その辺の機微は読み取れなかったようだ。観察眼をもっと磨こう、うん。

　だらだらと話をしながら、私達はついに大通りに出た。

　聞いていた通り、すごく賑やかだ。屋台で呼び込みをする商人、買い物に勤しむ女性、露店の前で声を張り合う冒険者、手を繋いで歩く男女、本当に色々な人がいる。

　これでも人通りが少なめだというんだから、普段はどれだけごった返しているのか……

「すごいね、王都より何ていうか……」

「雑然としてんだろ。公都でこんだけ騒がしくてガラ悪いのは、うちくれえだろうな」

「あそこ、喧嘩してない？」

「日常風景かってくれえよくあることだ。適当に誰かが止める」

　声を張り合っていた冒険者の男性達が、いつの間にか怒声を上げて胸倉を掴み合っている。

　それでも誰も立ち止まったり、遠巻きに見物したりはしていない。さらりと隣を通り過ぎて、露店の店主に話しかける猛者までいる。

　殴り合いに移行しそうな雰囲気になりかけたところで、別の筋骨隆々な男性が割って入り、ふたりを吊るし上げた。そこで歓声が上がって、筋骨隆々さんが笑顔で応える。

そして両手に冒険者達を確保したまま、どこかに消えていき……

うん、イサークが〝刺激的〟だと言ってたのが理解できた。ここをひとりで歩くには、かなりの慣れが必要だろう。

彼に腰を抱かれたまま、更にくっつくように体を寄せる。忠告されなくても、この通りではぐれたくない。スルーとアルカイックスマイルだけでは色々対処できる自信がなかった。

「かーわいいことすんなよ。刺激的過ぎたか？」

「巻き込まれないようにしようとは思った。喧嘩は当人達の問題だから、好きなだけすればいいんじゃないかな」

「オメエに変な正義感がなくてよかったぜ」

「正義感っていうか、私が出張っても全く意味ないよね。元からこういう場所なんでしょ？　それでずっと成り立ってるなら、怖いだの無理だのやめろだの言うより、慣れた方が建設的だと思う」

「それでいい」

満足そうに言って、彼が私に唇を寄せる。いつもなら頭の天辺に落とされるはずのキスは、頬に落とされた。通りすがりのご婦人が、そんな私達を何故か微笑ましそうに見る。

……うん、そうだね。今の私達は少年少女に見えるんだった。

いつものイサークと並んでいるともう少し年上に見られるのは、もしかして錯覚なんだろうか。私といて通常時の彼が完全なロリコンに見られていたら……今更ながら非常に申し訳ない。

「ちゃんとした店に入るか？　この辺の屋台は美味えんだが」

「ううん。せっかくだから、おすすめの屋台を教えてほしいな」

「よし、じゃあこっちだ」

私達は一応〝中流商家の娘と公爵家私兵の息子〟というふんわりとした設定でいる。所作が平民っぽくなくても納得できるような、ちょっと裕福な平民くらいのイメージだ。

服装もそれに合わせて選んでいるし、イサークは高価に見える魔道具のネックレスを服の下に隠している。私のブレスレットは、商家の娘が身に着けていてもおかしくないレベルの装飾品っぽく偽装してあるようだ。さすがイサーク、抜かりがない。

そのかいあってか、寄り添って歩く私達に視線を向ける人は特にいない。

イサークのかっこよさに目を惹かれる人はいるみたいだけど……まぁ、それはそれ。

というか当然だろう。いくら髪と目の色と年齢を変えても、素材は変わらず極上なんだから。

「イサーク、美形オーラ隠したら？」

「ははっ、俺くれえになると難しいな。美少女連れてる男がいい男じゃねえ方が絡まれるし」

「年齢変えてないのに、何で私だけ素で少女になっちゃうかなぁ……」

「その格好ならそう呼ばれてもしょうがねえよ。帰ったらちゃんと嫁さん扱いすっから、今は俺の可愛い許婚でいろ」

　そう言って甘ったるい流し目をくれるイサーク。

　この目の色だと、妖しさが増大していて何だか心臓に悪い。

「どっちにしても大切に扱ってもらってるからいいけど……この格好って、そんなに幼いの？」

「そのスカート、足見えてっしなぁ。俺と同じで十二、三歳ってとこか。まぁ、体の線見ると違えんだが。とりあえずちぃと幼く見えるくれえの服選ぶよう侍女に言っといた」

「うわぁ……本気で子ども服買ってきたんだ、あのふたり」

「あいつらはお嬢を飾るのが大好きだかんなぁ。ガチで似合うの選んだんだろ」

　久々の〝お嬢〟呼びにどきっとする。

　私と婚姻する前、ふたりきりの時以外に呼んでいた呼び方。体が若くなっているため、イサークの声はいつもより少し高い。それでも私をそう呼ぶ柔らかさは変わらないのだ。

「イサークにそうやって呼ばれるの、好きだなぁ」

「ん？　なら外ではそう呼んでやろうか」

「好きにしていい、けど……やっぱり名前で呼ばれるのは嬉しいよ。特別な感じ」

「本当に特別だしな。俺だけの特権だ――、っと」

べったべたに甘い会話をしながら屋台が立ち並ぶ辺りに差し掛かると、イサークが勢いよく私を抱き寄せる。片足が浮くくらい強く引かれ、何かと思う前に、私がいた場所に男性が倒れてきた。

「常識知らずなガキにやる飯なんざないよ！　とっとと帰んな！」

「あぁ!?　客に対して何様だこのクソババァ！」

威勢のいい声を上げたのは、非常に恰幅のいい中年女性……素直に言えば太ったおばさんだ。

おばさんに突き飛ばされたのか、冒険者っぽい若い男性はすぐに起き上がり、おばさんに掴みかかろうとする。

思わず彼の腕の中であっ、と声を上げてしまう。

でもおばさんは全く動じず、相手が向かってきた勢いを利用して男性を投げ飛ばしてしまった。

　騎士団の見学でもこういう体術を見かけるけど、どう動けばそうなるのか全くわからない。

「ふん！　ここをどこだと思ってんだい！　天下のスルティエラで店広げてて、ケツの青い冒険者ごときに遅れを取る奴なんざいないんだよ！」

　パンパンと手を払う仕草までつけて鼻で笑うおばさんを見て、また歓声が上がる。

　こういうの、本当に日常茶飯事なんだな……治安悪くならないのかな。

　遠い目をしてしまった私に気付いたのか、イサークがこっそりと耳打ちしてくる。

「安心しろ。この界隈は私服の憲兵が常にどっかしらにいる。それに店出してる奴は大抵自力で揉め事を片付けられるし、事が大きくなりそうだったら憲兵が割って入ってくっからな」

「もしかして、さっきの冒険者同士の掴み合いを止めた人も？」

「ああ、ありゃ憲兵だ。しかも役職持ち。この街の奴らなら、大抵知ってる」

「最初に言ってよ。全部自己責任なんてすごいっていうか、やばいところだなって思いはじめてた」

「まぁ、結構そういう面はあるな。公城に近い場所ならもっとおとなしいんだが、この辺は露店と屋台ばっかだろ？　どうしても冒険者が多くなるんだよなぁ」

「でも、美味しいんでしょ？　屋台のご飯」

「おう。ちょうどこの店だ。南に帰省した時にはよく食うんだ」

まさかの事件発生場所で昼食か。まぁ、あの冒険者はいつの間にか回収されていったし、大丈夫か。

体を離して私の手を握り、イサークは屋台に戻ったおばさんに近寄っていく。客だとわかったのか、愛想のいい笑みを浮かべたおばさんが口を開いた。

「いらっしゃい！　可愛いお嬢ちゃんは、さっきあのガキにぶつかりそうになってた子だね。悪かったねぇ。怪我はなかったかい？」

「あ、大丈夫です。彼がいたので」

「そうかいそうかい……あらまぁ、えらくかっこいい兄ちゃんじゃないか！　友達かい？」

「おいおい、おばさん。見りゃわかんだろ」

友達にはこんなことしないだろう、と言わんばかりにイサークが握っていた私の手の甲にキスをする。ついでに爪もちらりと見せたり。

いつもなら呆れ混じりの「お腹いっぱいです」という表情を向けられることが多いけ

ど、年齢で許されるのか、またしても微笑ましいものを見るような目を向けられた。

「爪染めなんて気の早い許婚だねぇ、お嬢ちゃん。まぁさっき迷惑かけたのと誤解したお詫びだ。おまけするからたんと食べてっておくれ！」

「おばさん、アレあるか？　木苺兎の肉とチーズ挟んだやつ、アレ二つくれ。量は片方少なめ、片方はその分多めで」

「ああ、あるよ！　兄ちゃんはうちに来たことあったかい。アンタくらい目立つ子、なかなか忘れないと思うんだけど……」

「ダチに買いにいかせたからな」

さらっと嘘を言って、彼はベルトに付けたポーチからお金を払う。

そういえば私、無一文だ。お忍びの時はいつも現金を持っていたのに、今日はばたばたしていてすっかり忘れていた。お財布すら出せないって、何だか情けない……

ありがとうと言うべきだけど、ごめんとも言いたい。そんな気持ちで彼を見ると。

「気にすんな。オメエには財布持たせんなって侍女に話しといたせいだ」

「私だって何かいいものがあったら買いたいのに」

「ンなの、全部俺が出すに決まってんだろ。目一杯わがまま言ってくれ」

「無茶言わないでよ」

「お熱いねぇ！　はいよ、木苺兎のサンドイッチふたつ！」

茶化すような声と共に、油紙に包まれ湯気を立てているパンが差し出された。

厚切りベーコンとチーズがふんだんに挟み込まれた、ボリュームのあるパン。上には胡椒がかかっていて、匂いだけでも食欲をそそる。このベーコンの大きさから考えると、木苺兎って大きい兎なのかな？

「お嬢、熱いから気をつけろよ」

「ありがとう」

「おばさん、席借りるぜ」

「はいよ」

威勢のいい声で了承をもらい、イサークが視線で屋台の隣にある小さなベンチを示す。

てっきり歩きながら食べるものだと思っていた。でも、量を減らしてもらったにもかかわらずパンから具がはみ出ているこれを食べながら、通りを進むのは難しいかもしれない。

私が膝の上にハンカチを敷いたのを見て、彼は量が少ない方のサンドイッチを渡してくれた。

「ゆっくり食おうぜ。お嬢は口が小せえからなぁ。食うの難しかったら、切ってもらうか？」

「大丈夫。マナー気にしなくていいなら、普通に食べられるから」

「そうか」

こんなところでマナーも何もないだろう。納得したイサークがボリューム増し増しのサンドイッチにかぶりついたのを見てから、パンを少し潰して大口で齧りつく。

熱い肉汁と、とろけたチーズが口の中に広がる。やけどしそうだ。気を付けて呑み込むと、大味ながら濃厚な後味が残ってかなり美味しい。

こういうジャンクな感じのもの、久しぶりに食べたなぁ。懐かしい。

「どうだ？　美味えだろ」

「おいしいっ」

「そりゃよかった。俺の気に入りなんだ、ここのサンドイッチ」

ばくばくとサンドイッチを消費しながら、彼が無邪気に笑う。

それだけ早食いをして、食べ方が汚くならないのはすごい。私は結構時間がかかりそうだ。

「このお店って昔からあるの？」

「ああ。この辺でも結構長いんじゃねえか」

「そうなんだ。屋台って入れ替わり激しいのかと思った」

「まぁな。売れなきゃすぐに替わる。この通りでちゃんとした店開くには領主から認可をもらわねえとできねえんだが、屋台と露店は公都の商会連の管轄だかんな。詳しくは知らねえけどよ」

「そんだけでも充分詳しいじゃないか。兄ちゃん、この辺の子かい？」

声を潜めず話していたから聞こえたらしい。別の客を見送ってから、おばさんがこっちに声をかけてくる。

「この辺に詳しくなきゃ、大切な許婚を屋台に連れて来たりしねえだろ。見ろよこの可愛さ。目ぇ離したら攫われちまう」

「ほんっと熱々だねアンタら！　人攫いなんてこの公都で起こる訳ないだろ。ああ、だけど……」

おばさんが言い淀んで、一瞬顔をしかめる。

客足が途切れたのをちらりと確認してから、おばさんは私達の傍に来て声を潜めた。

「もしかしたら、人攫いもあるかもしれないよ。最近、裏街の奴らがちょっとおかしいんだ」

「おかしい？　あいつらがぶっ飛んでんのは今更だが、何かあったのか」

「うちに買いに来る裏街の馴染みがいるんだけどね、何だかやたらとぴりぴりしてんだ。子どもに何かあったらしいんだが、詳しいことはわからなくてね」

裏街、とは。

はじめて聞く、何ともアンダーグラウンドな雰囲気の単語にどんな反応をすればいいのか。

不自然にならないように彼の方を見ると、その表情は先程の楽しそうなものから一変していた。

「ここ十数年でやっと交流ができて、公都全体が開けてきたと思ったんだけどねぇ……アタシはそう思わないが、裏街の奴が何かやらかす気なんじゃないかって噂にもなってんのさ。中には子どもが無理矢理連れていかれそうになったって人もいて」

「……憲兵、いや騎士団には話通ってんのか？」

「兄ちゃんだって知ってるだろ。騎士も憲兵も、裏街には入れないじゃないか」

「まだンなことやってんのかよ……ババアも頑固だな。つうかまだ生きてんのか？　あいつ」

おばさんに聞こえない程の小さな声で、イサークが毒づく。

どうやらデリケートな問題のようだ。聞けるなら、あとで聞こうかな。

そう思いながらこっそりと食事を再開する。自分にできることがないなら、黙って空気に徹するのが吉だろう。

「……？」

ふと、体に変な感覚が走った。

何だろう。今、ぞわっとした。寒気？　今日は割と暖かいのに。

食べかけのサンドイッチをハンカチの上に置き、自分の肩を撫でて嫌な感覚を鎮める。

「お嬢、どうした」

すぐに気付いたイサークが、私の顔を覗き込んだ。

まだぞわぞわする。風邪の引きはじめに似ている気がするけど、どうも違うような。

どうしよう、言った方がいいかな。今真面目な話してたのに、何だか申し訳ない。

迷った挙句、「何でもない」と言ってしまおうと口を開き――

ぞわ。

「ッあ……」

なにこれ、気持ち悪い。

口元を押さえて、ひどくなる感覚に耐える。

「まさか……！　トモエ、ちいと我慢しろ」

早口にそう言い、イサークが片手で何かを描く。すると嫌な感覚はだんだんと引いていった。

深く息をついた私を見て、彼がぐっと眉根を寄せる。

「つらいのにすまねえが、神術結界張れるか？　初級でいい。俺の神力じゃ長く保てねえんだ」

「う、うん」

私を抱きとめながら、耳元で彼が囁く。

おばさんに見えないように、私は彼と同じく片手で聖印を切った。

神術は神力を持つ人間が聖句や聖印を神に捧げることで発動する。大神官ともなると頭の中で聖句を捧げるだけで神術を行使できるらしいけど、それにはかなりの修行が必要だ。

体が銀の光に包まれ、馴染むように消えていく。それを確認してから、彼は自分の結界を解いた。

「気分は悪くねえか？　そのまましばらく保てるよな」

「大丈夫」

「どうしたんだい!?　一体何があったのさ」

おばさんは神力持ちじゃないんだろう、私と彼が結界を張った一瞬の銀の光だけが見えたのか、目を白黒させている。

あまり騒ぐと無駄に注目を浴びてしまう。どうしよう……

何か理由がないかと視線を動かした時、通りを挟んで向こう側の路地に入っていく小さな人影を見つけた。どうしてか気になって、目で追ってしまう。

「お嬢は体が弱くてな。今日は調子がよかったから連れてきたんだが、無理させちまったみてえだ」

「あらまぁ！　お嬢ちゃん、顔が真っ青じゃないか！　こんな脂っこいもの食べさせちゃまずかったんじゃないのかい？」

「いや、食いもんは関係ねえよ。今治癒の術をかけたから、このまま帰って休ませる。悪いな、また今度ちゃんと食いに来るぜ」

うまく言い訳をしてくれたイサークに促され立ち上がる。

瞬間、路地の小さな影がふらふらと頭を揺らしながら、こちらを振り向いた。

珍しい褐色の肌の、だぼついた服を着た灰色っぽい髪の男の子だ。その大きなオリーブ色の目とかち合ったが、一瞬で逸らされる。

どこか淀んだ光を宿したその瞳は、何故か妙に胸をざわつかせた。けれど声を出す前に、その子は路地の奥に消えてしまう。

「何か飲むかい？　冷えた飲み物で口を湿らせれば、ちょっとは楽になるかも」

「大丈夫だ。ありがとよ、おばさん」

「そうかい……ちゃんと体調戻ったら、またおいで。お嬢ちゃん」

「……あっ、はい。ご迷惑をかけて、すみませんでした」

頭を下げる私に、おばさんは気にするなと言わんばかりに首を横に振った。

店先で買った物を食べている時に体調を崩すなんて、悪いことをしてしまった。

せっかくこれからデートだったのに、それもできなくなりそう。イサークにも申し訳ない。

「イサーク、ごめんね……何だったんだろう、今の」

神術の結界というものは二種類ある。身の内の神力のみで行使する移動型の神術結界と、神力以外に諸々手間暇がかかる常置型の神聖結界だ。結界は初級から最上級までレベル分けされていて、イサークが私に展開しろと言ったのは一番簡単な神術結界のこと。

体調不良が治癒の神術で治るならともかく……神術結界で治るって、どういうことだろうか。

「オメエははじめて受けたからわかんねえのか……あれは魔の穢れだ」

「けがれ……？　え、穢れ？」

「ただの体調不良じゃねえ。オメエの体の中にある魔力が乱れた結果だ。神官でもねえ限り初見じゃまず判別できねえが、俺は職業柄何度も見てっからわかる。あれは穢れを受けた奴特有の乱れだ」

予想もしなかった原因。そこで、勉強してきた知識を思い出す。

魔物の存在が発生させる、穢れ。どうして穢れが生まれるのか、理由は未だ明らかになっていない。ただ、それが生き物にとって毒であることはよく知られている。

人間は穢れを受けると体に不調をきたす。どんな風に、というのは個人差が大きいらしい。

大人になるにつれて穢れへの耐性が身につくから、普通の大人は魔物の体液でも浴びない限り、穢れによって体調を崩すことはないという。

魔物が近づいただけでダメージを受けるのは、赤ん坊くらいの小さい子どもか、言祝の神子だけだと言われている。神子は清らかな天上世界の人間だから、魔の穢れに弱いそうだ。

普通、街中で穢れを発する魔物に遭遇することはない。ペットや騎獣として人間と共存する魔物は穢れを封印する契約術を施されているし、こういう大きな都市に魔物が入り込むことはまずないとも聞いた。

イサークがすぐに神術結界を張れと言った理由が腑に落ちる。神術結界には、初級でも穢れを遮断する効果があるのだ。

「街に魔物が入り込んでるって訳じゃねえ。だったら先に俺が気付く。多分、穢れを受けた人間が近くにいたんだろ。チッ……騎士は本気で何してんだ」

「人に移った穢れだけで……こんな風になる？」

「余程深く穢れを受けた人間とずっと一緒にいない限り、ならねえな。神子が穢れを嫌うってのは世界の常識だが、ここまで過敏だとは思ってなかった。どっかの冒険者が穢れを受けたまま放置してたのか……すまねえ、気軽に連れてくるんじゃなかった」

屋台から離れ、路地を少し進んだところでイサークが私を横抱きにする。

いつもより細い腕にしっかりと抱きとめられ、私は抵抗する間もなくそのまま運ばれてしまう。

「ちょ、もう全然平気だから！」

体に入った穢れは浄化の神術で取り除ける。神力持ちであれば、穢れのない場所で安静にしているだけでだんだん穢れが抜けていくらしい。私は神力が多いから、ちょっとの穢れなら遮断すれば結構大丈夫なようだ。あれだけあった寒気も気持ち悪さも、綺麗さっぱりなくなっている。

「今は平気でも、さっきはつらかったろ。俺がいてこんな目に遭わせちまうなんて……」

彼が苦しそうに眉を顰める。

もちろん、イサークが謝る必要なんてひとつもない。穢れを受けて放置している人がいけないんだし、神力持ちとして未熟なせいで察せなかった私も悪い。

私は無言で首を振り、そっと彼の頬を撫でた。

「気付いてくれただけで充分だよ。イサークが神術結界のことを知らなかったら、状況がわからないまま具合が悪くなるだけだったもの」

「俺の神力がもうちょいあればよかったんだがな。とりあえず祓いの護符を取り寄せる。外出時は身に着けてくれ」

「そこまでしなくても、結界があるから大丈夫だよ」

「俺が心配なんだ。王都に帰ったら強い穢れ除けの魔道具も作らせる」

葡萄色に染まっているその瞳を見て、それ以上言い募るのをやめる。

きっとイサークは魔道具を作らない限り、王都に帰っても私を外出させせない。

これでも彼は譲歩してくれているのだ。私が穢れに過敏なのを知った今、内心はずっと御屋敷にいてほしいと思っているはずだから。

それで彼が安心できるなら、私は受け入れよう。ここで変に意地を張って、彼に無用な心配をさせる必要なんてない。

「わかった。ありがとう、イサ……」

「イサーク？」

割り込んできた、低い女性の声。

私達がぱっとそちらを向くと、視線の先に背の高い、褐色の肌をした女性が飛び込んできた。

私よりいくつか年上だろうか。細身のズボンにシャツを着ていて、まるで男装しているよう。クラウィゼルスの女性は特殊な職種以外でズボンを穿かないので、かなり珍しい格好である。

ただ、男装ではなさそうだ。体の線が出る服はスタイルのよさが際立っているし、シャツの襟元から零れる胸も隠していない。おそらく動きやすい格好を好んでいるだけだろう。ひどく疲れた表情をしているものの、どこか色気を漂わせるきつめの顔立ちは、端的に言って整っている。

「やっぱり。あんた、イサークだろ？」

疲れのせいか、どことなく沈んでいる鉄色の目を見開いて、女性はこちらに寄ってくる。

ざっくばらんなその態度は、とても親しげに思えた。髪と目の色と年齢すら変わったイサークを見て、すぐ本人だとわかることからしても、実際親しい人なんだろう。

こっそり観察していると、彼女は私達から二、三歩離れたところで足を止めた。そして不思議なものを見たように片眉を上げる。彼女が見ていたのは、イサークの腕に抱かれた私で……

「どこのお嬢様を保護したんだ？　公都で迷子にでもなってたのかい」

「野暮用でな。それよりルース。オメエ、何でこんなとこにいんだ。ずいぶん疲れた顔してっけど、どうした？」

するりと私を下ろして肩を抱いたイサークを見て、ルースと呼ばれた女性は不機嫌そうに髪を掻き上げる。目と同じ鉄色の長い癖毛が、ばさりと音を立てて舞った。

「あたしのことはどうだっていいだろ。一応公都に住んでる人間さ。いちゃいけない道理はないね。それより、あんた何なんだい、その格好。ガキの頃に戻ったみたいじゃないか」

「野暮用だっつってんだろ」

「嫁さんと里帰り中じゃなかったのかい？　どうせ抜け出してきたんだろうけど……」

鉄色の瞳が私を捉(とら)えた。少し険(けん)のあるそれに、思わずひくりと頬が動いてしまう。

もしかしてバレてる？

幼妻(おさなづま)っぽいとか噂になってるのかな。でも噂とは髪と目の色も違うだろうし……

「まぁ、あんたに神子様なんてお綺麗で御大層な女は合わなかったのかね」

吐き捨てるようなその声は、刺々(とげとげ)しい。ずいぶん攻撃的な人だなと他人事みたいに思ってしまう。

「あんたは歳取るごとにしがらみが多くなっちまってんだ。更に余計なモン背負って……」

「やめろ」

すっと彼女の前に手を翳(かざ)して、彼が言葉を遮(さえぎ)る。

さほど大きな声ではなかった。だけどとても低く冷たいそれに、彼女は目を見張る。

「この俺が望んだ女だ。いくらオメエでも、それ以上はねえぞ」

「……悪かったよ」

絞り出すように口から零(こぼ)れた、謝罪。

ああ、彼女はイサークのことが好きなんだ。そうはっきりわかるくらい、苦い声だった。

イサークはとても魅力的だから、彼に好意を持つ人は王都にもたくさんいる。でも、普通の令嬢達ならまだしも、彼の幼い頃を知っているだろう人が相手となると……むっとするより、悔しいという気持ちの方が先にくる。私の知らない時間を共有していた、その思い出が羨(うらや)ましいと思った。

ただ、イサークがあえて紹介をしない今、私は彼の妻として反応することができない。結果として引き続きスルーするしかなかった。

その何とも言えない空気を感じ取ったのか、それとも本当に私を休ませるために急いでいるのか。イサークは口を開こうとした彼女をまた手で制した。

「二度と言わねえならいい。悪いが、俺らはちいと急いでるんでな」

「あ、ああ……気を悪くさせてすまないね。そのお嬢様を送ってくだけなら、あたしが憲兵(けんぺい)に預けといてもいいよ？」

「いや。そっちに行く用もあっから、積もる話ならそん時にしてくれ。疲れてんなら早く帰れよ。じゃあな」

素(そ)っ気(け)ない程に言い切って、彼は私を抱き寄せたまま彼女の隣を通り過ぎた。

振り返ることもなく路地を進んでいくイサークに代わり、首を後ろに巡らせてみる。だけど彼女は俯(うつむ)いてしまって、どんな表情をしているのかわからなかった。

「イサーク、あの……」

「裏街の昔馴染みだ。俺はガキの頃にあそこを遊び場にしてたから、知り合いも多い」

「どういうところなの？　公都の中にはあるみたいだけど」

さっきから思っていたのだ。裏街という名前からして、普通の場所じゃないことはわかる。かといって貧民窟――スラムでもないのではないか。

カレスティアの五つの都市、王都と四公都にはスラムがないと言われている。それに先程のルースさんも、疲れてこそいたが身綺麗にしていた。この世界では違うのかもしれないけど、私のイメージするスラムとは結び付かない。

「裏街は何つうか……公都の半独立区域だな」

「そんなところがあるの？」

「ああ。百年くれえ前か、カレスティアを含め結構な数の国を巻き込んだ戦争があった時にできた場所だ。ここは直接戦場にはなってねえが、陽の河越えた同盟国が一番派手な戦場だったんだよ。こっち側が勝って終結した頃には戦奴とか難民とか、色んなのが河渡って公都に溢れちまって」

その戦争のことは本で読んだ。確か何ヶ国もが参戦した大戦争で、カレスティアは同盟国のために手を貸したとされている。

以降大きな戦争はなく、多少の戦火を受けたカレスティアもすぐに元通りになったという。

「戦後で混乱を極めてた隣国や他の国に送還することもできねえ。だから当代南公爵が苦肉の策で、居住区域だけ作ってそいつらを受け入れた。受け入れるっつうか、ただ押し込めたってくれえに適当だったらしいが」

「その人達の子孫が、今でもそこで暮らしてるんだね」

「それに加えて、裏街が何でも受け入れるっつう噂に縋って、うちに飛び込んでくる奴も結構いてな。もう入り乱れちまって、訳がわからねえ」

「駆け込み寺みたいになっちゃったってことかな。その人達って、カレスティアの籍を持ってない……んだよね？」

クラウィゼルスには戸籍制度がある。大国の王妃となった数代前の言祝の神子が提唱して、魔力を元に作られた個人データを国で保管するようになっているのだ。全世界で戸籍が百パーセントきちんと管理されているとは言えないものの、カレスティアでは大事な制度として浸透している。

国籍を移すには、もちろん色々な条件や手順がある。元々各国に送還するつもりだった戦争難民をただ受け入れるだけなら、戸籍は必要ないと思われていたはずだ。

「ああ、作れねえな。戦奴は元から国籍を持ってねえし、亡命した奴は生国の籍から抜けられねえ。もちろん、こっちに来て産んだ子どもにも籍はねえ」

「やっぱりそうなるよね……養子にならない限り無理なのかな」

「一番手っ取り早えのはその方法だな。あとは、かなり無茶だが断絶してた家系を継がせたり。冒険者になりゃあ身分証明の代わりになるが、裏街の住民全員が冒険者としての技量を持ってるはずもねえ」

最初に想像していたより、ずっとデリケートな話のようだ。

勉強だけしていてはわからない公然の秘密。片付けるには、いくつもの問題があるんだろう。

戸籍がない。故郷へ帰ることもできない。話を聞いている限り、公の力に縋ることもできない。そんな八方塞がりもいいとこな彼らは、一体どうやって…………ん？

ちょっと待って。さっきイサーク、「遊び場にしてた」とか言ってなかった？

思わず立ち止まって顔を見上げてしまうと、彼はにやりと笑った。

「好奇心でちぃと遊びにいったら、スラム一歩手前だったんでな。風通しよくなるようにガキなりに色々頭回した。今じゃ割と綺麗になって、そこそこ表の都民とも交流できてるはずだぜ。聞いた感じ、未だに憲兵とかの介入は拒んでるみてえだが」

「よくそこまできたね……百年近くも放置されてたんでしょ？」

「放置っつうか、爺の代から何とかしようとはしてたんだが、裏街自体が引き籠るのをよしとしてるせいで、顔役が話の席にも着かなかったんだよ。俺は何の力もねえガキだったから、普通に入れたんだろうな」

「いやいやいや。何の力もない子どもが街を変えるって、普通は無理だから」

さすがイサーク。英雄なんて呼ばれるだけのことはある。すごい行動力だ。

もちろん彼ひとりの力じゃないはず。イサークの想いに応えてくれた人は、きっと裏街にも都民にもいた。公爵家も手を貸していただろう。

ただその先頭に立ったのは彼だ。月並みな言葉だけど、誰にでもできることじゃない。

「頑張ったね、イサーク」

「ありがとよ。だが、実際に立ち上がったのは裏街の奴らで、受け入れたのは表の奴らだ。うちの都民がおおらかでよかったぜ」

「戸籍がなくても公都にいる人はもれなく都民、って感じになったのかな？」

「そうだな。さすがにそんだけの数の戸籍を作ったら国がおかしくなる。裏街にはやんごとない血筋の奴とか、クリスには劣るがかなり腕利きの魔術士とか、どっかで魔術兵器作って亡命してきた研究者とか色々いるからな。そういう奴らは表に名が出ることを一切拒んでんだ。戸籍が必要な奴と南から出たい奴は、ちょいちょい養子にしてカレスティア籍を作ってやってる」

戸籍があったら困る。そんな人もいるのか。確かに亡命した王族が実はカレスティアで生きていて――とかなったら面倒なのかもしれない。

風通しがよくなって、戸籍を得ることができるようになった。大通りに買い物に来る人もいる。

それなのに……裏街の人が人攫いなんてするだろうか。

むしろ都民が戸籍のない裏街の人を攫うという方が自然な気がする。

「ねぇ、イサーク。さっきのおばさんの話、おかしくない？」

「おかしい。裏街の奴らは基本的に引き籠りだ。頭やべえ実験してる奴もちらほらいるが、普通のガキ攫って何かしようなんざ考えねえ。つうか、そういう奴がいても顔役と幹部が許さねえ」

「その人達も顔見知りなんだよね？」

「当然。明日いって話聞いてくる。場合によっちゃあ、ちいと調査も必要だな……チッ、新婚旅行中だってのに」

がりがりと頭を掻いて舌打ちをするイサークは、そのまま路地の奥に入っていく。ずいぶん入り組んだ場所だ。ここでノクシァを呼ぶんだろうか。結構狭そうだけど、大丈夫かな。

さっき見た褐色の肌の男の子といい、公都の人はこういうところを歩き慣れてるんだろうか。

そこまで考えて、少し頭に引っかかった。

あの男の子、ずいぶん小さかった。多分五、六歳くらいかな。そんな子がひとりで歩いているって、ちょっと変じゃない？

「あのさ……褐色の肌の人って、珍しい？」

「ん？　ルースのことか。あいつは南の国の血が入ってっからああいう肌なんだと。確かに珍しいな。裏街でもそこまでいねえ。それを嫌がって、普段は表に出てこねえんだが……」

「ああ、じゃあ……」

さっきは余裕がなくて深く考えていなかったけど、もしかしてルースさんがあそこにいたのって、あの子を捜しに来たのかも。

戻って伝えた方がいいかもしれない。そう思いながらあの男の子のことを思い出す。

よくよく頭に浮かべてみれば、あの子とルースさんは共通点が多い。同じ肌の色、似た髪の色、顔立ちも似ていた気がする。それと……

「……淀んで、いた」

「何？」

「あの、ルースさんの前に見たの！　さっき具合悪くなった時に、ひとりで路地に入っていく褐色の肌の子どもを。何だか気になって……」

慌てて口にしたものだからうまくまとめられなくて、一度深く息をついて落ち着く。

私はさっき穢れを受けてから、ずっと神術結界を展開したままだ。だからうまく意識できなかったのかもしれない。それでも私が感じ取れた微かなものは、きっと勘違いじゃない。

「その子には淀みっていうか、魔力の乱れ？　みたいなものがあった気がするんだ。もしかしたら、魔の穢れが関連しているのかも……それに、ルースさんもほんの少し似た感じがした」

気になって目で追ってしまったのは、あの子がおそらく魔の穢れに蝕まれていたから。目が淀んだり沈んだりしていると感じたのは、そこが生物にとって一番生気を感じさせる箇所だからじゃないだろうか。元から目に力がない人はいるけど、きっとそういうのとは違う。ルースさんは見間違いで済ませられる範囲だったが、あの子どもの目は私の胸をいやにざわつかせるものだった。

私の話を聞き、彼が自身の髪を乱雑に掻き上げた。

「……俺はルースから穢れを感じ取れなかったが、あいつはまだ穢れに触れただけってことか」

「そこまではわからないけど……でも結界で遮断していても穢れの存在に気付けるって勉強したよ。今までにない感覚だったから、裏街に行く時に調べてみてもいいと思う。裏街の人は穢れに触れる機会が多いって訳じゃないよね？」

「ねえな。浄化の神術を使える神官も裏街には入らねえから、穢れは絶対に持ち込まねえようにしてるはずだ」

裏街の子どもに何かがあった。表の子どもが誘拐されそうになった。そこからまさか、こんな問題まで出てくるなんて……

どうか勘違いであってほしいと思いながら、私は自分の手をぐっと握りしめた。

「ちいと急ぐぜ。オメエを送ったら、すぐに裏街に行ってくる。オメエは公城で、ゆっくり休んどけ。祓いの護符が届くまで、外に出るんじゃねえぞ」

「え？ う、うん。わかった」

一瞬だけ……私がルースさんの穢れを確認して、一緒に裏街にいった方がいいんじゃないかと提案しそうになった。

でもきっと、私は今同行してはいけない。魔の穢れが関連している可能性のある場所なのだ。何の情報もなく穢れ耐性ゼロの私が飛び込めば、間違いなく足手まといになる。せめて何がどうなっているのかわかってから、私が必要だと判断されたら、動くべきだろう。

真剣な葡萄色の瞳に内心驚きつつ、首を数度縦に振る。すると彼は瞬きをしてから微笑んだ。

「せっかく案内してやるっつったのに、楽しませてやれなくて悪い」

「そんなの、あなたのせいじゃないよ」

ばさりと音を立てて、何かが近くに降り立つ。

おそらく隠蔽魔術で見えなくした、ノクシァだろう。もう呼んだのか。

「イサーク、あなたの無事を祈ります」

新婚旅行どころじゃないかもしれない。それでも、彼が裏街の人を見捨てる訳もないのだ。

私にできることは、祈ることだけ。必ず届く祝福を、皆の英雄に捧げよう。

湧き上がった銀の光が、いつもより細い彼の体を包む。それを見て、彼は微笑んだ。

第四章

裏街の様子がおかしいと聞いてから、一夜明け。

イサークはミゲルを伴って裏街に向かい、今も帰ってきていない。

聞けばミゲルは裏街出身らしい。今でこそカレスティア籍を得て、騎士爵にまでなっているけど、詳しい経緯は知らなかった。

連絡ひとつないイサーク達を待つ間、私は唯一手の空いていたお義母様からお茶会に誘われパーラー――私的な居間にやってきた。

夫が頑張っているなか、私は呑気にお茶飲んでていいのか。

そう思わなくもないけど、私にできることは本当にないのだ。

関われないのが不満、なんてわがままは言わない。ただできれば状況だけでも聞きたかった。本当に魔の穢れがあるのか、それとも別の問題なのか。少なくともそれくらいは……と思うのも、わがままかもしれないけど。

どこか焦りめいたものが、自分の中にある。そんな私に気付いているのだろう。お義母様は私に落ち着けという風に、殊更ゆっくりとした手つきで紅茶を飲む。

話題は裏街のこと。今回の件には触れず、記憶を語るようにお義母様が言葉を零していく。

「裏街はね、本当に色んな人がいるわ。私ですら知らない国の出の人も、見たこともない不思議な術を使う種族も、たくさん」

まるで愛しいものを語るみたいに、茜色の目が細められる。

「ミゲルがうちに来た日はよく覚えているわ。イサークが、いきなり灰色毛玉を担いで城に戻ってきたのよ」

「はいいろけだま……」

ひどい言われようだ。でも、お義母様は笑いつつも冗談で言っているようには見えない。

「あの頃のミゲルは髪がすごく長くてぐっしゃぐしゃで、見た目を気にする余裕もない生活をしているのが一目でわかる格好だったわ」

無言で話を促す私を見て、彼女は噛みしめるように少し間を置いた。

「悔しかった。南公都でこんなに困窮を極めた人がいることが、ただ悔しくて情けなかったわ」

「確か……お爺様とお義父様の代では、裏街の顔役が決して交渉に応じなかったんですよね」

「そう。あの場所ができた当初、公爵だった私のお爺様に〝置いてはやるが貴様らは決してスルティエラの民ではない〟と言われた上、表に出てこないように誓約書を書かされていたみたいでね。お爺様が亡くなって誓約書の効力が失われても、彼らはスルティエラに対して求めることは何もないと、その一点張りだったの」

裏街の人がどうやって生きてきたのか、私にはわからない。

場所だけ用意されても、どう生計を立てていけばいいのか。税がない代わりに誓約書のせいで仕事につくこともできない。神殿で祈ることもできない。そんな状況で、彼らは公爵家に対し何を思っていたのか。

「国や貴族に期待することを諦めてしまっていた、んでしょうか……」

「戦に翻弄された人達の集まりだもの。国など信じるに値しないと、痛い程伝わってきたわ」

お義母様が自嘲するような笑みを浮かべて、溜め息をついた。

「無理に手を入れても、頑なに受け入れようとしなかった。荒廃していく場所を見ているのが歯痒くて仕方なかったわ。強権を振るっていっそ裏街を解体しようかと思うくらい、ひどかったのよ」

裏街は一時期、スラム一歩手前まで荒れていたと聞いた。

だからお義母様の言う案も、正しい道のひとつではあるんだろう。

ただ、そうしなかった人がいる。

「それをぶち破ったのが、ご存知の通りイサークよ。あの子、私達のように申し入れも交渉もなしに、普通に遊びに行ったのよ？　スルティエラ特有の目の色を変えて、バレないように」

「気付かれなかったんでしょうか」

「大人達にはバレてたんじゃないかしら。でも、手を貸してやるとか施しを与えてやるって気が微塵もないから放って置かれてたみたい。そうしてだんだんと彼らに受け入れられて、信頼されて。そこで大改革よ。私達もあの子を窓口にして、やっと手を回しはじめることができたわ」

きっと裏街側だって、このままじゃいけないとは思っていたんだろう。だからこそ、イサークなら信頼できると、変化を受け入れたんだ。

公爵家としてじゃなく、ただのイサークとして内から裏街を変革していった。そうしてまだ完全ではないものの、彼らは戸籍がなくても都民として認められている。

裏街、というのはただの呼称なのかもしれない。そう呼ぶ公爵家の人の声に、蔑む色はない。

「ミゲルは改革中に連れて来られたの。ついでのように、彼の両親も。今はふたりともうちに仕えてくれているわ。母親はうちの自慢の音楽家でね。今回の件が片付いたら、小さなコンサートを開きましょう」

きっと、その両親にも色々な過去があったんだろう。

顔も知らないのに想像するのは何だか失礼な気がして、私は軽く頭を振ってから笑みを浮かべる。

「楽しみです。あまり芸術には明るくなくて、申し訳ないのですが」

「そんなのいいのよ。素敵だと思ったら素敵って言えば。南の人間は芸術性が低いのよね……こう、全体的に男の浪漫（ロマン）に溢（あふ）れているっていうか」

「遺跡が多いからですかね？　それも夢があっていいと思いますけど」

そういえば昨日、イサークは冒険者が穢（けが）れを受けたまま放置しているんじゃないかと言っていた。遺跡内ではそういう人が多いなら、穢（けが）れに弱い私の遺跡デビューは本当に遠い。

「……はぁ」

思い出して、またもやもやとしてしまう。

あの男の子はどうなったかな。私の予想通り、やっぱり魔の穢れを受けていたのかな。浄化はできてるのかな。

少し考え込んでしまったら、お義母様が身を乗り出すようにして私の顔を覗き込んできた。

「カーミァ様、まだ体調が思わしくないんじゃなくて？　裏街のことも気がかりでしょうけど、やっぱり一日きちんと休んだ方が……」

「いえ、これでも神力は多い方なので大丈夫です。ご心配をおかけしてしまって、すみません」

「そんなのいいのよ。魔の穢れは触れた時間が長いと浄化した後も快癒に時間がかかるわ。私も一人で魔物討伐にいった時、うっかり頭から血をかぶってしまってひどい目に遭ったもの」

「……お義母様は、魔術士団所属でしたよね？」

魔物討伐が主な任務である騎士と違って、魔術士は研究や防衛に職務の比重が置かれている。討伐に出たとしても魔術士は後衛で、単身魔物に挑むことは滅多にない。と聞いたんだけど……。

「私、魔術騎士だったから。本当はそんな役職ないんだけど、魔術も武力も優れた人はそう呼ばれるの。一応イサークもその枠よ」

「さすがとしか言いようがないです……まさか単身で魔物討伐なんて」

「よくやってたわよ？　夫が凶運の持ち主だから、出かけた先で魔物が発生することもざらだったの。二手に分かれて殲滅したのは、いい思い出じゃないけど衝撃的だったわ」

お義父様、どんだけ運が悪いんですか。

自分の顔が引きつっていないか、確認できないのがつらい。

何とか話題を逸らそうと言葉を探していると、どこかからばさりと羽音が聞こえた。

鳥にしてはだいぶ大きなその音の出処を探す前に、お義母様が非常に深い溜め息をつく。

「……玄関の存在を忘れてるのかしら、あの人」

そこから連想できる人なんて、ひとりしかいない。

庭園へ続くテラスの方をさっと見れば案の定、そこには巨大な鳥が降り立つところだった。

輝く白と黒の羽毛の先端だけが濃い紫になった、猛禽類っぽい鳥。すごく派手なその鳥の背に乗っていたのは、当然ながらお爺様だ。

「おっ、やっぱこっちにおったか」

巨大な鳥の背から颯爽と降りたお爺様。

パーラーの手前で一旦立ち止まると、身に着けていたマントを軽く叩いて中に入ってきた。

「父上。その子を庭園に下ろさないでと、何度言えばわかるの？」

「お前が大事に育ててた花を食ったのは悪いと思っとる、うん」

「花どころか木ごと倒して駄目にしたのよ！」

「だってあの木、こいつの好物なんじゃもん」

「もん、じゃないわよ。いい歳してやめてちょうだい」

苦言もどこ吹く風なお爺様との言い合いに疲れたのか、お義母様はぐったりと椅子にもたれて首を横に振る。

「何の用なの。私は今、可愛い義娘と楽しいお茶会中なのに」

「気がかりがあって楽しめないくせに何言っとるんじゃ」

さらりと指摘された真実に、お義母様は口を噤んでしまう。もちろん、私も何も言えない。

先程までの話題はずっと裏街関連のことだった。不安を忘れて楽しい話に花を咲かせるなんて、難しい。きっと、お義母様も私と同じく落ち着かないんだろう。愛しいと目で語る公都の民のことをずっと気にかけて、焦燥に駆られている。

「……バネッサ。グラシアノのとこに行って来い。裏街の件で少し話が集まってきとるし、無理に茶を飲んで気を紛らわしてるよりマシじゃろ。カーミァちゃんには儂から話しとく」

がしがしと頭を掻きながら、お爺様が目を眇める。

それだけで飄々とした雰囲気が消え、研ぎ澄まされた鋭い空気が流れた。

何かを言おうと口を開いたお義母様だけど、結局は無言で席を立った。

「父上、カーミァ様に無理難題言わないでね」

「心配しなさんなって」

鼻で笑うその姿は、やっぱりイサークに似ている。いや、イサークがお爺様に似ているんだ。

「ごめんなさい、カーミァ様。やっぱり、のんびりお茶できる雰囲気じゃないわね」

「私は大丈夫です。滞在予定はまだ数日あるので、落ち着いたらまたご一緒させてください」

「そうね。こちらでも情報を拾って、必要な物資や人材を手配できるようにしておくわ」

気持ちを切り替えるように小さく首を振ったお義母様が、綺麗な礼をしてパーラーを出ていく。それを見送ってから、私はお爺様に向き直った。

「ごきげんよう、お爺様……裏街にいかれていたんですか？」

「あんまご機嫌とは言えんがの。裏街に寄ってから、遺跡巡りじゃな」

「遺跡？」

裏街の件と何か関連があるんだろうか。情報がなさ過ぎて見当がつかないんだけど……

聞き返した私を見て、お爺様が笑う。何故か場違いな程、いたずらめいた顔つきで。

「カーミァちゃん。高いとこは平気かの」

「はい？　大丈夫ですけど……？」

唐突過ぎる問いに首を傾げる。と同時に、お爺様が何故か私の腰をがしりと掴んだ。

「失礼、っと。そいじゃあいくか」

「え？　わっ⁉」

そのままひょいっと持ち上げられて、片腕に乗せられてしまった。

颯爽とテラスへ向かうお爺様。対して、あまりの突飛な展開に開いた口が塞がらない私。

「……お爺様、色々と説明が足りてないです。色々と」

「うむ。ちょいとばっかし、この爺に拉致られてくれんかのぅ」

「いやもっと具体的にお願いします！」

それで「あっはい、わかりました」なんて頷けるまでスルー力鍛えられてないよ、私。

「何、バネッサとカーミァちゃんがやきもきしとった裏街を見にいこうと思ってな。イサークも儂も、これが最善の手だと思っておる」

「ええっと……今から裏街にいくんですか？」

「そうじゃ。話は向かいがてらする。お茶飲みながらする話題でもないしの」

裏街の問題で、私が現地にいくのが最善とは。

話が見えてこないものの、お爺様が急いでいるのだけはわかった。

「……行きます、けど。きちんと説明はしてくださいね」

飄々とした態度ではあるものの、おそらくお爺様はふざけて私を連れ出す訳じゃない。

それに彼らから見て最善の手だと言うのなら、私が拒む理由はないだろう。

自分の服装を見てみれば、派手ではないものの、綺麗な薄紅色をしたハーフスリーブのドレス姿。

確実に場違いだろうけど、今更だ。しっかり頷いた私に笑いかけて、お爺様は騎獣のもとへと歩き出した。

×　×　×

お爺様の騎獣は、遠く北方の国でワキンヤンと呼ばれる種らしい。

ド派手な鳥の魔物かと思いきや、雷の精霊として信仰されている、幻獣だそうな。

そんな珍しい幻獣に乗って空中散歩としゃれこむ訳にもいかず、私は黙って話を聞いていた。

「――そもそも公都では、人なんか攫われとりゃせん。それどころか、裏街唯一の孤児院で多数の子どもが体を壊して伏せっておるんじゃ。最初は流行病が疑われておったせいで、裏街の研究者が表の子どもに話しかけた結果、不審者がいるという噂になったようじゃの」

ゆったり二人座れる特殊な鞍をつけた騎獣の上で、お爺様は深く溜め息をついた。乗り慣れているのか、危なげなく後ろ向きに座り、私と対面する形になってくれているので話しやすい。

不審者扱いされたというのが、きっと屋台のおばさんが言っていた人攫いの噂の元だろう。

人攫いや流行病ではないなら、原因は……私が感じ取ったあれだろうか。

「原因は魔の穢れじゃ。十日程前から広まって、今は子どもだけではなく、世話をしていた大人にまで害が及んでおる」

「……裏街に、魔物がいるんですか？」

魔物が公都に入り込むなんて、騎士団や魔術士団が総出であたる必要のある話だ。だけどお爺様の落ち着きようからいって、そちらはある程度めどが立ったのかもしれない。でなければ、穢れで人よりダメージを受けやすい私を連れていこうとはしないだろう。

ここは結論を急かすより、流れを追った状況説明を聞く方が先だ。

「イサークが聞き取った話じゃと、冒険者の真似事をしていた子どもらが遺跡の入り口で小さい動物を数匹拾ったようじゃ。愛らしくひどく矮小な、鼠にしか見えないそれが魔物だったらしい」

「外？　遺跡の魔物は外に出られないはずじゃ……」

「ごくごく弱い魔物や、逆に強過ぎる変異種は遺跡に繋がる門の結界を無視できる。その漏れた魔物を狩るのも騎士の仕事なんじゃが、今回は発生したばかりの魔物だったようでの。いや、実際その鼠は純粋な魔物じゃないんじゃが……撒き餌って、知っとるかのぅ？」

単語自体はわかるけど、私が知っている意味とは違うのかもしれない。

私は潔く首を横に振った。

「魔物が魔力を得るために人を食うのは常識じゃが、上位の魔物の一部には人を誘うために餌を撒く種類がいるんじゃ。珍しい動物、美しい花、どんな形でも人の目を惹けばいい。それを手にした人間を弱らせ、自分のもとへと誘い込む。あるいは撒き餌を導にその人間を食いに来る」

「その鼠が撒き餌だというなら……お爺様はそれを撒いた魔物を探しに遺跡にいったんですか」

「そうじゃ。儂は裏街を作ったクソ親父の息子ってことで、あそこの人間にとことん嫌われとるからのぅ。裏街には入れん。代わりに餌から漏れる魔力の残滓を探っとった」

「見つかったんですか？」

「いや、まだじゃ。騎士団を緊急招集して、その子どもが入った遺跡を探しとるところじゃ。面倒なことに撒き餌が軽い幻惑魔術を放っていたようでな、遺跡の位置がちと曖昧なんじゃ。稀にあるんじゃよ、弱い遺跡に上位の魔物が発生して厄介な事態になるのが」

ちゃんと騎士団が派遣されるらしい。当たり前のことだけど、安心した。裏街の人は公（おおやけ）の力を嫌っているようだったから。

「まぁ、餌となった魔物はイサークとミゲルが確保したしの。これ以上穢（けが）れが広がることはないが……あー」

とてつもなく気の抜けた声を出されて、思いっきり脱力してしまう。

今かなり真面目な話してましたよね、お爺（じい）様？　むしろ今からが本題という流れでしたよね？

「カーミアちゃん、一応ここいらで神術結界張っといてくれるかの」

「あ、え、はい？」

イサークが手配すると言っていた祓（はら）いの護符（ごふ）はまだ手元にない。言われるがまま結界を展開した私を見て、お爺（じい）様が満足げに頷（うなず）く。

あの、だから話の続きは？

「ここで儂（わし）の出番は終わりじゃ。あとはイサークに聞いておくれ」

「え……」

晴れ晴れとした笑顔に質問しようと身を乗り出す前に、後ろから誰かの腕に腰を抱かれた。

「――誰の許可があって、俺の嫁を乗せて飛んでんだよ」

その腕の主が誰なのか、そんなの見なくてもわかる。

振り向けば視界が黒と金で埋め尽くされる。見慣れた騎士服の、硬い感触が頬に触れた。

「お前、来るの遅いんじゃもん。遠話で伝えたじゃろ。儂は遺跡にいくぞ。あとは頼んだ」

「チッ……ああ、爺も歳食ってんだから無理すんなよ」

「誰に物言っとるんじゃ小童」

軽いやりとりと共に、私はしっかりと彼の腕の中に収められる。

お爺様はひらりと手を振って、それ以上何も言わずにワキンヤンを操り飛び立ってしまった。

「トモエ、すまねえな。いきなり連れて来て」

振り向くと、イサークは苦々しい笑いを浮かべていた。呆れたような、嬉しいような、苦しいような、悲しいような、とても複雑なそれはどんな表情とも言い難い。

そんな彼の周りで赤と紫――火炎と紫電の性質を纏った魔力がチリチリと舞って消えていく。

「いや、大丈夫だけど……転移してきたの？　ごめんね、忙しいのに」

「元々オメエを迎えにいく予定だったんだ。爺が先んじて連れ出したみてえだが……テメエの女の手ぇ借りんのに、テメエで迎えにいかねえのは筋が通らねえからな」

宙に留まったまま、彼が私を器用に横抱きにした。

転移魔術と、浮遊魔術と、私の位置を特定する魔術と。色々な魔術を行使していても彼は平然としている。いや、平然というのは少し違うかもしれない。平時よりどこか緊迫感のあるその表情に、私は彼の腕の中で話の続きを待つ。

「許してくれとは言わねえ。昨日あんな目に遭ったオメエに、俺は恥知らずにも酷なことを願いに来た」

何を言われるのか、わかってしまった。昨日有無を言わせず私を守ろうとしてくれた彼が、私に願う〝酷なこと〟なんて、ひとつしか思い浮かばない。

茜色の瞳が、私の心を見透かしたように静かに瞬いた。

「裏街の連中、南公都の民の……救助を」

――言祝の神子の神力が、浄化が必要なのだ。

やっと形になった、私への願い。すぐに頷こうとした私だったが、なぜかイサークはそれを遮る。私に浮遊魔術をかけ、腕から下ろした。

了承を拒むようなその行動に思わず眉根を寄せると、彼は軽く溜め息をつく。

「爺から、どんくらい話を聞いた？」

「魔の穢れが主に子ども達の間で蔓延していることと、撒き餌を確保して遺跡の方に大元の魔物を捜しに行ったこと、かな」

「んじゃ、その続きだ。全部聞いてオメエが結論出すまで、下に降ろす訳にいかねえ。これは気軽な外出じゃねえんだ」

黙ることで肯定を示すと、彼はまたひとつ溜め息をついた。

「——裏街の対応が、遅過ぎた。あそこにも神力持ちはいるが、浄化の神術を使える程修練を積んだ奴はいねえ。穢れは深まるばっかで、本当なら筋肉司教とか公都の神官全員投入してもいいくれえの被害が出ちまってる」

「司教達を呼ばないの？」

聞いておきながら、馬鹿な質問だったと反省した。呼ばないのではなく、呼べないのだ。

裏街は騎士も憲兵も拒む。公の力を受け入れない姿勢を崩していない。

裏に押し込められていた彼らは、神殿にも入れなかったという。百年近く放置されていた事実に鑑みれば、一大宗教である五聖教にさえ拒否感を抱いてもおかしくないだろう。

「裏街には五聖教の信仰を捨てた奴が多い。救いなんざいらねえと徹底的に施しを拒む奴、子どものためにと神官に救いを求める奴……裏街も一枚岩じゃねえ、幹部間でも揉めて埒が明かねえんだ」

吐き捨てるようなイサークの言葉に、思わず奥歯を噛みしめる。

大人がわーわー騒いでどうする。実際に苦しんでいるのは子ども達なのに、自分のプライドや信念だけの問題でその子達を殺すつもりなのか。私は裏街の人の背景全てを知っている訳じゃない。それでも「そんな場合なのか!?」と叫びたくなってしまう。

「顔役のババアは神官を入れたがってる。裏街一神官嫌いのババアでも、ガキ共のために神官に頭を下げようとしてる。それを特に頭の硬えクソ野郎共が邪魔しやがって……結局俺がいくまで、神官ひとり呼べてなかったんだぜ？　ふざけた話だ」

「少しは事態が動いたの？」

「ああ。原因探ったり撒き餌捜したりしてる間に、何とか神官ひとりを捻じ込んだ。だが、並の神官じゃ到底浄化が追いつかねえ」

そこで言葉を切った彼が、ぐっと眉根を寄せて私の前に跪く。

赤い豪奢なマントが風に従い、ふわりと舞った。

「オメエを愛してる。だが、そのために他の奴を全員見捨ててもいいなんて、そんなクズにはなれねえ」

彼は私を、巻き込みたくなかったのだ。私には穢れに触れることのない場所にいてほしかった。

それでもきちんと、最善を選んでくれた。神子である私を頼ってくれた。

何も知らされないまま大切にしまい込まれるより、そっちの方がずっと嬉しい。

「魔物からも、頭の沸いてるクソ野郎共からも、必ず守ると――イサーク・ガルシア・ベルリオスの名にかけて誓う。だからトモエ、神子として俺に力を貸しちゃあくれねえか」

そんな、絶対的な誓いをされて。助けを求められているのがわかったら。

頷くしかない、何よりも力になりたいと思うだろう。

「もちろん。私に助けられる力があって、あなたが支えてくれるなら、何も怖いものなんてないんだから。命と引き換えって言われたら当然ためらうけど、そうじゃないならやるに決まってる」

昔の私だったら、きっとこんなこと言えなかっただろう。自分に害が及ばなければスルー。それが普通だった私は、昔より冷淡じゃなくなった気がする。

平穏が一番、面倒は嫌。だけど、そんなの今の非常事態には当てはまらない。

跪くイサークに手を差し伸べれば、その手を押し戴くように触れられた。そんなつもりじゃなかったのに、無言の感謝を示す彼へ更に言葉をかける。

「たとえ彼らが五聖教を、神子を信じていなくても……助けられるのに見て見ぬ振りはできない。私のできる限りで助ける。結界も多重展開できてるし、大丈夫、やれるよ」

信仰を捨てた人々。彼らにとっては五聖教の聖典に描かれている言祝の神子なんて、信じがたく受け入れがたい存在のはずだ。

私を拒む可能性は大いにある。むしろ、並の神官より拒まれる気がする。

だけど、それがどうした。

子どもが苦しんでいて、私が助けるのが最善なら、大人を押しのけてでも行くしかないだろう。

神術結界を張れば私はきちんと自衛できるし、神力だってたくさんある。考えれば考える程いかない理由がない。

正義感溢れる神子を気取るつもりはないけど、自分の幸せだけを求める神子になるつもりもない。聞こえる範囲、見える範囲で自分のできることをする。今そう決めたのだ。

「さすが俺の嫁だ」

私を見上げる彼が、どこか眩しそうに目を細める。

「惚れ直した。今が切羽詰まった時でなきゃ、抱き上げて踊り出してえ程だ」

「やめてね、切羽詰まってなくても」

せっかくシリアスな感じにまとまったのに、どうしてそこで変なノロケが出るのかな。

だけど何だか力が抜けた。前のめりになりそうだった意識が、冷静に戻ってきている気がする。

「抱き上げてキスくれえさせてくれ。頑張ったオメエが、もう大丈夫って思ったら」

私の手を取ったまま彼が立ち上がった途端、まるで透明なエレベーターに乗っているように体が下降する。下を見ると、広い南公都の中でも他より建物の密度が高そうに見える区画があった。どうやらそこが目的地のようだ。

裏街に近づくにつれ、穢れに触れた時のあの感覚がどんどん強くなる。念のため神術結界を二枚追加で展開しておく。

地面に足が触れると、低めのヒールが舗装されていない土に少しだけ埋まった。手が離される前、左の掌に送られたキスは彼からのエールだろうか。

「神子様、うっわーマジで着の身着のまま来てくれたんだ。侍女さん達、間に合わなかったか」

すかさず駆け寄ってくるのは、イサークと同じく騎士服に身を包んだミゲルだった。

「侍女？　何か伝達がきてたの？」

「少し前、大奥様から神子様の目立たない外出着を用意するように言われたらしいっす。かなり端折って説明されたっぽいっすけど、一応オレらンとこいくことだけはわかったみたいで。遠話でベロニカさんから声が届きました」

ああ、お義母様はお爺様が私を連れ出すことをわかっていたんだ。

すぐに手を打ってくれたんだろうけど、ちょっと遅かったな。申し訳ない。あとで謝っておこう、お義母様にも、うちの侍女達にも。

「場違い過ぎる格好でごめん」

「オメエが気にすることはねえよ。んじゃ、やるか——おい、ババア！　通せ」

いきなり声を張り上げたイサークの視線の先を追うと、そこには数人の大人に守られるようにして、ひとりの老婦人が立っていた。

立ち位置的に、おそらく彼女がイサークの言う〝顔役のババア〟もとい裏街のトップなのかもしれない。腰は曲がっていて杖もついているけど、その灰色の眼光は鋭い。

「何だい。その綺麗なお嬢ちゃんが、お前の出し渋ってた奥の手だってのか」

「ああ。できりゃあ近づけたくなかったが、四の五の言ってられねえ。神官じゃなけりゃいいんだろ。これでクソ野郎共も納得するよなぁ？」

「貴族の嬢ちゃんならいいって訳でもないだろうさ。こいつらは未だに南公爵家を恨んでいるからね。本当に、未来より過去を取って自滅選ぶなんざ、救えない馬鹿共だ」

「ハッ！　まったくだな。ガキが死ぬより自分の意地が大事かってんだ」

イサークの嘲笑を聞いて、誰かがうめき声を上げた。

よく見てみれば、大人達の足元にはこれまた数人の老いた男女が、手足を縛られた状態で転がされていた。しかも、近くにはナイフらしきものも落ちている。

もしかしなくても、これがイサークの言っていた〝頭の沸いてるクソ野郎共〟だろうか。

どうやらすでに実力行使に出たあとのようだ。憎々しげにイサークを見上げるその目は、まだ死んではいなかった。

「――恨むなら恨め。そんだけのことをスルティエラはやった。だが、それをガキ共にまで負わせんのは許さねえ」

低い声で紡がれた彼の言葉は、不思議な程強く周囲に響いた。

場が静まる。声を出すなら今だと思って、私は息を吸った。

「あの、私の能力はイサークが保証してくれます。子ども達に会わせてください」

私の口から出たのは、そこまで大きな声ではなかったかもしれない。

それでも全員が私の方を見て、様々な感情を浮かべた。

興味、観察、猜疑心に溢れた視線も感じられる。それをスルーして、更に言葉を続ける。

「私は浄化のためにここに来ました。いくら死に至らないとはいえ、つらい思いをしている子達を後回しにして押し問答なんてしたくないんです」

「ほう……言祝の神子様かい。これは大物が出てきたもんだね」

私の聖石(せいせき)と聖痕(せいこん)をちらりと見て、老婦人が眉根を寄せた。

この人は、お爺(じい)様より少し年上に見える。裏街一の神官嫌いということだから、そこには当然神子も含まれるだろう。むしろ力を持つ神子だからこそ、より嫌悪が強いのかもしれない。

「お優しい神子様。お前のことを伏(ふ)し拝(おが)むべきかね」

好意的とは到底言えない視線。

灰色の瞳は更に鋭く、私を射抜いた。

「……天の色が幾星霜(いくせいそう)を経(へ)て変わる時、天の裂(さ)け目より神の子が顕現(けんげん)する。神の子は世界に神の雫(しずく)を降らせ、世界を言祝(ことほ)ぐ至宝(しほう)となるであろう――」

まるで謳(うた)うように紡(つむ)がれたそれは、五聖教の聖典で語られる言祝(ことほぎ)の神子の記述。

「世界の至宝(しほう)が、ゴミ溜めに何の用だい。ここにはあんたを讃(たた)える声も、敬(うやま)う気持ちもないよ」

一番救ってほしかった時に、救わなかったくせに。そう言われている気がした。

私がクラウィゼルスに落ちる前の、老婦人が一番苦しかった時。それを救えなかったのは私のせいじゃないと、撥(は)ね退(の)けるのは簡単だろう。不可能だったことは彼女もよくわかっているはずだ。

私自身に対してではない恨みだからこそ、その思いはより深いのだ。

綺麗事や、もっともらしいことを言っても彼女達には何も響かない気がする。言葉で晴らせる恨みなら、裏街はとっくに神官を受け入れていたはずだ。

だからこそ、私は気合を入れて微笑む。

渾身のアルカイックスマイルを作って、吐き出すのは……

「そんなのどうでもいいです」

「は……」

誰かが変な声を出したのが聞こえた。それでも、私の厚い面の皮は剥がれない。

「神子を、神を信じなくても結構です。信仰は押し付けられるものではありませんし。敬われなくても讃えられなくても、私は自分のやるべきことをやるだけですから」

「何……」

あっさりと言い放った私に、老婦人だけじゃなく周りの大人達もたじろぐ。

助けに来てやったから敬えとか、信仰を取り戻せとか、まさかそんなことを言うとでも思っていたんだろうか。

「ただ、イサークを信じてください。彼はあなた方を助けるために私を呼びました。私は彼のその判断を、彼自身を信じています」

隣にいる彼の腕にそっと触れる。それだけで力をもらえた気がした。

「私を信じられなくても、裏街を開いたこの人なら信じられますよね？　私のことなんて、ただのお助け要員とでも思ってくだされればいいんですよ」

「お助け要員……」

ぼそりと誰かが呟いた。見れば老婦人の隣にいた、無精ひげが生えた壮年の男性が言ったらしい。

そう。信仰とかなんだとか、余計なことを考えるから意地を張りたくなるんだ。子どものために信仰に縋れなんて言っていない。そんな暇があるんだったら、もっとやることがあるだろう。さっきも言ったけど、ここで押し問答なんてしていたくないんだよ。

笑みを貼りつけたまま、数秒の沈黙を乗り越える。それを破ったのは、乾いた笑い声だった。

「ははっ、馬鹿かい。無信仰の輩を助けるためにそんなゴリ押しの理屈並べて……ははは」

「ば、ばば様……」

「……お前達のような訳のわからん強引な奴らには、もっと早く、会いたかったものだよ」

その一言は、色んな感情をごちゃまぜにしたような、とても重い響きだった。

おそらく、彼女が信仰を捨てた理由がそこにあるんだろう。

年齢から考えて、彼女は戦後にここで生まれたか、それとも流れ着いてきたか。

何があったかなんてわからないし、今それを慮っている時間はない。老婦人もそれをわかっているんだろう、大人達を睥睨し、杖で強く地面を突いた。

「お前達、未来のためだ。さっさと動きな！　この馬鹿共を奥に放り込んで、見張っておけ。イサークと小僧にはまだ働いてもらうよ」

「了解しました、ばば様」

「ババアに言われなくても」

「だから小僧じゃねーっての」

裏街の人達とイサークとミゲル。動き出したたくさんの人の中、老婦人が私をひたと見据える。

「嬢ちゃん、お助け要員なんて気分で済ませられる気軽な仕事じゃないよ」

「覚悟がなければ来ません」

「そうかい。イサークが捻じ込んだ神官は、神術の使い過ぎでもう浄化ができない。ひとりで気張んな。ただ、倒れられるのは迷惑だ」

「見極めはできるつもりです。カーミァ・アナ・セレスティア・ベルリオスの名にかけて、最善を」

「……そのナリで、噂通りイサークの嫁か。まぁいい。お嬢ちゃんはこいつについていきな」

進み出たのは、先程お助け要員と呟いた壮年の男性だった。

私の背を撫で軽く押し出したイサークに瞬きで〝いってくる〟と告げて、私は男性のあとを追う。

神術結界のおかげで体に変化はないものの、裏街自体の空気がどこか淀んでいるのがわかる。意識すれば、そこここに魔の穢れがあるのだと私に教えてきた。

「魔の穢れは孤児院に集中していると聞きましたが」

「……幼子はほぼ全員そこにいる。親のいる子も、彼らが働いている間だけ引き受けているのだ」

孤児院と名付けられているものの、保育園の機能も兼ねているということだろうか。

唯一の孤児院だとお爺様が言っていた。もしかしたらそこも、イサークが街の風通しをよくしたことによって作られた場所なのかもしれない。聞きたいけど、今は話ができる雰囲気じゃないな。

「体調の悪くなった子と離したりしなかったんですか？」

「初期に体を壊した幼子は別室に移した。だが数を増やした鼠に、健康だった他の幼子が触れた」

　ひび割れた声が、簡潔に答えを返す。

　表の通りより更に狭く入り組んだ路地を進む。通り過ぎる度、裏街の住人達がこちらを窺っている様子が見えた。

「……奴らが神子に危害を加えることはない。一部を除き、我らはイサーク・ガルシア・ベルリオスに感謝している。過去に囚われたままの恩知らずとは違う」

「そう、ですか」

「ばば様は未来を見据えよとおっしゃった。道を切り拓いた南公爵の子孫を信じろと。だから我らは、イサークが呼んだお前も信じてみることにする」

　その期待は、非常に重い。それでも、イサークを信じて、彼が呼んだ私を信じるというのだ。

　言祝の神子の義務としてではなく、トモエというひとりの人間として応えたい。

「最善を尽くします」

「絶対に救うとは言わないのか」

「言ってほしいので？」

「いや、救うなどと軽々しく言われる方が信じがたい」

だと思った。私が逆の立場でも、きっとそう思うから。

ここで言葉を重ねても何も意味はないだろう。私がすべきことは、ただ行動するのみだ。

いくつもの角を曲がって、他の家よりかなり大きな建物に辿りついた。視線でそこが目的地だと知らされて、ぐっと濃密になった穢れの気配に拳を握り込む。壮年の男性が無言で扉を開け、中に入っていくのに続いた。

「ルース！　子らはどうだ」

ひび割れた鋭い声に呼ばれ、奥からひとりの女性が汗を滲ませて走ってくる。

昨日路地で会った、褐色の肌をしたルースさんだ。

彼女は私がドレス姿なのを見て、途端に鋭い声を上げた。

「神官を連れて来るんじゃなかったのかい!?　このお嬢様が何の役に立つってんだ！」

「言祝の神子だ。イサーク・ガルシア・ベルリオスが呼んだ」

「神子、だって……？」

そこでようやく、彼女が私をしっかりと観察する。

今の姿と変装時の記憶を擦り合わせているのだろうか、髪と顔に何度か視線を滑らせているのを感じた。そして彼女はたっぷりとした嘲りを含んだ笑いを零す。

「……ここを舞踏会の会場と勘違いでもしてんのかい、お綺麗な神子様？」

淀んだ鉄色の目に宿らせた敵意を、隠しもしないその様子。

私が何か言おうとする前に、男性が手で彼女を制す。

「神子がここに来ることは、すでにばば様がお認めになっている。見苦しい真似をするな」

「っ！」

「時間が惜しい。子らのもとへ」

睨み付けるような彼女の視線をものともせず、男性は勝手に奥へと進んでいく。

声をかけようか迷ったけど、そのままついていくことにした。

ルースさんの隣をすり抜けようとした時、唐突に腕を掴まれる。

「待ちなよ。神子様なんてお綺麗なモンが、裏街の薄汚いガキに触れられるのかい」

その自らを落とすような言い方に、思わず眉根が寄った。

「ええ。そのためにここにいます」

「お優しいこったねぇ。ここは穢れだらけだ。穢れに侵された奴らはいくら看病しようと吐くし下すし訳のわからない発疹までできてる。神殿の治癒院よかずっとひどい。そんな見苦しいの見て、あんた悲鳴を上げずにいられんのかい」

そんな脅しで、私が逃げると思ったのか。私に逃げ帰ってほしいのか。

彼女だって、こんなところで私に絡んでいる暇はないとわかっているはずなのに……

「慰問のつもりならやめてくれ。ばば様が許しても、この孤児院はあたしの管轄だ。ロクに覚悟もなく浮かれた格好で来た神子様が、いたずらにガキ共を刺激するのは我慢ならない」

いや、違う。彼女はこれが言いたかったんだ。私個人が気に入らないからではなく、お綺麗に見える私が子ども達の心を傷つけるんじゃないかと、それが心配なんだ。

体ごと彼女に向き直り、その顔を見上げる。まるで自分が傷つけられたかのように苦い表情をしたルースさんは、その鉄色の瞳で私を強く拒絶していた。

信頼されたい、なんて甘えたことは思っていない。彼女達にとって私は部外者で、自分達を見捨てた神の子。顔役の老婦人がひとまず信用してくれたのだって、イサークのおかげなのはわかっている。

歓迎されないのを知っていて乗り込んだんだ。こんなところまで彼に守ってほしいなんて、言うつもりもない。

ただ心の中に悲しいとか悔しいとか、色々なものが混ざって、何とも言えなくなって……

――ぷちっときた。

「穢れだろうと汚れだろうと結構！　場違いな格好してるのはわかってるけど、私は慰問に来たつもりはないっ！　いいから黙って助けさせろ!!」

腕を振り払い、ドレスの裾を持ち上げて走り出す。

〝助けさせろ〟なんて傲慢に聞こえるかもしれない。厚意の押し売りに見えるかもしれない。でも、そうとしか言えなかった。

頼まれたからとはいえ、最終的にここに来ることを決めたのは私自身だ。感謝を求める方がどうかしている。

追いついた私をちらりと見て、男性が少しだけ笑った気がした。

見間違いかと思ってもう一度見上げてみたが、彼は無表情のままだった。

黙って階段を上がった途端、更に淀みが増した空気に眉を顰める。まるで建物自体に穢れがこびり付いているようだ。

「――世界を抱く五聖に希う……」

まずは孤児院自体を綺麗にしよう。そう思って聖句を一節唱える。

銀の光が私の体から放たれ、霧散した。

ひとまず清浄化できたのを確認していると、男性がほう、と溜め息をついた。

「……空気が違う」

「浄化しました。今のうちに子ども達も……あ」

　そうだ、ルースさんだって浄化の対象だ。人から人に穢れが移るのは、余程深く穢れを受けた人間とずっと一緒にいた場合だという。彼女は子ども達の世話をしていたから……。

　ほんの少しだけ迷ったけど、私は大きく息を吸って声を上げた。

「ルースさん！　少し休んでいてください！　あとであなたも浄化しますから」

　やや置いて、階段を駆け上がってくる音。

「馬鹿言ってんじゃないよ！　あたしだけ休んでられるかってんだ」

「ええ……？」

　飛び出すように廊下に出てきたルースさんが、長い髪をばさりと掻き上げる。間抜けな声を上げた私へと向いた鉄色の瞳からは、心なしか険が薄らいでいるような気がした。

「ほら、あたしが案内すっから。手ぇ空いてんだったら別の部屋手伝って」

「……了解した」

　勢いに押されるまでもなく、男性はあっさりと踵を返して階段を下りていく。

それを見届けるより先に、再び腕を掴まれた。

「このあたしに啖呵切ったなら、逃げんじゃないよ」

「だから、そのつもりですって」

「お綺麗な言葉は必要ないし、あたしのことも呼び捨てでいいさ。あんた、あっちが素だろ」

「まぁ、うん。……ごくたまにね」

ご指摘通り、日常的に丁寧語を使っている訳でもないから、取り繕っても仕方がない。

それきり会話を切り上げたルースが、一番奥の扉を開ける。

室内には、淀んだ目をして子どもの世話をするふたりの女性と、ベッドの他にシーツを敷いた床の上に寝かされた子どもが何人もいた。

穢れだけではなく、籠った人の熱で暗く沈んだ空気。

間に合うと言われていた。まだ死人は出ないと。それでも、この現状はどうだ。

青白い顔の子、えずいている子、体を掻き毟る子、うずくまる子。赤ん坊から十歳未満くらいまでの子がいるけど、その誰もが穢れの影響を強く受けている。

「最初に来た神官は、この子らはかなり穢れが深いって言ってた。イサークが引っ張ってきた助祭だったけど、五人浄化してぶっ倒れたよ」

助祭は神殿に数人いて、神殿の長を補佐する立場にある神官だ。神力だって少なくないはず。

ただ、彼らにこれは無理だ……神術結界を張っていても肌で感じる程、穢れの気配が濃い。

ベッドが足りないんだろう、シーツにくるまってひたすら震える女の子の前に膝をつく。

「……やれるかい？」

無言で頷いて、聖印を切る。ひどく冷たいその子の頬に触れ、浄化の力を注いだ。

深い穢れを祓う、銀の光を。

「あ……」

からからに嗄れ切った女の子の声。

寒かったね。つらかったね。きっととても苦しかった。

触れた場所から染み込むように、銀の光が小さな体を巡る。淀んだ空気が一瞬にして消え、青白かった頬に赤みがさした。安心してほしくて、冷や汗でべっとりと張りついた髪を撫でる。するとその子はゆっくりと目を閉じ、眠りについた。

「これで、穢れは消えました」

集中するあまり細くなっていた息を吐いて、心を鎮める。

人命救助なんて、元の世界でもしたことがない。今の状況とは少し違うかもしれないけど……こんなに、緊張するものなんだ。

「空いてる部屋は？」

「あ、ああ……一階に神官を寝かせてる食堂がある」

「運んで。私が浄化したらすぐに。多分、ここにいるよりいいから」

別の子に向かって聖印を切りながら私が言うと、ルースは女の子を部屋の外に運ぶよう、女性達に指示を出した。

いちいち聖印を切るのは時間がかかる。もしかして……神術結界が何重にも張れるなら、浄化もできる、かな？　一気に複数人を浄化する術も知っているけど、それは上級神術だからまだ私にはできない。でも、これならきっと……

「――世界を抱く五聖に希う　穢れ拒む光を　神のしもべは希う　其れを虚無の底へと還さんと」

歌うように節をつけた聖句。左手で浄化をかけたまま、涙を流して喉を掻き毟るその子に右手で触れる。

銀の光は私の祈りに応えて、右手から子どもに流れていく。喉を押さえつつ、深く息をついたその子の呼吸が安定するのがわかった。

左手と右手で使った神力にバラつきが出てしまった気がするし、少し無理なやり方だったかもしれない。だけど今はとにかくスピードが必要だ。

祝福は使えない。名前を呼ばない祝福では、些細(ささい)な願いしか叶わないからだ。この状況だと、子どもに名乗ってもらうのも女性達にいちいち聞いて回るのも難しい。

「世界を抱(いだ)く五聖に希(こいねが)う――」

次々と手を差し伸べ、その度に銀の光が巡る。浄化が終わった子ども達が運ばれていく。

神術結界を張っていても、穢(けが)れが濃過ぎるせいか自分の体内でぞわぞわするような感覚がある。まぁ、何となくそう感じる程度だ。応援が来るまで、できる限り浄化をしておこう。

無心で働き、最後に力尽きたように眠りに入った男の子を見送った。これで、全員か……

「は、……」

吐き出した息が、変な風に途切れた。

まだだ。他の部屋にも子どもがいる。孤児院には、一体何人いるんだろう。今だけでもすでに二十人近く……

集中が途切れそうになって、そこで一旦思考を切る。私はあえてゆっくり息を吐き直した。

聖印を切り、最後の子が運ばれて無人になった部屋を浄化する。

次の部屋へ。そう思って立ち上がると、戻ってきたルースがひどく驚いた顔をしていた。

「あんた、大丈夫なのかい⁉ あの神官は五人でぶっ倒れてたのに……」

「カーミァでいいよ。私は神力の多さには自信があるから、大丈夫」

ただ、穢れ耐性のなさにも自信があるけど……それは言う必要のないことだ。

目に見えない神術結界が維持できているのを、感覚で確かめる。

そのまま、きつい顔立ちをしかめて、私を心配する素振りを見せる彼女の腕を取った。

「次、隣の部屋でいい？」

「ああ……悪いね、うちの不始末で」

子どもが可愛い動物だと思って魔物を連れ帰ったから。撒き餌だと誰も気付けずこうして被害が拡大したから。反対勢力を抑えられずに対応が後手後手になったから。

確かに、色々なことが重なってしまったんだろう。でも、誰が悪いかなんてどうでもいいし、こうして看病を続けているルースが謝ることでもない。

素早く聖印を切って、彼女の胸に押し付ける。

溢れる銀の光。彼女の中に留まっていた、魔の穢れが消えていく。

「おい、あたしはあとでいいっつってんだろ！」

「穢れに触れ過ぎてる。ルース、あなたすごい汗だよ」

この部屋で看病にあたっていた女性はルースを含め、穢れの耐性が高い人達だったのかもしれない。

だけどもう限界なのか、今の彼女は穢れを完全に体内に受けてしまっている。その証拠に穢れの気配が濃く、額には子ども達を運んだだけじゃない汗が流れ出ていた。

体が楽になったのがわかったんだろう、実際顔色がよくなったルースは悔しげに唇を噛んでから、小さく小さくお礼を告げる。

それは役目を果たしたあとにもらう言葉だから、私はあえて聞こえないふりをした。

部屋を出て隣の扉を開ける。そこもまた、魔の穢れに満ちていた。

「言祝の神子が来てくれたよ！　浄化が終わったら、食堂に運んでくれ」

「神子……？」

「助かるの、この子達は！」

「隣の部屋はどうなったんだい⁉」

「きっちり全員浄化してくれたよ。おら、邪魔すんな！」

詰め寄ってくる女性達を手振りで退け、ルースが私に道を作ってくれた。

どうやらこの部屋の女性達はまだ穢(けが)れの影響を強く受けていないようだ。言葉を発する気力もなかった先程の部屋の女性達より、動きに生気がある。

「ルース、あとでさっきの女性達を呼んで。彼女達も相当つらいはず」

「ああ、頼むよ」

その言葉に強く頷(うなず)いて、私は一番近い子どもの前に膝をつく。

隣の子達と違って、まだちゃんと意識があるらしい。これなら言葉が話せるか……

「あなた、名前は？」

「悠長(ゆうちょう)にそんなこと聞いてる場合なの!? 苦しんでるじゃない！ 早く浄化してよ！」

その子が口を開く前に、金切り声によって中断させられる。

見上げれば、その子の親なのか、同じ髪色をした女性が私を憎々しげに睨(にら)んでいた。

……きちんと説明している時間が惜しい。つい言い返しそうになるのを堪(こら)えて、私は聖印を切った。

「カーミァ。名前、必要なのかい？」

「祝福するために、できれば。私の神力も底なしって訳じゃないから」

祝福は神の雫(しずく)。降らせるのに必要なのは私の気力のようなものだけで、神力そのものではない。

欲望を満たす目的でなければ、神は快くその雫を授けてくれるのだ。

「聞いただろ！　神子が言祝ぐのに必要なんだ。息子が心配なのはわかるが、邪魔すんじゃないよ」

「でも……」

「神子様、この子はエルマーってんだ。頼む、助けてくれ！」

「こっちはヴゴール、こいつはミリだよ！」

ルースの怒鳴り声によって、他の女性達が次々に名前を教えてくれる。

そんなにたくさん覚えきれない、と思ったところでまたルースが抑えてくれて、ようやく言祝ぐ準備が整った。

「エルマー、あなたから魔の穢れが抜けることを祈ります」

銀の光。慣れたその色は、私が言祝ぐ時だけ粒子のように宙に舞う。

世界が目の前の少年を祝福しているのだと、誰が見てもわかるだろう。

室内の声が一瞬止み、代わりに誰かが息を呑んだ音がした。

それはこの光にか、それとも光を受けて目を細めた少年の顔が安らかだったからか。

感想なんて聞いている暇はない。私は周りの反応を無視して、聖印を切った。そして、また口を開き。

「神のしもべは希う――」

聖句を捧げながら、ひとりずつ浄化していく。

穢れの深さこそましなものの、ここは最初の部屋より人数が多い。

祝福をこれ程連発したのははじめてだ。浄化のスピードは上がったけど、集中力が切れそうになる。こんなに必死になったの、久しぶりかもしれない。学生時代の試験以来……いや、王城でこの世界について勉強していた時？　それともあの本司教の事件以来か……

ぼんやり考えて、切れそうだった集中力が更に散漫になっていることに気付く。

駄目だ。余計なことを考えるな。神術が成り立たなくなる。祝福だって、適当に祈っても叶うのは、私を監禁していた蛇男の件でわかっているけど、そんなの力を貸してくれる神様に失礼だ。

意識を掻き集めて集中力を取り戻し、また子ども達に向かう。

そうして何人浄化しただろうか。

ふと、またしても嫌な感覚がした。慌てて神術結界を確認するけど、きちんと展開されている。

気の持ちようなのかな……？

「カーミァ！　まずいことになったよ！」

浄化の終わった子どもを運び出すため、ちょうど大人達が全員部屋から出た途端、ルースが飛び込むように部屋に入ってきた。

「どうしたの？」

「上位の魔物が遺跡から南公都に向かってる」

唸るような声が、予想だにしない言葉を紡いだ。意味が理解できなくて、一瞬手が止まる。

「お爺様──騎士達は……？」

「あっちはあっちで討伐中だと。撒き餌をしやがったのは、二体で一対の魔物だったんだよ！」

二体一対。そんな厄介な魔物がいるのか。

お爺様達が負けた訳じゃないことに安心……している場合じゃない。

──どうしよう。

そう思ったのは、一瞬だけだった。私にできることは、決まっているのだから。

「ひとまず避難しよう。撒き餌はもういないから導はないけど、きっと穢れの多いここに向かってくるはず」

早口でそう言いながら、ルースが私に近づいてくる。でも、私は首を横に振った。

「いや、いい」

「は……」

次の子のところに膝でにじり寄ると、顔を上げたその子と目が合う。

大きなオリーブ色の瞳。灰色に見えた、鉄色の髪。褐色(かっしょく)の肌を土気(つちけ)色にして、荒い息を吐くその子どもは、昨日私が見た男の子……いや、よく見れば女の子だった。

「名前、言える？」

「……みこさま？」

「そうだよ。私はカーミァって言うの。あなたの名前を教えてくれる？」

「マールだよ……カーミァさま、きてくれた……」

脂汗(あぶらあせ)を浮かべて、マールはふにゃりと笑った。

「あたし……みこさまにたすけてって、いいたくて、きのう」

「まさかあんた、そのために抜け出したのかい……!?」

笑うマールにも、絶句するルースにも、何も言えなかった。

私があの胸のざわつく原因に気付いて、この子の背を追っていたら……今より早く穢(けが)

れを浄化できただろうか。多くの神官を連れて来られただろうか。

仮定の話なんか考えても意味はない。それでもやるせなくて、私はぐっと唇を噛みしめた。

「マール、ちょっとだけ我慢してくれ。あたしが担ぐから……」

「ほかのこは……？」

小さく零された、純粋な疑問にルースが息を呑んだ。

全員が避難できる訳はない。穢れが浄化されても、体力は戻っていないのだから。まともに動ける子どもがどれだけいるのか。動けない子は何人運べるのか。

全滅するより、と苦渋の決断をしたんだろう。だけど……

「大丈夫。避難しなくていい」

「だから、何でだい⁉」

苛立つルースを手で制し、目を閉じて祈る。

「マール、あなたの中の神力が魔の穢れに打ち勝てますよう」

今は穢れのせいでわかりにくいけど、マールからは神力が感じられる。

昨日この子が動けたのは、神力持ちだったからだ。

銀の光に囲まれて、小さな体から弱く銀の光が浮かぶ。神の雫と混ざってだんだんと光が大きくなり、彼女の中に還っていった。

ぞわぞわとした寒気が少し強くなった気がする。神術結界、まさかどっかにヒビ入ってないよね。

「もしここに魔物が来ても、イサークがいる。だから大丈夫」

「何言ってんだ……イサークは裏街の中にはいても、ここにはいないよ。疲れてきてんのかい？　夢見がちなこと言うのはやめてくれ」

からかいつつも、焦りを帯びたルースの声がすぐ後ろで聞こえる。

うん、そうだね。言葉だけなら非現実的かもしれない。

「ちゃんと理由はあるよ。仮にも天将軍が魔物の習性を知らないはずがないし、裏街の奥にある孤児院より先に情報がいってない訳がない。それにイサークは私のいる位置が正確にわかるから、必ずここに来る」

でも一番の理由は、やっぱり夢見がちなものかもしれない。

彼が〝守る〟という言葉を口にしたら、それを破らないってわかるから――信じているからだ。

「まさか、運命で繋がってるとでも言いたいのかい？」

「いや、マーキングされてるだけ」

吐き捨てるような彼女の言葉にさらりと返し、聖印を切る。

隣の女の子を浄化している間、ルースは無言だった。

私が今できるのは、見える範囲にいる人を助けることだけ。心を鎮めて、祈るだけだ。

「……馬鹿かい、あんたら」

「うん？」

「何でもないよ。カーミァ、あんたを信じてやる。死んだら恨むよ？」

「大丈夫」

だって、いつもキスされる左手がほんのり熱を持っているんだ。

私を探すためじゃなく、ちゃんと近くにいるから安心しろと言っているよう。こんなことを口に出すと、完全に夢見がちな乙女だと思われるから、黙っておくけどね。

浄化が終わった女の子とマールを担いで、ルースが部屋から出ていった。

次の子の傍にしゃがみ込んで、聖印を切るために手を上げる。

何だか風が吹いた気がして、ふと視線を上げると――

壁と天井の代わりに、青空と奇怪な生き物が見えた。

「は……？」

いつの間に？　壁は、天井はどこいった？　ていうかあれ、何？

「キィィイ……」

自転車のブレーキ音に何重ものエコーをかけたような、不快な鳴き声だった。

見ればその生き物は、とても歪な形をしている。

真っ黒なコールタールをぶちまけて、乾き切らないうちに丸く固めたような姿は、まるでスライム状の鼠。その体を覆う棘は、光を不自然に反射していた。四つんばいの手足は細く短く、臀部ではそこだけ不気味な程可愛らしいピンクの……いや、肉色の尻尾が長く揺れている。

膨らんだ体の上方、横一列に並ぶいくつもの目がぎょろぎょろと輝き、セイウチの牙みたいに鋭く長い二本の歯からは黄色い体液が滴っていた。

その生き物の目が一斉に私の方を向いた、瞬間。

「ギィィイイイ!!」

エコーが増したような、甲高い叫び。

体が震えるより先に、迫ってくるその生き物が、私を食べようと、口を――

「雑魚が。誰を喰おうとしてやがる」

——視界が赤く染まる。

それは、痛みを伴うものではなかった。

鮮やかな赤が、私とその生き物を遮り、揺れる。

私を守る大きな背中。それが誰なのかわかった私は、よく見ようと膝で一歩、二歩と後ろに下がった。

横に構えた黒金色の槍で、体液に塗れた長い歯を受け止めている。鍔迫り合いのようにぎりぎりと音が鳴っているのに、彼はびくともしない。

「チッ……風通し良過ぎになっちまったじゃねえか」

呆れを含んだ低い声。慣れているはずのその声は、ひどく鋭く空気を震わせた。

いや、違う。実際に空気が震えているんだ。彼が纏う、紫電の魔力に周囲が影響されている。

槍を無造作に振り払うと、彼に気圧されたかのように生き物——魔物はおかしな声を上げ、宙を滑って距離を取った。

「トモエ、無事か」

綺麗に消えてしまった壁の縁に立つイサークが、ちらりとこちらに目を向けて私に問いかける。

体が今更震えてきた。もうその脅威は襲ってこないのに、遅過ぎる反応に内心苦笑してしまう。

彼がここにいる。私の名前を呼んでいる。それだけで、もう大丈夫だ。

「怪我ひとつないよ」

「ならいい。こいつ片したら筋肉司教が来っから、ちぃと待っててくれ」

あ、司教達呼べたんだ。よかった……

胸を撫で下ろした瞬間、なくなった一面の壁と天井の代わりに分厚い結界が展開される。

赤と紫の魔力。イサークの魔術結界だ。

魔術を使った結界は魔の穢れや精神攻撃以外は全て防ぐとされている。天聖騎士団団長である彼が展開する結界なら、間違いなく戦闘の余波をひとつ残らず防げるだろう。

「今の魔物はあのナリで魔術系の種類だ。転移と空間喰いばっか使って余計な手間取らせやがるが……もう一体よか劣る残りカスだぜ。すぐ終わらせる」

鈍く輝く黒金色の槍を、すっと中段に据えて、彼はあっさりと言い切った。

「イサーク、無理しないで勝ってね」

銀の光を受けなくても、きっと彼は勝つ。

わかっていて、私は彼に祝福を捧げた。

「オメエにそう言われたら、千の魔物でも無傷で倒せそうだ——いくぜ」

言うが早いか、彼は宙を蹴ってコールタールの魔物に肉薄した。

けたたましい叫び声を上げる魔物は、転移魔術なのか姿を消し、彼の左側に現れる。

肉色の尻尾が鞭のようにしなり、彼の周囲の景色に歪みを生む。

「あっ……」

部屋の壁がなくなったのは、きっとあの魔術のせいだ。

つい声を上げてしまった私が心配するまでもなく、イサークは涼しい顔でそれを避ける。すると歪んだ景色は、元に戻っていくのと同時に、まるでその景色を食べてしまったように、あったはずの屋根を消し去ってしまった。

ばちばちと、紫電が彼の手によって生み出される。そこから矢のごとく投げつけられる幾条もの雷を、魔物が転移で回避していく。

最後の雷を投げた彼が、不敵に笑った。

「——落ちな」

転移した魔物が現れる。移動先を予測していたかのようにその頭上にぴたりと合わせて、イサークが飛んだ。

黒金色の槍が、真っ直ぐ振り下ろされ――

「ギィィィィィィ――――!!」

おぞましい叫びと共に、地を揺らすような衝撃。

串刺しにされた魔物が、地面に這いつくばり短い手足をばたつかせる。

魔物から少し遅れて地に降りたイサークを出迎えたのは銀髪の騎士、ミゲルだった。

「お疲れ様ーっす。位置ばっちりっすね」

「時間かかっちまったな。路地が狭過ぎんだよ、ここ。途中途中にちぃと広めの場所でも作るか」

「いやー、魔物が襲来するなんて滅多にねーから大丈夫じゃないっすか?」

場違いな程に飄々としたふたりのやり取りに、騎士にとってはあれくらいの魔物は余裕なのかと呆気に取られる。

話からして、魔物が落ちても大丈夫そうな場所に誘導しながら討伐したみたいだし……そんなことまで余裕でやってしまう超人集団って、本当にすごい。余裕なのはあくまであのふたりだから、かもしれないけど。

「細切れでいーっすよね?」

「ああ。魔石砕いちまったから再生もしねえ」

「すっげーなぁ。オレだったらどこに魔石あんのかわかんないっすよ、こんなキモい毬(まり)」

手を差し伸べ、ひとりでに戻ってきた槍(やり)を回収したイサークが魔術結界を展開する。入れ替わるようにしてミゲルが剣を抜き振った、ように見えた。実際は速過ぎて風切(かざき)り音しかしない。だけど、魔物の一部はあっさり肉塊(にくかい)へと変わって……

「……うん、もう大丈夫」

そこまでで、見るのをやめた。魔術結界を張ったのは、周りに色んなものが飛び散らないようにするためか……いや、そっちに意識を向けちゃ駄目だ。

頭を振って気持ちを切り替える。心を鎮(しず)めて集中。もう魔物はいない。私の仕事をしよう。

ようやく聖印を切り、横たわる男の子の額(ひたい)に触れる。流れ込む神力が、僅(わず)かに鈍い気がした。

「かっこいいなぁ……騎士って」

マールより年上、十歳に届かないくらいだろうか。熱に浮かされ汗を流しながらも、その子は外の討伐(とうばつ)の様子を見ていたらしい。へらりと笑って、力なく私の手に触れてきた。

「魔物、連れてきたのおれらなんだ」

「え……」

「ふだん外に出ないけど、あいつ、めずらしい動物好きだから、きっとよろこぶって……思って」

零れた涙が汗と混ざって、男の子の顔がぐしゃぐしゃになる。

「こんなことになるなんて思わなかったんだ……うそじゃない」

どんな言葉をかければいいのか。

慰め？　同情？　それとも窘める？　どれも違う気がして、私はただ頷くしかなかった。

「そうなんだ」

「みんなを、こんな目に遭わせるつもりなんて、なかったんだよ」

「うん、うん」

「ごめん、みんなほんとに、ごめん……」

小刻みに震える肩を、汗で湿った群青色の髪を撫でる。

隣に横たわる亜麻色の髪の男の子が、その様子を見て静かに泣いていた。

彼もまた、冒険者の真似事をしていたという少年のひとりなのかもしれない。

そっと聖印を切って、頬に触れる。亜麻色の彼は黙って、そのまま目を閉じた。

「なぁ……騎士になれば、魔物にも気付けるかな。こういう時、みんなを守れるかなぁ……？」

「そうだね、きっと守れるよ」

「……おれ、騎士になれるかなぁ。なりたい、な……」

泣いたことで更に疲れたのか、群青色の彼はそれきり口を閉じてしまった。

食堂に子ども達を運ぼうと、私を案内してくれた壮年の男性がふたりを担ぐ。

「……ここの人間が騎士になるのは、難しい」

「聞いていたんですか……。でも裏街出身で騎士になった人もいます。難しくても不可能じゃないなら、選択肢を残してあげればいいと思いますけど」

男性は無言で私を見下ろしたあと、ぐっと顔をしかめる。

事実を言っただけで、別に否定した訳じゃない。私の勘違いじゃなければ、そう主張しているような気がした。

そのまま部屋を出ていった男性と入れ違いに、女性がふたり入ってくる。

どうにも戸惑った様子で廊下の方を見ているけど……

「聖下ぁ！　いずこにおわします、聖下ぁあ!!」

「何という穢れ！　その中で確かに感じる美しいまでの神力！」

「皆の者、一刻も早い浄化をっ！」

辺りに響く、馬鹿でかい声。あの筋肉司教達だろうか。

言っていることは真面目だしその通りなんだけど、そのノリが何だかとてつもなく体育会系だ。

思わず力が抜けてしまって、ついでに疲れもどっと出てきた。

更に言うなら……体の色んなところが、不調を訴えている。

「あー……」

懐かしい感覚だ。監禁されて悪人を祝福していた時の、ぐったりする感じのやつ。

祝福の内容が悪い訳じゃない。多分、連発し過ぎたんだろう。それに加えて、穢れにも触れ過ぎたかな。自覚したら一気につらくなったけど、下を向けばまだ苦しんでいる子どもがいる。

「――世界を抱く五聖に希う　穢れ拒む光を　神のしもべは希う　其れを虚無の底へと還さんと」

深く息をついてから、聖句を捧げる。

近くで別室の子達の浄化に入った司教達の声が聞こえる。どうやら、私はまだまだ大丈夫だと思われているようだ。

最善を尽くすって言った癖に、嘘をつきそうになってしまった。

助けると誓ったのは私だ。倒れて迷惑をかけないところまで頑張ろう。でも、裏街全体の浄化は筋肉司教達にお任せしようかな……

多分そこまでは保たないだろうとあたりをつけて、私は左手で聖印を切った。

　別に格好をつけたかった訳じゃないけど、本気で格好がつかない。

「奥方様、起き上がってはいけません。お体を休めてくださいませ」

　甲斐甲斐しく私を横たえ、ふかふかの布団をかけてくれるベロニカ。

「水分も摂った方がいいですよ。ぬるま湯が一番ですよね」

　横になっても飲めるようにと、ストローらしきものを挿したコップをサイドテーブルに置くロシータ。

　裏街の事件から、はや二日。私は未だにベッドの住人と化していた。

「あのさ……ここまで重看護じゃなくても、もう平気なんだけど」

「何をおっしゃいます！　神術で癒したとはいえ、奥方様は半日以上目が覚めなかったのですよ!?　ぶり返したら一大事でございます」

「いや、風邪とは違うから。寝て神力が回復したおかげで穢れは抜けたし、ただの疲れだからね？」

「旦那様にも、今日一日はベッドから出さないようにと重々申しつけられてますし、やっぱり心配ですから」

裏街の子どもを全員浄化したあと。

私は予想通り、立ってよろよろ歩くのがやっとな状態になっていた。

イサークは挨拶もそこそこに有無(うむ)を言わさず私を抱き上げて、複数にかけるのは非常に難しいとされる転移魔術で即行公城に戻った。あれこれ診察されたり看病されたりして、ひと眠りしたらもうこの状況といった感じだ。

どうやら、私が結界を維持したまま浄化を行っていたのは、相当な力業(ちからわざ)だったらしい。

そもそも神術結界の多重展開自体が非常時の緊急手段というか……もしやるとしても、ひとりじゃなく数人で一枚ずつ張るのが普通だという。自分は常識人としてしっかり神術を学んでいると思ったのに、だいぶ斜め上の行動をしていたことに地味にへこんだ。

王都に帰ったら、頑張って基礎から学び直そう。目指せ上級神術クリア。

まぁ、今回みたいなことにならないのが一番だけど。もしもの時に知識は裏切らない、うん……。

遠い目をしていると、ロシータが香草を焚(た)いてくれる。いかにもリラックスできそうな香りだ。

気遣わしげな雰囲気を打破するため、何か会話がないかと頭を巡らせる。

「そういえば……ドレスと靴も全部駄目になっちゃったでしょ。ごめんね、ふたりとも」

「確かに汗や土や汚物に塗れ、捨てることになりましたが……御身が損なわれていないのなら、瑣事にございます」

「ドレスはまた作れますけど、奥方様も子ども達もかけがえのないものですから！　助けることができて、本当によかったですね……」

まずい。しんみりした雰囲気になってしまった。

今話題を逸らしても、きっと最終的に同じ方向に行ってしまうんじゃないか？

そう思ってアルカイックスマイルを浮かべると、部屋の扉をノックする音が響いた。

ちなみに今いる部屋は、今まで滞在していたのとは違う部屋だ。安静にということで、イサークとは別の客室を用意されているのである。

イサークはまだ裏街にいるはずだ。ということは、公爵家の誰かかな。

扉から近い位置にいたベロニカの誰何の声を聞いていると。

「ルース様とおっしゃる女性と、お子様がおふたりお見えでございます。若君から神子様の許可があればお通ししてもよいと伺っておりますが……」

意外過ぎる訪問客に、がばりと上半身を起こす。

慌ててロシータが背中を支えてくれた。何度も言うけど、私もう平気だからね。

「ルースはわかるとして、子どもって誰だろう……」

「どうされますか、奥方様」

「通して。それとお茶の用意をお願い」

礼を取ったふたりが、素早く準備をする。

少しだけ待ってほしいと扉の向こうに伝えたベロニカが私にガウンを羽織(はお)らせ、簡単な身支度を。その間にロシータがさっとティーセットを取り出し、準備をしていた。相変わらず仕事が早い。

「奥方様、お招きしてよろしいでしょうか」

「ありがとう。お願い」

立ち上がらないようにと無言の圧力を感じるから、だらしないけどこのまま出迎えさせてもらおう。

ベロニカが扉を開けると、そこにいたのはルースと……その後ろに続くように、鉄色の髪の女の子と群青色の髪の男の子。実はルースの姪(めい)だというマールと、孤児院で騎士になりたいと泣いていた男の子だ。

皆公城にはじめて入ったのか、やけに緊張したように視線をさまよわせ、顔をこわばらせている。

「こんにちは、ルース、後ろのふたりも。ベッドの上からでごめんね」

「あ、ああ……気にしなくていいよ。元気になったならよかった。マール、レド。挨拶しな」

ふっと息を吐いて微笑むルースの腰にしがみつくようにして、マールが身を乗り出してくる。

彼女が着ているのは大通りで見かけた時とは違う、飾り気はないけど綺麗で動きやすそうな服だ。レドと呼ばれた男の子も同じような服を着て、ツンとした表情を私に向けている。

「こんにちは、カーミァさま。こないだはありがとうございました！」

「おう。まだ寝たきりなのかよ、神子様」

「ありがとう、ふたりとも。そろそろ起きようと思ってたんだ」

孤児院で見た時とは全く違う、生き生きとしたふたりの姿に笑みが零れる。

でも、どうしてこのふたりを連れて来たのかな。病み上がりなのに、わざわざ……

「こいつらはカーミァに元気な顔を見せに来たんだ。ついでに、迷惑かけた挨拶回りも兼ねてね」

ルースがどこか言いにくそうに口を開いたことで、やっと腑に落ちる。

ああ、そうか。だからこそ子どもを連れてきたんだ。裏街が正常化し、子ども達も無事だと表に知らせるために。

「大丈夫なの？　ふたりの体調とか」

「問題はないよ。まぁ公城まで連れてくる気はなかったんだけど、こいつらがどうしてもってね。一応許可は取ったさ」

「うっせぇなルース！　おまえだって城ん中きょろきょろ見てただろ！」

「やめてよレド、おっきな声出すとはずかしいよ」

元気そうで何よりだ、うん。キレ気味にルースに食ってかかるレドを、絶対零度の目で見つめるベロニカに気付かなければだけど。私病人じゃないから、うるさくても平気だってば。

そんな場の空気に気付いたのか、それとも元からその予定だったのか。ルースが唐突に手を打ってわざとらしい声を上げる。

「っと、あたしはカーミァに話があるんだ。大事な話がね」

言いながらちらりと私を見て、意味ありげな視線を送ってくるルース。

つまり、ふたりきりで話をしたいということかな。

イサークから許可を取っているなら、使用人達にも通達がいっているはずだろう。おそらく別室で子どもを持て成す用意もしてある。

「ベロニカ、ロシータ」

名前を呼ぶだけで、優秀な侍女達はわかってくれた。

「かしこまりました。マール様とレド様はこちらに」

「あっ、は、はい！」

ベロニカに呼ばれて緊張しながら近づいたマールに、ロシータが優しく微笑む。

「ルース様は神子様と大切なお話をするから、ちょっとだけ別のお部屋にいってましょうね。お菓子もありますよ」

「まじかよ！　早く早く！　他のやつの分もある!?」

「レド、お城でさわいじゃだめだってば……カーミァさま、みんなを助けてくれて、ほんとにありがとうございました。えっと、ゆっくり休んでください」

年齢の割にずいぶん礼儀正しいマールがそう言い、ひょこりと頭を下げる。同時に部屋を出ていこうとしていたレドの袖を促すように引いた。

「あー、と……神子様、その、ありがとな。おれ、もうあんなことしない。大丈夫だから……早く元気になれよ！」

照れた風なレドが微笑ましい。ふたりの素直な感謝の言葉に、私は胸が温かくなった。

「ありがとう、マール、レド」

ひらひらと手を振る私と、ベロニカが無言で勧めた椅子に座ったルースに見送られ、四人は部屋を出ていく。そうしてからようやく、ルースは深い深い溜め息を吐き出した。

「悪かったね、侍女にも迷惑かけて」

「ううん、来てくれて嬉しい。元気になったの見たら安心したよ」

「一番やばそうだった奴でも、今は起き上がれるくらいに体力は戻ってるんだ」

「それならよかった」

穏やかに微笑んで、私はティーカップを持ち上げる。

裏街が正常化してきたと、目に見えてわかってよかった。わざわざ気を遣って来てくれてありがたい。でも、彼女がここに顔を出した最たる目的は、おそらくお見舞いじゃないはずだ。だからこそ、こうしてふたりになった訳で。

「ねえ。あれから、どうなった？」

「やっぱり、聞いてないのかい」

「イサークも他の公爵家の人も忙しそうだし、一応病人相手に時間取らせるのもね」

「まぁ、そうなるだろうね……イサークはあんたにこれ以上出てきてほしくないようだし」

状況報告。それがイサークの許可を得て公城に来た理由だろう。

　そう思って話を振ると、彼女はその長い髪を掻き上げて足を組んだ。

「遺跡の魔物は騎士に討伐された。裏街に出た魔物もあんたが見た通り。イサークとミゲルが倒したあと、穢れが出ないように死骸も処理されたよ。この辺まではあんたもいたから知ってるかい」

　情報としてはこっちにこなかったけど、途中までは見ていたからわかる。

　頷くと、ルースは言葉を続けた。

「子どもはさっき言ったけど、体力が戻れば平気さ。治癒の神術も疲労までは癒してくれないからね」

「穢れが移った大人も大丈夫？」

「ああ、無事だよ。あたしも含めて、子どもより穢れを受けるのが遅かったからね。程度も深くはなかったし、皆後始末に走ってる……つうか、問題は他にあんだよ」

　大きく溜め息をついたルースが、お茶を飲み干す。

　どうにも言い出しにくそうなその雰囲気に、お茶のおかわりが必要か聞けなかった。

「……助祭に司教、更に神子までが心血注いで術を使ったんだ。対価が必要に決まってんだろ」

「い、一応神官は金銭の報酬を受け取らないことになってる……よ？」

五聖の信仰のもと、銀の光を分け与える――そんな文言を建前として、神官が神術を使う時は信仰を対価にしている。だけど実際は、神術を受けたら寄付という形で神殿に金品を納めるのが通例のようだ。もちろん、それとは別に日常的に寄付を行う信徒もいる。神官も霞を食べて生きている訳ではない。神殿の維持から神官達の衣食住まで、神殿に関わるものは、そうやって信徒達の寄付と国家や貴族からの援助で賄われているのだ。

裏街は当然、今まで五聖教に寄付などしてこなかっただろう。だから今回こそは対価として寄付をしなければならなくなってしまうかもしれないけど……

「ンなの、今まで神殿に寄りつきもしなかったあたしらが言い出したら、白々し過ぎるじゃないか」

「……だよね」

いくらなんでも信仰を捨てた裏街の人が、建前を口にするのはアウトか。私としては別にいいけど、司教まで出てきてるからなぁ。

「イサークは南公爵家からの要請って形にするっつってるんだが、ばば様含めほとんどの幹部が反対してててね」

「でも、後始末のために何かと入用なのに」

「入用でも何でも、自分たちのせいでここまで大事にしておいて、全部タダですって言われて頷ける程恥知らずじゃないよ。で、あのガタイのいい司教に対価を聞いたのさ。まだるっこしいのは嫌だったからね。そしたら……」

鉄色の目がちらりと私を見て、また溜め息をつく。

「あんたの……カーミァへの対価で、南中神殿全ての神官への対価と成すって」

「は？」

「あたしだって〝は？〟って感じだったよ。助祭ぶっ倒れさせて神殿長まで引っ張り出したんだ、金は無理でも遺跡に入って高価な素材取ってくるとか色々考えてたんだよ。だけど司教は『子らのために身を削り祝福を与える清廉な聖下のもとで共に働けたことこそ、我らの対価である！』とかおいおい泣き出しちまってね……何言っても聞いちゃいなかったよ」

「ああ……うん」

「だから、あんたへの対価だ」

身を乗り出したルースを見て、どうしようかと思った。

正直、困る。

神子としての義務感でああした訳じゃない。そのあとの見返りなんて考えてもいなかった。

「いらない、とかって駄目かな」

頷（うなず）かれるとは思っていないけど、一応聞いてみる。

神子様の慰問（いもん）ですって言い張ったら無償にできそうだけど、裏街が対価を望むならそれは逆に失礼だ。話を聞く限り、対価を払うのは裏街のほぼ総意なんだろう。彼らを〝恥知らず〟にしたくないなら、きっと私は受け取るべき。でもなぁ……

「駄目だね。受け取らないとばば様が出張ってくるよ。あんたはそれくらいのことをしたんだ」

「うーん……一旦私が対価を受け取ってここの神殿へ回す、ってのもまずいよね」

一応言ってみるものの、これも苦しい。

そもそも対価の受け取り手が、南中神殿から私へと移行しているのだ。私からリターンされても、筋肉司教達は困るだろう。

「馬鹿言うんじゃないよ。百人近くいた子どもの半数以上は、あんたが浄化したんだろう。いくらあんたがそう願っても、今度はあの司教が泣きながら乗り込んでくるさ」

「あ、そんなに浄化したの。頑張ったなぁ」

「何でまるで他人事なんだい……」

脱力するルースには悪いけど、途中からただただ集中していたので、人数なんて数えていない。

でも、本気でどうしよう。私が受け取らないとまずい流れだ。

思い付きで変なことを言うより、ここは潔くイサークと相談すべきだろう。裏街の人が納得できる、低くも高くもない対価。よくよく考えないと。

「対価について、少し考える時間をもらってもいい？　私、あと五日は南公都に滞在するから」

「変に遠慮してカスみたいな対価要求したら、はっ倒すからね」

「大丈夫、変なものにしないように相談するから」

相談相手が誰を指すのかわかったんだろう。中身のなくなったティーカップを手で弄びながら、ルースは苦笑した。

「あんたは、善人だね」

「え？　大げさじゃないかな。そりゃ、人としての良心は忘れずに生きようと思ってるけど」

そして何故この流れで善人という話に。

いきなり褒められて、ちょっと戸惑ってしまう。

「良心があるってこと自体が、あたしにとっては善人だよ」

私だって自分が悪人だとまでは思っていない。至って平凡な思考をしているつもりだ。人を両極に振り分けるなら、きっと善人……だと思いたい。

でも、本当に善人だったら、もっと率先して人助けとかするんじゃないだろうか。

魔の穢れが裏街にあるかもしれないと、最初に気付いたのは私だ。私が本当に善人なら、イサークが調査に出た段階で自分にできることを精一杯やろうと一緒についていったんじゃないかな。それに、もし今回神官の力だけで事態は収まると言われていたら、私はきっと自分からは動かなかっただろうし……

私が余程腑に落ちない顔をしていたんだろうか。ルースがゆるく首を横に振った。

「善人で……それも、面倒な性質じゃない」

「面倒な善人って……」

「あんたが清らかで正義感に溢れた善人なら、きっとこの場で対価をつっぱねる。こっちの矜持なんか関係なく、あたしらをかわいそうな奴扱いして対価を求めない自分に満足しちまう」

それは穿ち過ぎじゃないか。思ってみたものの、確かにそういうタイプの人がいることも確かだ。

例えば……いい人だし手を貸してくれて実際助かるんだけど、どうにもこっちの意見を無視しがちで、最終的に押し付けがましい印象を残すような人。元の世界でもそういう類の人はいた。

きっとルースは、そんなタイプの善人が苦手なんだろう。

「あんたはちゃんと落としどころを考えてくれるじゃないか。人に善意を押し付けない、いい奴だ」

「そう言われると何かこそばゆいけど……うん、ありがとう」

面と向かって言われると、もう逃げ場がない。

厚意として受け取っておこう。そう思って微笑み、ティーカップを手に取る。

「そうやってすんなり礼を言える。きっと、あんたのそういうところも好きなんだろうね……あいつは」

苦笑するように落とされた声は、ひどく小さかった。

「カーミァ。あんたは気付いてると思うけど、あたしはあいつが好きだ」

その声には、出会った時のように私に対する敵意は感じられない。

ただ事実を告げている。そう感じるくらい、きっぱりと彼女は宣言した。

「この気持ちを抱えて、情けないことに十年以上経つ。振られて関係が壊れたら、こっちからは二度と会えないような身分差だ。だからあいつが誰かを娶るのを待ってたんだ。あいつのことだから、あたしが認められるくらい、いい女を娶ってくれるだろうって、思ってた」

　ぽつぽつと、吐露される彼女の想い。

　私の立場で慰めや同意なんてできない。ルースも私に何かの返答を求めている訳じゃないんだろう。

「なのに、言祝の神子だって？　ふざけんなって叫びたかったよ。いくらすごい存在だろうが、そんなの娶ったら自由が好きなあいつが更に縛られちまうだけじゃないか。巷でどんな美談が語られようと、あたしは絶対に認めない。そう、今まで思ってた。見たこともないあんたを恨んでいた」

　彼女が顔を上げる。

　その頬は濡れてはいない。でも、引きつってうまく表情を浮かべられないその顔は、今にも泣き出しそうに見えた。

「恨んでたのにさ……あんた、何だよ」

「ルース……」

「あんたがただの清らかな、皆の神子様だったらそのまま憎めた。だけど、あんたはお綺麗なドレス姿で孤児院に乗り込んできた。微笑んで〝子ども達に救いを〟とか言いそうなツラを怒らせて〝助けさせろ〟ときたもんだ。全く、驚いたよ」

「あ、ごめん……何かぷちっときて」

「いいさ。あたしが絡んだのが悪かった」

きっと、お互い冷静じゃなかったんだろう。

後悔はしていないけど、今となってはもっと別の言い方があったのではと思わなくもない。

「で、あんたは黙々と子ども達を助けた。吐瀉物で汚れようとも、理不尽に怒鳴られても、疲れ切っても浄化をし続けた。魔物が来るって言われても、あいつを信じて部屋に留まって……それ見ててさ、何か、もう色々負けた」

そこでどうしてその結論になるのか。

わからなくて首を傾げると、ルースは椅子から立ち上がり、ベッドの端に腰掛けた。

「カーミァあんた、こんな深窓のお姫様ってツラなのに度胸あるよ。ばば様の度肝抜いたって話も聞いた。あの人を絶句させるなんて相当だ」

「メンタル……精神が強靭って言われたことはあるけど」

「だろう? あんたみたいな女なら、あたしは安心してこの気持ちを捨てられる」

「捨てる、って……」

「文字通りさ。吹っ切るために、さっきあいつに会った時に言ってやったんだ」

「えっ⁉」

待って。ちょっと待って。話が急展開してるんだけど。今までの若干しんみりモードはどこに。

「ははっ、まだるっこしいの嫌なんだよ。もう今しかないと思ってね」

ほんの少し、無理をしているようなその笑い方。

気付いてしまったけど、彼女はそれを指摘されたくないだろう。

私は話の続きを促すこともできず、頷きだけを返した。

「ひどい男だよ。あたしの積年の気持ちに、二言しか返さなかった。すごく、ひどくて……いい男だった」

吐息に混じらせた、彼女の恋。それは、言い表せないくらい色々な感情が詰まっていた。

どうやってその想いを告げたの。彼は何て返したの。

聞いたら私の方こそひどい女だ。だから私は、また馬鹿みたいに頷いた。

「だからあたしの気持ちは、今日で綺麗さっぱり終わり。……こんなの、あんたに言う話じゃなかった。悪いね」

「ううん、何も言えなくてごめん」

「言われた方が逆に腹立つから、充分さ」

にやりと笑って、彼女は再び立ち上がった。

椅子に戻るのかと思いきや、そのまま扉へと歩いていく。

「もう帰るよ。まだやることもあるしね。あいつらもさっさと回収してくよ」

「あ、だったら……」

「見送りはいらない。あんた一応病人だろ?」

「病気じゃないんだってば」

「それでも、あんたをベッドから出したら、イサークにどやされそうだ。対価が決まったら、今度はあんたから会いに来てくれ」

長い鉄色の癖毛(くせげ)を掻(か)き上げて、振り返りながらそう言う彼女。

とても、強い人だ。傷ついていない訳がないのに、私を憎くない訳がないのに、それを見せないようにしている姿が、綺麗だと思った。

「うん、必ず」

私がそれだけ返すと、ルースはひらひらと手を振って扉を開けた。

堂々とした後ろ姿は、入室時の緊張した姿とは全く違っている。言葉通り吹っ切ったのだと、少なくともそう伝えたいという気持ちがひしひしと感じられた。

……正直、すごく複雑だ。同じ人を好きになった友達、なんて経験がなかったから。

もちろん、争いたいなんてひと欠片も思っていない。そんな泥沼、絶対に嫌だ。

ただ、彼女が諦めた恋の相手について考えると、かける言葉が見つからないのだ。

「十年以上、か……」

そんなに長い間、恋をし続けたことなんてない。

恋をするのは、すごくエネルギーを使うこと。彼に恋をして、私ははじめてそれを知った。

ルースはたくさんエネルギーを使って育てた恋を、私ならと諦めた。

――誰かに認めてもらいたい訳じゃなく、彼に恥じない女でいたい。

婚姻する前、私はそう思っていた。そのために努力してきたし、今もしているつもりだ。

結果として他の人に認めてもらえたのが、嬉しくない訳じゃない。ただ、こんな場合だと、どうにも喜びにくいのも事実で。

「難しいなぁ」

ぽつりと呟いて、ベッドに横たわる。

きっと彼女はもう、彼への気持ちを一切口にしないだろう。〝綺麗さっぱり終わり〟

と言ったように、かつてそう思っていたとも絶対言わない。

だったら私にできるのは、これまで通りのことだ。

彼に恥じないよう、ルースの認める女でいられるよう、努力して幸せに生きるのだ。

自分の方向性を確認してひとりで頷(うなず)けば、どうしてか眠くなってきた。

……どうせベッドから出してもらえないいんだったら、少しだけ。

そう思って、私はふかふかの枕に頬を押し付けて——

× × ×

「——から、寝てんのか」

「一時間程前より、お休みになっております」

「そうか。オメエら下がってていいぞ」

「かしこまりました」

「失礼いたします」

あ……寝落ちしてた。

意識が浮上しそうで、あと一歩届かない。そんな微妙な半覚醒状態で聞こえた声は、三人分。

扉の閉まる音がして、靴音が近づいてきた。

「元気っつってるくせに、まだ顔色悪いじゃねえか……」

そっと、いつもより更に優しく頬に触れる手。間違える訳がない。彼のものだ。

目を開くのも声を出すのも何故か億劫(おっくう)で、私はほぼ眠ったまま、ぼんやりとその手の熱を享受する。

「――オメエを苦しめるものは、全部消してやりてえ」

物騒な言葉だ。だけど昔、彼の口から似たような台詞(せりふ)を聞いたことがある気がした。

「他の奴はどうなったっていい。オメエが少しでも苦しむようなことには、絶対に触れさせたくねえ。トモエさえ無事ならそれでいい――そう、一瞬だけ、本気で思っちまった」

温かい手が、頬から唇に滑(すべ)る。

乾いた小さな笑い声が、降ってきた。

「この俺が、南公領の人間を見殺しにしようと思うなんざ呆れたもんだ。まぁ実際、俺がイカレちまってそんなこと口走っても、オメエは絶対許さねえだろうけどな」

許さないよ、そんなこと。

でも……それ以前に、あなたはそもそもそんな道を選ばないでしょ？

もし一瞬だけそう考えても、あなたはすぐに振り切る。そして、正しいと思う道を進むんだ。

その後ろをついてくる人が、あなたを信じる人がたくさんいることを知っているから。

「……オメエは、俺の腕の中だけには留まってくんねえんだろうなぁ。同じことがあれば、それが最善だと知ったらきっとまた手を伸ばす。ったく、面倒事嫌いなくせに真面目過ぎんだよ。職人かっての」

鼻の頭に、ふわりとキスが落とされた。

私、これでも割と適当に生きてるつもりなんだけどなぁ。

平穏な未来のためにだけ努力する、努力型平和主義者。そう何度か説明しているんだけど、ちゃんと伝わっている気がしない。

ただその考えを、自分が平穏で幸せなだけじゃなくて、周りも同じなら尚更いいと、そうやって範囲を拡大したのはクラウィゼルスに来てからだ。

——あなたが、私の世界を広げたんだよ。だから私は手を伸ばすんだ。

そう言いたいのに、今度は額に移動した彼の唇が優し過ぎて。あまりの心地よさに、意識まで落ちそうになる。

「月は万人の闇を照らす。だから俺の月も、手ぇ伸ばせるだけ伸ばして、照らそうとするのかもな。こんな、細い腕で」

　するりと腕を取られる。

　左手の掌に、彼がまた唇を触れさせた。

「俺の月、愛する俺の支配者——オメエが望むなら、その腕に抱くものごと全部守ってやる。生涯、ずっとな」

　どこか諦めたように、それでもとても愛おしいと伝わってくるその声。

　指先、手首、顎。

　止むことのないキスの終点は、唇だった。

　ひどく柔らかく触れたそれに——今まで固く張りついていた瞼がぱっちりと開く。

「おう。お姫様はキスで目ぇ覚ますってか？　具合はどうだ」

「どうだじゃない……もう、何なの甘ったるいことばっかして！」

　ちゃんと覚醒したことで、今まで何をされていたのかひどく鮮明に思い出されてしまう。

　色々言っていた台詞は、きっと聞かれたくないことだと思う。だからそこは黙っててあげる。でも……人が寝てる時に何してるの。

「あ？　起きてたのかよ」

「今起きただけ！　色々されてたのはぼんやりわかったけど、何、人の寝込み襲ってるの」

「襲うんだったらもっと全力で襲う。ほら、寝てろって」

確実に顔が赤い自信がある。

まるで子どもを寝かしつけるような口調に、私はつい口を尖らせてしまう。

見上げると、イサークは苦笑しつつも、いつもより瞳の赤みが増していた。もしかしたら先程の熱烈な言葉で、私を甘やかしていちゃいちゃするスイッチが入りかけたのかもしれない。

できれば、最後のは起きてる時に聞きたかったな……

「何だ、その口。キスしてほしいのか？」

「うん」

「…………」

「いや、黙らないでよ」

そこは普通にキスするところでしょう。いつもＴＰＯお構いなしなのに、何で今沈黙を選んだの。

居た堪れなくて顔をしかめてしまうと、変な風に歪んだ唇に噛みつかれた。

「んっ、ちょ……」

「クッソ……何だってオメエは、こんな可愛いんだかなぁ」

そのままじっくりねっとり食べられ、しみじみと囁かれる。

だったら何であなたはそんなに男前なんですか。そんなアホな問いかけをしそうになったけど、気力で耐えた。

ただ、彼の瞳の赤みが更に強くなったから、その点に関しては満足だ。

ようやく離された唇が少し熱い。気恥ずかしくて片手で口元を隠しながら半身を起こすと、すかさず大きな手に支えられる。ついでに背中にクッションを差し込んでくれたから体勢が楽になった。

「ありがと、イサーク……忙しいんでしょう？　こんなことしてて大丈夫なの？」

「まぁ、そこそこやることはあるが、嫁の具合見に来るくれえの時間はある。俺にだって休憩は必要だろ」

「それはそうだけど……」

「抱き上げられねえんなら、せめてキスくれえはな」

裏街に降りる前のやりとりを有言実行しようとしていたのか。

ここでそれやったら、私らただのバカップルだぞ。現時点でも結構ないちゃいちゃっぷりだけど。

呆れたような視線を向けているはずなのに、彼は気にせず寝乱れていた私の髪を梳かす。

寝起きの姿を見られることに抵抗が全くない、とは言わない。ただ、夫である彼と迎える朝が多いから、その隙だらけな姿を見せるのに慣れざるを得ないというか。

今の状況は、そんな朝の一幕に似ている。仕事に余裕がある時、イサークはいつも私よりも早く起きて、私の髪を撫でているから。

……一応療養中なのに、思い出すことじゃなかった。

「ん、どうした？」

冷静になろうとしている私に、彼はお構いなしに触れる。

震える程甘く低い声で囁き、眇めた流し目を私に向けて。だから、何でそう色気に溢れてるんだ。

「イサークの手つきがやらしいと思って」

「そりゃそうだ。新婚旅行って最高の旅の最中なのに、オメエと共寝もできねえなんて、ひでえ話だぜ」

「部屋を別にって言ったのはあなたでしょ」

「ひとりでゆっくり休めるようにって意味だ。明日くれえにはもう床払いできそうだしな」

「ていうか、もう大丈夫なんだけど」

そう言った瞬間、にやりと笑う超絶男前。そしてどうしてか先程より滴る色気。

あれ、何か墓穴掘ったかな？

「確かに顔色はよくなってきてんな。もう今夜にでも部屋戻すか」

「……一応今日アレコレするのは勘弁してください」

思いっきり早口でお願いすると、イサークは色気を霧散させてからから笑った。

「引くなって。大丈夫だ、無理強いはしねえよ。ただオメエを腕に抱いて寝てえだけだ」

肩をゆったりと抱かれ、耳にキスを落とされる。

まずい。無理強いしないと言われても、こうされるだけで何でも応えちゃいそう。

だって色んな目的があっても、これは新婚旅行なのだ。蜜月、ハネムーン。馬鹿みたいにいちゃいちゃしても見逃してもらえる期間。

その期間を、お忍びデートだけで終わらせるなんてあんまりだ。

「事件が発覚してから、大変だったしね……」

「ああ、もう散々だ」

色々な意味で濃い日々だった。まだ滞在日の半分も過ぎていないのに、こんなことになるなんて……すごい新婚旅行もあったものだ。

だけど、彼と共にいると平穏ばかりではないのは、よくわかっている。

……ただ、今回は刺激的どころじゃなくて衝撃的、いやそれ以上の事態だったけど。

残務もかなりあるはずだ。対価の話もしないといけないし、百パーセント旅行気分になれる日はまだ遠い。それでも、できる限り彼との蜜月を満喫したいと思うのは当然だろう。

ああしてマールやレドの元気そうな姿も見られたし、尚更楽しむ気力が湧いてくる。

「ねぇ、イサーク。公城に子ども達まで呼ぼうって提案したのはあなた？」

「最初にそう頼み込んできたのはルースの姪だ。オメエにどうしても礼が言いてえってな。俺は許可出しただけ」

「そうなんだ。でも、ありがとう。安心した」

微笑む私を見て、彼が満足そうに目を細める。

私が気にしているだろうと思って、マールのお願いを聞いてくれたのかもしれない。

それに、ルースとの時間も。私達がふたりきりになれるよう手配したのは、イサークだ。

きっと、この人は彼女の想いを知っていた。確証はないけど、私はそう思った。

それを指摘する程、私は鈍感でも意地悪でもない。〝綺麗さっぱり終わり〟の話は、二度と持ち出すべきじゃないしね。

「時間、大丈夫？　私は平気だから、お仕事してきていいよ」

休憩と言っていたけど、これじゃ休めているのかも怪しい。

イサークを必要としている人は私以外にもたくさんいる。色んなことに早く片を付けて、もっと仲よくするのはそれからでもいいだろう。

そう思って区切りの言葉を口にしたのに、イサークは思い切り眉根を寄せて溜め息をつく。

「マジかよ。もっとオメエを補給させてくれ。今は休暇中だぜ？　現場の指揮までやってられっか」

「いやいや、今日一日頑張って、他の人に任せられそうなところは割り振って、そうしたら私のところに来てよ。ちゃんとお部屋を移って待ってるから」

飽きることなく髪を梳いていた手を取り、ごつごつとしたその指先にキスをする。

そのまま引き寄せられて、唇が重なった。

深くなることのないそれが、温かい気持ちをくれる。

ゆっくりと離れていく唇が惜しい。そう思えるくらい、心地いい温かさだ。

「明日はのんびりしようぜ」

「うん。あ、でもあとで話もあるんだ。今回の件で、ちょっと相談したいことが……」

「裏街の奴らが言ってる対価の件か？」

「そう。一応考えることがあってね」

対価が物品じゃなくても大丈夫なら、私は裏街の人が真に南公都民となることを願う。具体的には、表の人……憲兵や騎士や神官やその他必要な公の力を裏街の人が拒まずに、伸ばされた手を撥ね退けないでほしい。

結局、私自身にほしいものはないのだ。だから事件の再発防止に努めるように、表と裏の融和が進むように。それを願う。

「簡単に言うと、裏街の人達が公的な介入を受け入れる姿勢、みたいなのを対価にしたいの。かなり繊細な問題だとは思うんだけど……」

こんなことを願うと、裏街の人は「は？　何綺麗事言ってんだ？」となるかもしれない。実際、口に出すと清らかな神子様じみた願いだ。

だけど、彼らにそれを願うのは、もしかしたら綺麗ではなく残酷なことなのかもしれない。一度手酷い裏切りに遭った力を、また受け入れろと言っているんだから。

対価だからと了承させても、公の力をそこまで届かせると、今度は表の都民の間に反発が起きる懸念もある。公都で安心して暮らす権利のため、表の都民は税という義務を負っているのだから。

かといって裏街の人達にも税を……となるとまた色々大変な事態になる。お金は難しいだろうから人材や技術で担保するとか、そのあたりは応相談になってくるだろう。政治経済に強くもない小市民ひとりで考えられるものでもない。

戸籍についても考えたけど、それは私達の対価じゃ手に余る。戸籍を得るのを拒む人もいるらしいし、そこは南公爵家やカレスティア王国に話を通してじっくり詰める必要が出てくる問題だ。

「難しいかな、やっぱり」

納得してもらえるかもわからないし、対価としてふさわしい価値なのかも謎。私が望むものは人によっては簡単で、人によってはとても難しいものだと思う。

少しだけ眉根を寄せたイサークがゆっくり瞬きをし……それからにっと笑った。

「結構でけえ対価になりそうだな。だが、いい。元々風通しのいい裏街が俺の目標だ。ちいと話練ってババアに持ってくか。明日また詳しく聞かせてくれ」

「ありがとう！　帰ってきてもお仕事関連の話ばっかりでごめんね」

「そんくらい構わねえよ」

私が口にした考えは、まだまとまりきっていないし、きっと実現させるのに時間がかかる対価だ。

この話を裏街に持っていって、どんな反応をされるかもわからない。ただ、少しずつでもいいからあの場所がまた変わっていけばいいと思う。

「おし。……んじゃ、そろそろいくぜ。長々とババアにこき使われんのも面倒だし。オメエはしっかり休んで体調戻しとけよ」

イサークが私の髪を撫で、ベッドから離れる。頷いて、離れていく彼に手を振ると、何故かすぐに戻ってきてしまった。

ぐっと顔を近づけてきた彼が、小さく熱い息を吐く。

「オメエが起きてる間に帰れっかわかんねえから、もう一回させろ」

頬に手を添えられて、すかさずリップ音。

一回と言ったくせにまた近づいてきたから、見送りのために出した手でガードした。

「二回目は帰ってきたら、ね」

不満たらたらの顔。またしてもほんの少しだけ、瞳の色が変わる。

飢えを孕んだその色。彼の想いを、強烈に語ってくるよう。

「いってらっしゃい、私の旦那様」


そう言って微笑むと、彼は不満を消し去る。それから、目を細めて笑うのだ。

平凡で単純なことだけど、この瞬間の彼がかわいいと、このひとが愛しいと思う。


——おそらく、だけど。

私はこれからも変わっていく気がする。

事なかれ主義者、なんてもう称されなくなるだろう。それでも平和主義者までやめるつもりは一生ない。慎ましく、自分の手が届く範囲で、平穏を主張していく予定だ。

彼は心配しているようだけど、私は彼の腕の中から出ていくつもりなんてさらさらない。

もし私が誰かに手を伸ばすために彼から離れることがあっても、絶対に掴まえてくれる。そう信じているから、私は周りの世界に目を向けることができるのだ。

私はこの世界が好きだ。

最愛の彼がいて、支えてくれる人達がいて。

優しいばかりの世界ではないかもしれないけど——大切な人達がいるからこそ、彼らと共に生きるこのクラウィゼルスを、私は愛している。

それは燃えるような恋ではない

主(あるじ)の婚姻(こんいん)式まであと半月と迫った、とある夜のこと。

私、ベロニカと同僚であるロシータは、いつものように主(あるじ)の仕度(したく)に勤(いそ)しんでいた。

「整いましてございます」

そう言って礼を取れば、主(あるじ)は大きな姿見の前に立ってその身を眺める。

私の主(あるじ)は、可憐(かれん)で美しい。

着飾らなくても清廉とした姿は魅力的だし、飾ればそれはもう麗(うるわ)しいのだ。

主(あるじ)が更に美しく在(あ)れるようにその身を整えるのは、もはや私の生きがいと言ってもいいだろう。

そして、何より嬉しいのが……

「ありがとう、今日も素敵にしてくれて」

囁(ささや)くような、甘い声。

主――お嬢様は必ず、仕度のあとにこうして一言添えてくれる。

何気ない感謝の言葉が、深く心に染みる。この一言がどれ程嬉しいものか、主は知らないのだ。

「もったいないお言葉にございます」

お嬢様は世界の至宝、言祝の神子。貴人とさえ一線を画す存在である。

それなのに、お嬢様は驕ることがない。私達仕える者に対して、礼を忘れたためしがない。

こちらが仕事をしにくくなる程恐縮する訳でもなく、下の立場の者が受け取っても差し支えない程度に留められた言葉をさらりとくださる。

〝元小市民だから〟とよくおっしゃるが、この絶妙な心遣いはお嬢様のお人柄あってものだろう。

「やっぱりいつもとデザイン違うと、不思議な感じがするね。これなら晩餐でご飯食べられるかなぁ……」

お嬢様が身に着けているのは、デコルテから肩にかけてがシルクシフォンで覆われたハイネックドレスだ。シルエットは細く、流行とはずれているがとても美しい。

シフォンで肌と聖石を透かして見せる、常とは違った趣のそれ。しっとりとした濃色のドレスとミルク色の肌の対比が眩しく、シンプルながらもどこか危うい色気を感じさせるものとなっている。

清楚でありながら艶も持ち合わせるその御姿。ああ、眼福でございます……

「コルセットはそこまで締めておりませんので、頑張ってくださいませ」

「貴族女性の内臓、絶対おかしくなってるって」

お嬢様のおっしゃる通り、本日は夜会がある。晩餐の練習としてと、テオドラ・ラローチャ・メディナ＝オスティエラ公爵令嬢に公爵家の晩餐会へ招かれているのだ。

公爵令嬢から招待状をもらった際には無我に近い表情をされていたが、お嬢様は一度覚悟を決めれば本当に行動が早い。ドレスを選び、アクセサリーや靴を揃え、晩餐会のマナーをさらい直し、今日はのんびりお茶の時間を過ごされていた。

お嬢様は勉強熱心というより、物事を効率的に行える方だ。俗っぽい言い方をすれば、要領がいいのだろう。時折遠い目をされることはあるものの、実際ほとんどのことを冷静に熟してしまえている。

「ベロニカ、ロシータ。今日は夜番じゃないでしょ？　遅くなるから出迎えはいらない。ゆっくり休んでね」

またさらりとこちらを気遣ってくださったお嬢様が、振り向きながら微笑む。

じわりと滲（にじ）むように温かくなる胸の内。この方が私の主（あるじ）で、本当によかったと思う。

「はい。お心遣い、ありがとうございます」

のんびりするのが好きで、面倒なことが嫌いと言いながらも先々のために努力し、使用人にも心を砕く。そんなお嬢様に対して、御屋敷の使用人はとても好意的だ。

それは旦那様が唯一望んだ伴侶だからということも当然あるだろう。それでも、謙虚（けんきょ）なまでのお嬢様の態度にかの方を見守る人間の目は温かい。

ただ、御屋敷の使用人の中で、一番お嬢様を想っているのは私のはずだ。

この気持ちはロシータにも負けるつもりはない。

何せ、お嬢様は私の――

「ベロニカ、リボンはもう少し流した方がよくないかしら？」

声をかけられ、深く沈み込もうとしていた思考が現実に戻ってくる。

内心慌てつつそちらを見れば、ロシータがお嬢様のうなじで結んだリボンを軽く調整しながら、私へ視線を送ってきた。

首元を飾るリボンはこのドレスのポイントで、艶（つや）の中から可憐（かれん）さを引き立てるものである。

「そうね、でも舞踏会ではないから、席に着いた時に邪魔にならないよう……これくらいかしら」

「ああ、この感じ、いいわね！　どうでしょう、お嬢様」

「細かいね、ふたりとも……でも、ありがとう」

お嬢様が姿見の前でくるりと身を翻す。

「もう時間だよね？　玄関まで向かった方がいいのかな」

「いえ、おそらくもうすぐ旦那様がこちらにいらっしゃるのではないかと」

旦那様は必ずお部屋まで迎えに来られるだろう。断言できる。

同じ屋敷内に住んでいるのだ。玄関までは侍女がつく形でもいいと思うのだが、旦那様はとにかくお嬢様に触れたくて仕方がないらしい。

「わざわざ部屋まで来なくてもいいのにね」

そう呆れながらもお嬢様の目は優しく、甘やかに細まる。

かの方が愛する人を想う時。静かに輝く美しい青紫の瞳が、幸せなのだと雄弁に語るのだ。

それを見るのが、私は楽しみで仕方がない。

思わずゆるみそうになる頬をいつものように引き締めていると、軽やかなノックの音が二度。それから、扉越しにくぐもった声がかかる。

噂をすれば、というやつだろうか。私達は顔を見合わせて、ひっそりと笑い合った。

「失礼いたします。旦那様がお越しでございます」

「どうぞ」

そう返した私がノブに手をかける前に、外からの力で扉が開いていく。

せっかちとも言えるその動作。頭を下げる前にちらりとお嬢様に視線を向けた。

お嬢様は仕方がない、と言うように眉を下げて。それでも口元には笑みを浮かべたままだ。

「よお。ぎりぎりの迎えですまねえな」

予想通り、悠々と部屋に入ってきた旦那様。

その逞しい体躯を包むのは、黒を基調とした夜会服だ。鈍い輝きを放つ宝石のボタンが、さり気ない上質さを醸し出している。常より綺麗に櫛を入れて整えられた御髪。赤銅色のそれをさらりと撫でつけるその御姿はさすがというか、いつも通り大層な男ぶりである。

「お仕事でしょ？　気にしないで。おかえり、イサーク」

「ああ、ただいま」

滴り落ちそうな程の甘さを含んだ笑みが、お嬢様だけに向かう。

それをいとも簡単に受け止めるお嬢様も、そのお声は震えるくらい甘やかだ。

「今日のドレスは、何つうか……連れていくのが惜しいな」

「何、雰囲気が違い過ぎる？　無理がある？」

お嬢様がどこか不安げにご自分の体を見下ろし、その場でくるりと回る。

いつもは旦那様から贈られたドレスを着るのだが、今日のドレスはお嬢様のご意向に沿って作られたものなのだ。〝たまには趣向を変えて〟とのことで、旦那様にも事前にお見せしなかったのだが……

ああ……いつも適確に物事を判断されるのに、どうしてそこは自信を持たれないのですか。

ものすごく言いたい。褒めたい。ただその役割は、今は私のものではないのだ。

「雰囲気が違えってのは合ってるな。連れてって、その姿を他の奴に晒すのが惜しい。ずいぶんと色っぽくなっちまって……」

わざとゆるくまとめ、横に一筋だけ垂らしたお嬢様の御髪。

艶やかなそれをそっと手に取り、旦那様が口づける。

「メディナ家の晩餐でよかったぜ。これが王城の夜会だったら、蜜露花に引き寄せられた虫みてえに男達がオメエのとこに来ちまうからな。花を愛でるのは、俺だけでいい」

蜜露花はその名の通り、滴る程の蜜を身に蓄えることで有名な、異国からの伝来花だ。夜になると美しく花開き、花弁はその蜜により甘い芳香を放つ。

さすが旦那様だ。お嬢様のことをよくご存知でいらっしゃる。今夜のお嬢様は非常に艶やかで、まさに蜜露花に例えるのがふさわしい。

「そんなに褒めなくていいって……でも、ありがとう」

ほんのり頬を染めて微笑むお嬢様の、なんと微笑ましいこと。

旦那様が無言でお嬢様の手を取り、いつものように掌に唇を落とす。

何気ないその触れ合いが、どこか儀式めいたものに見えるのは私だけだろうか。

「そろそろ行くか。遅れると、メディナ嬢はともかくクリスがうるせえ」

「時間にきっちりしてそうだしね、フレータ団長」

「ああ、時計集めが趣味かってくれえに時間にうるせえんだ、あいつは」

お嬢様の背中に手を回した旦那様が、手振りで扉を開けるよう示す。

それを見て、私は今度こそゆっくりと扉を開けた。

「お、そうだ」

と、そこで思い出したように旦那様が声を上げた。

「ベロニカ、ロシータ。今日も俺の婚約者をよく磨いて綺麗な花にしてくれたな。取っとけ」

言われてとっさに差し出した両手に、軽いものが置かれる。そっと視線を落とせば、そこには鮮やかな色のリボンがついた小さな袋がある。ロシータも同じくもらい受け、私達は深く頭を下げた。

「もったいなきお言葉にございます。頂戴いたします」

「ありがとうございます、旦那様」

旦那様はこうして時たま、侍女にささやかな褒美をくれるのだ。侍女に物を買い与えるのは主であるお嬢様の役目だから、旦那様が自らの手で渡されるものは子どものご褒美程度に留められている。

物をもらって嬉しい、というより、そういったお心遣いをいただけることが嬉しい。

押し戴くように両手で包めば、ほのかに甘いバターの香りがした。

「出んぞ」

それだけ言って、旦那様はお嬢様を丁寧にエスコートして部屋を出る。

頂いた小袋を侍女服のポケットに入れ、その後ろに付き従い廊下を歩く。

穏やかな会話を重ねるお嬢様と旦那様。

その姿は、とても幸せそうで、見ているだけでこちらも幸せになれるのだ。

お嬢様の御心に触れてから――私の心はずっと、温かいもので満たされている。

×　×　×

私――ベロニカ・イエルロ・デラは、デラ男爵家の長女として生まれた。

気の優しい平凡な父親と、同じ男爵位の出だった母親。東国の血を引く母親は一般的な貴族令嬢とは少し感性がずれていたかもしれないが、父親はそんな母親を深く愛していた。

下位と言えど貴族だ。生活は華やかでこそないものの満ち足りていて、幸せだったのだ。

――私が幼かった頃は、まだ。

平凡な、家族と領地の民を愛する良識ある貴族。そんな父親が変わってしまったのは、母親が病で儚くなってからだった。

妻を亡くした悲しみに勝てなかったのだろう。心のどこかが壊れてしまった父親にかつての面影はなく、ただ陰鬱で厭世的な男になってしまったのだ。

形だけの男爵、名ばかりの領主。父親は家令や文官に仕事を全て投げて、屋敷の離れに引き籠り、ただ妻を想って泣き暮れるだけだった。

私は毎日父親に会いにいったが、籠(こも)っている部屋から出て来てくれることはついぞなかった。

その時、私ははじめて気付かされた。

父親は私を愛していたのではなく、愛する妻の血を引く私を愛していたのだと。

最初こそ、父親が立ち直ってくれるのではないかと期待していた。色んな人が父親を説得した。仕事を投げられた家令や文官は、父親に良識があったからこそ慕っていたし、その下で働いていたのだ。だが、数年でそれもなくなり、狭い領地は荒れた。

転落に転落を重ね、結局我が男爵家は近隣の領地を治めていた子爵――お嬢様曰(いわ)く〝蛇男〟に乗っ取られたのだ。

子爵の息のかかった文官や憲兵(けんぺい)が屋敷にはびこり、膨大(ぼうだい)な借金を重ね、ついには男爵後継に子爵の縁者(えんじゃ)を養子として迎える程まで支配されてしまった。私と婚姻(こんいん)させるのではなく養子というところが、デラ家の血統を徹底的に子爵のものに塗り替えようとしているのだと雄弁(ゆうべん)に告げていた。

そして邪魔者となった私は十歳の頃、子爵邸に仕えることになった。

使用人の娘でもない限り、そんな幼い年齢で貴族の屋敷に仕えるなど有り得ない。ましてや私は貴族に名を連(つら)ねる者だ。普通だったら行儀見習いに出されるのは更にあとのはず。

だが、もうその頃には子爵の言葉がデラ家の全てになっていたのだ。父親は私の前に現れることもなく、私を子爵に譲り渡した。

――私は、どこか冷めた人間だと自覚していた。

元々年齢の割には落ち着いていると言われていた私が、ついに心が凍りついたように感情の動かない人間になったのはいつだったか。

人の温かみというものを感じたのが、遠い昔の話で思い出せない。温かな言葉をかけてもらえた記憶が、どこにあるのかわからない。

私はいつか使われる駒だった。いざという時のためのささやかな政略に使われる駒。言われなくても肌身で感じたその事実に、私の心は更に凍った。

子爵邸に仕えている人間の大半が、何かしらの闇のようなものを身の内に抱えていた。そうでなければ、あの屋敷はあんな絶望の目をした人間ばかりではなかっただろう。

だが、それに触れるのは禁忌とされていたのだ――仕える際に結ばれた、契約魔術のせいで。

契約魔術は、売買、貸付、雇用、商談など、その他多岐に亘る契約場面で使われる魔術だ。その種類もいくつかあり、私が結んだのはまっとうな雇用には絶対に使われないもの。数多くの禁則事項が連ねられた、子爵に都合のいい人形にされる契約だった。

そこに詰め込まれていた、いくつもの理不尽。拒否する権利などなく、異を唱えた使用人はどこかに連れていかれて二度を姿を見せなかった。逆らうことの末路を思い知らされた私達には、せいぜい屋敷の片隅で愚痴を囁き合うくらいの自由しか残されていなかった。

私は感情をなくして、子爵の思惑通りの人形として仕えた。と言っても、すでに抑える程の強い感情すら私の中にはなかったのだが。

——子爵邸に仕えて十年程経った頃。お嬢様が子爵邸に連れられてきた。

意識のない状態で、子爵の腹心のひとりに抱えられるようにして、屋敷の中でも高貴な方が滞在される部屋に運ばれてきたのだ。

奇抜で不可思議な、それでも機能的だとわかる衣服を身に纏った少女。

ベッドの上、薄紫の艶やかな髪が乱れるように流れていたのを整えたのは私だった。

『我が子爵家の天運を左右する重要な方だ。くれぐれも丁重に持て成せ』

『……かしこまりました』

『ただし、尊き方ゆえ言葉を交わすことは最低限にするように』

目が覚めたらすぐに呼ぶようにと、子爵は知らせの魔道具を私に渡した。

ひどく欲に塗れた不気味な目つきは、その少女をねっとりとなぶっているようだった。

部屋を出ていく子爵を、頭を垂れて見送った。

静寂が支配する室内で、私以外の侍女が溜め息をついたのを覚えている。

またこの屋敷に、不幸が詰め込まれるのだ――

そう、半ば諦めを覚えながら、私は眠る少女に目をやった。

目を閉じているからか、どうにも儚げに映る。だが綺麗な娘だと思った。

薄造りの顔立ちからして、かなり遠い国の出だろうか。手入れされた髪や肌を見れば、上流階級の娘とわかる。かどわかされてきた貴族令嬢だったら世話が大変だ。

この少女が、どう天運を左右すると言うのか。

憐れみを感じながら、そう思っていた私は、まるで知らなかったのだ。

その少女が世界の至宝たる言祝の神子であることも、世話どころか何の手間もかからないことも、とても容姿相応の年齢に見えない理知的な目をしていることも……染み渡るような声で、感謝の言葉をくれることも。

× × ×

夢を見た。

陰鬱(いんうつ)で、冷え切っていて、最後に希望が現れる過去の夢。今の私を形作った記憶だ。

とっくに目は覚めているのに、仕事をしながらつい反芻(はんすう)してしまう。

休憩がてら御屋敷の廊下を歩きつつ、私はひっそりと息を吐いた。

恵まれなかった、というには贅沢(ぜいたく)過ぎるかもしれない。それでも今までの人生は、決して幸せに満ちたものではなかった。

それを変えてくれたのは、お嬢様の一言だ。

『……ありがとうございます』

はじめてその言葉を与えられた時を思い出す。

目が覚めて子爵が一方的に話したあと、お召し替えをされた際だったはずだ。

訳のわからない状況。全く慣れない環境。制限された自由の中で、戸惑いも不安も多大にあっただろう。それなのに、お嬢様は当たり前のように私とロシータに礼を言ったのだ。

その時は驚きしかなかった。おそらく、ロシータも同じだっただろう。まさか無二の存在である言祝の神子が、こんな些細なことで感謝の言葉をくださるなんて思いもしなかった。

それから何かあるごとに、お嬢様は無礼にも言葉を返さない私達に感謝を示してくれた。

かけられる言葉は当然のように私や他の侍女の働きを労うもので、ただ義理や義務で言っている訳ではなかった。

言葉が温かい。そう感じたのはいつ頃だっただろうか。

気付いた頃には、私は少女のように可憐なこの女性に生涯仕えたいと思う程にまでなっていた。

こんな状況でも心折れずしなやかにそこに在るこの方が、心に温かいものをくれるこの方が、とても尊く大切だと思えた。それは言祝の神子だからではなく……この方の存在自体が、私の冷えた世界の中で一番尊いというだけのことだった。

感謝の一言。こちらを気遣う雰囲気。それらはおそらく、普通に生きている人なら日々何気なく受け取っているものなのだろう。だが私は、それを今まで得ることができなかった。

私のほしかったものを、あっさりと惜しげもなくくれたのはお嬢様だけなのだ。

声をかけられるたびに、凍っていた心が融けていくのを感じた。まともな返礼もできない我が身を悔いたことは数えきれない程。

だけど、今は言えるのだ。たくさんの言葉を、態度を、心を尽くしてお嬢様にお仕えできる。

とても幸せだ。私は満ち足りている。

「あっ、ベロニカさん。ちょうどいいところに！」

廊下の向こうから声がかかる。

少し首を傾げながら、やや早足に声の主のもとへ急いだ。

御屋敷に来てから新たにお嬢様付きとなった侍女のひとり、ビビアナだ。子爵令嬢でありながら気安い雰囲気の彼女は、私よりも背が低く、どこか幼さが抜け切らない愛らしい顔立ちをしている。

「どうしたのかしら。お嬢様に何か？」

今日お嬢様についているのはビビアナとロシータだ。もうひとりは休暇で、私は別の仕事がある。

私の本日の業務は、お嬢様宛の招待状やご機嫌伺いの手紙を選り分けて返事を書くことだ。

　国内どころか世界で最も有名な存在であるお嬢様には、ぜひともお近づきになりたいという人間が数多くいる。そういった人間から届く膨大な数の手紙全てに返事を書くなど到底無理だ。だから親しい方や重要な地位の方以外は、他の貴族と同じように代筆で返事をすることになるのだ。

　休憩を挟みつつではあるものの、差出人の身分やその他諸々に鑑み、一字一字丁寧にかつひたすらペンを走らせるのは結構疲れる。

　私が近くの部屋に籠っている時に、何か不測の事態があったのだろうか。休憩なんて取らずにお嬢様のお部屋に行くべきだったか。

　そんなことを思いながらまた一歩踏み出した私に、何故かビビアナはにやりと笑いかけてきた。

「今日も来てますよ、彼」

　ビビアナが妙におばさんくさい動作で私にそう囁き、またにやりとする。

　またか。そう思いながら溜め息をついて、私は彼女の体を押しのけた。

「私に用がある訳ではないでしょう」

「えーっ、だっていつもふらふら来て、適当に用事済ませてベロニカさんのこと捜してるじゃないですか。毎回見事にベロニカさんのいる場所を捜し当てちゃって、すごいですよね！」

「たまたまよ。旦那様にご用があったついで」

素っ気なく言い放ち、私はそのままビビアナを置いてすれ違う。

まだ何か言いたそうなそぶりをしていたが、彼女はこういった類の話が好きでよく首を突っ込むから、これくらいの対応でもへこたれない。

確かに、ビビアナの言うことももっともだった。

彼――波打つ銀髪を揺らしてゆるく笑う、ミゲル・レジェス・オルタ。その人が口実をつけて御屋敷に足を運んでいるのは、誰にでもわかりやすい事実なのだから。

初対面の時は、ただの天聖騎士団の騎士としか認識していなかった。私が彼を個人としてきちんと認識したのは、王城で侍女として仕えるようになって少し経った頃だったか。

廊下に面した窓の外に目をやりながら、その日のことを思い出す。

それは確か、お嬢様に頼まれた用事で城下へいった時だった。

用を済ませた後、大通りに向けて路地を歩いていた。そんな私の前に立ちはだかったのは、下卑た笑いを浮かべたふたりの男だった。

無言で避けようとしても、軽口を交えて私を呼び止め、お遊びをするかのように何度も立ち塞がってきて。

『——どきなさい、下郎が』

端的に言えば、私はその時急いでいたのだ。そんな暴言を吐くくらいには苛立っていた。

『お嬢様がお待ちだというのに……あなた方みたいな人間に関わる暇など一瞬たりともないのよ』

思わず唸るような声を出してしまったのは、当然と言えば当然だろう。

目の前の男達が邪魔で仕方がなかった。視界の隅で誰かがこちらを見ている気もしたが、それどころではないと意識の外に投げ捨てた覚えがある。

『その耳は飾りにしては不格好ね。削ぎ落としてあげたいのは山々だけれど、私は忙しいの。何度も言わせないで。どきなさい』

男達は私を見てはいるが、観察まではできていないらしかった。

その時の私は、王城侍女のお仕着せを着ていた。いくらエプロンを外しているとはいえ、わかりやすく上級使用人の格好をしている。普通だったらにやついた顔で声などかけないだろう。男達の頭の足りなさに溜め息まで出てきてしまった。

『オイ、姉ちゃん。いくら温厚な俺でもそこまで言われちゃ傷つくぜ？』

『こりゃあ心の傷も癒してもらわなきゃなぁ』

馬鹿笑いと共に唾が飛ぶ。

どうしてこう、手本のように三下じみたことしか言えないのだろうか。

下品な手合いにはそこまで慣れていないが、あいにくと悪党らしき人種の相手は慣れていた。

私はひるむことなく、おもむろに指を二本唇に付けてから突き出す。

『鬱陶しい。〝転〟〝縛〟』

口にした瞬間、男達は綺麗に背筋を伸ばした状態で石畳の上に転がった。

母方の祖母の生国、遠い東国で伝えられていた呪術に属する術だ。

幼い頃母親に教わり、彼女の遺品である本を読んで学びを深めたそれは、文字に意味と魔力を持たせて術と成す。独学では小さな呪しか発動できなかったが、魔術より目立たず、ちょっとした護身にも使えるので重宝している。

ただ、この呪術は発動時間が短い。足止めできたならすぐに場を去るべき。そう思った私の耳に、間延びした声が届いた。

『お、呪術だ。どこの系統だっけ、あれ』

振り返ると、何故か拍手をしている男がいた。

その容姿に、覚えがあった。ゆるく波打つ銀髪をひとつに括った、騎士服に身を包んだ男。

中性的に整った顔は、間違いなく……旦那様直属小隊の隊長、オルタ小隊長だった。

『天聖騎士団の小隊長様でいらっしゃいますね。今起きた出来事は即刻忘れてください。今すぐに、一瞬で、光よりも速く』

大股で彼に詰め寄って、食い気味に言い募る。

まさか、顔見知りがこんなところにいるとは思わなかった。はしたない言葉を吐き、大の男ふたりをこんな風に転がしている場面を見られるなんて、全く考えもしなかったのだ。

これが万一お嬢様のお耳に入りでもしたら、私の今まで積み重ねてきた印象が台無しになってしまうではないの！

至近距離で、本音を言えば胸倉を掴まんばかりの勢いの私。対照的に、何故かいつものようなへらへらした態度ではなく、やけに真剣な顔で私を見ている彼。

私は焦った。表情の動きが鈍いのでわかりにくいが、とにかく焦っていた。

だから、あんなことを言ってしまったのだ。

『返事をしなさい。駄犬(だけん)』

……その瞬間の、彼の何とも言い表せない顔は忘れたい。

あの日から、私と彼の関係は確実に変わってしまった。

『その気迫に惚(ほ)れました！　結婚前提じゃなくてもいいのでとりあえず付き合ってください！』

まず一拍おいて、馬鹿にしているのかというような告白をもらった。

『そんな口説(くど)き文句で靡(なび)く女がいると思っていることに絶望するわ。どきなさい』

当然、ばっさりと切り捨てた。

そして次の日。

『おはようございます、大好きです付き合ってください』

馬鹿にしているのではない。おそらく馬鹿なのだ、この男は。そう強く思った。

頭痛がした。

『おはようございます。仕事中なので端的(たんてき)に失礼しますが、私はあなたを好きではないのでお付き合いいたしかねます。その前に、私の名前すら聞かない不作法な方に愛を告げられても迷惑です』

『え、ベロニカさんっすよね？』

『調書を見ただけで知ったつもりになっていることが不快です』

派手な見た目通り、いくつもの浮名を流している人だと知っていた。

堅そうな女のおもしろい一面を見て、遊び心に火がついてしまったのだろう。

彼に対する印象は、更に悪くなった。

『不快って……さすがっすね』

『何をもってさすがと言われなければいけないのか、理解に苦しみます』

『うわー、すげえ。ゴミ虫見るみてーな目つきっすね、お姉様』

『馬鹿にしていらっしゃるので？　私はあなたの姉と認識される年齢ではありません』

『あ、オレよか年下だっけ。見えねー』

へらへら笑う彼を見る私は、確かにゴミ虫に向けるような目つきをしていたかもしれない。

それなのに、彼はしぶとかった。王城でも御屋敷でも、暇を見つけては何かしらの用と共に現れ、私と言葉を交わすことに躍起（やっき）になっている。

そこで私はようやく、彼が思ったよりもまともな人間だとわかった。

『こんにちはー。え、何それ重くないっすか』

『こんにちは。重いのは当然でしょう。侍女たるもの、これくらい優雅に持てなくてどうします』

『やー、持ちますよ』

『あっ……こら、私の仕事を』

『うわぁ〝こら〟っていいっすね。オレ、叱られて嬉しいのはじめて』

『そんなはじめてもらいたくなかったのですが。とにかく、仕事を取らないでください』

『ベロニカさん、嫌そうな顔しても美人っすねー。並んで歩いてて、オレだけ手ぶらなのは絵面的に駄目なんで譲れませーん』

いつもいつも唐突で、強引だった。

だが、私がどんなに冷たくあしらっても楽しそうにしているその様を見るのが、不快ではなくなってきたのはいつからだろう。

へらへら笑いながら、決定的な邪魔にはならないよう私に接し、他愛ない言葉を連ねていく彼。

不思議な気持ちだった。私はそんな風に、異性と時間を重ねていく経験がなかったから。

今まで異性に好意を持たれたことがなかったとは言わない。子爵邸に来る男達の下卑た欲望は勘定に入れないとしても、街を歩いていて告白をされたことは幾度かある。

だけど、彼はそんな男達と決定的に違うところがあった。馬鹿正直に「大好き」だとか「付き合ってください」とか言うくせに、彼は私に指一本触れることがないのだ。

私に飽きたという訳ではないだろう。言葉を尽くすより、私に受け入れられることを優先したのかもしれない。

「やはり、不思議ね……」

あまり異性が得意でない自覚があったのに、仕事のこと以外でこんなに会話が尽きない男性が現れるとは考えもしなかった。

私に好意があるというのに、私の返答を急かすことがない。そんな人は、はじめてだった。

「何がっすかー？」

唐突にかけられた、間延びした声に思わず肩が震えてしまった。

間がいいのか、悪いのか。振り返らずとも相手がわかってしまう。

「何でもありません。ごきげんよう、オルタ小隊長」

「ハイハイごきげんよう。つーか小隊長って……毎度言ってますけど、ベロニカさんは騎士じゃないし、役職名で呼ぶ必要ないっすからねー？」

では、どう呼べと。

不快ではない。ざっくばらんな会話をするのも、まぁ楽しみではある。その程度の仲の人間を、名前で親しげに呼んでいいものなのか。

私にはそういった、男女間の関係を健全に深める類の知識はない。正直な話、どう接していいのか迷っているのだ。

「……オルタ様、今日は……」

「ハイ、なし。他人行儀に磨きがかかって地味にへこむんで」

だから一体、どうしろと言うのだ。

眉を顰めた私に、彼は芝居がかった仕草で首を横に振る。

「そこはいい加減、名前で呼んでくださいよ……まだ駄目？」

猫のように気まぐれで、その甘い顔立ちで女を引っかけつまみ食いをする色男。

彼に対するそんな噂を王城で幾度も聞いたことがある。

私に伺いを立てるように小首を傾げるその姿の、どこが猫なのだろうか。

溜め息をつきながら、おそらく彼に望まれているだろう呼称を口にする。

「ミゲルさん、今日はどういったご用でしょうか。私は本日お嬢様付きではないので、お話があるのでしたらビビアナかロシータにどうぞ」

「取りつく島もねーって感じ？　相変わらずクールっすね。まぁ名前呼びゲットできたからいいか」

「……それで、ご用は？」

「それは終わって、これから戻るところっす。つーかオレ無理に用事作ってきてる訳じゃないんすよ？　団長がちゃんと屋敷に帰るようになったから、ここに来る用が増えてるんす。まぁ、この辺歩いてたらベロニカさんがいそうだなーとは思ってたけど」

この人は、変な嗅覚でも備えているのだろうか。

広い御屋敷の中で、あてもなく人を捜すなんて、それこそ誰かにでも聞かない限り無理だ。

ビビアナの言葉を借りる訳ではないが、見事だと思う。……実に使い所に困る才能だが。

「神子様宛の手紙に返事出してたんすよね？　お疲れ様っす」

そう言って、彼がポンと何かを軽く放ってくる。

内心慌てつつ受け止めれば、それは先日旦那様が下さったクッキーより更に一回り小さな袋だった。

「また食べ物を投げて……」

「だってそうしないと受け取ってくれないっしょ？」

いつものように溜め息をついても、彼はゆるく笑うだけ。

こうしてささやかな贈り物をされるようになったのは、御屋敷に移ってからのことだ。

から。

最初は断っていた。もらう理由がなく、またそうやって贈り物をされる関係でもない

だけど彼は、またしてもめげなかった。

いつだったか、拒否したはずの贈り物を勢いよく私の手に押し付けて「捨ててもいいから！」と言い放ち、さっさと帰ってしまったのだ。

さすがに捨てる訳にはいかない。しかも袋からはとてもいい香りがした。

特に隠しているつもりもないが、私は甘いお菓子が好きだ。クッキーもキャンディもチョコレートも、大好物である。迷いに迷って開けた袋には、流行の菓子店で見かけた焼き菓子が入っていた。

受け取ってしまったものは仕方がない。そう思って食べたのを、侍女の誰かが彼に教えたらしい。それからというもの、彼は私が確実に受け取るよう、わざとお菓子を投げてくる方法を覚えたのだ。

まんまと策略にはまってしまったとは思ったものの、やはりお菓子に罪はない。

ただ、投げるのはいい加減どうかと思う。

「普通に渡しなさいな。ちゃんといただくから」

「え、マジで？」

「毎回投げられるお菓子がかわいそうでしょう」

「かわいそうって……ブプッ」

何故笑う。

馬鹿にされているようでいらっときたが、彼が投げ渡すようになったのは私の対応のせいだ。

彼は贈り物を受け取ったからといって、好意を受け入れたものだと思い込んで無理矢理迫ってくるような輩ではない。それは幾度も会話を重ねて、わかってきたことだ。

「ベロニカさん、可愛いなー」

そう言って笑う彼が、いつもより大人の男性に見えた。

何故かひどく気恥ずかしくて、私は無理に渋面を作って彼を睨み付けたのだ。

×　×　×

「ああ、嫌だわ」

つい零してしまった呟きは、誰にも拾われなかった。

王都の治安はいつからこんなに悪くなったのだろうか。いや、私の運が悪いだけかもしれない。もしくはこの路地ととことん相性が悪いとか。そんな馬鹿なことまで考えてしまう。

彼から頭の沸いた告白を受け取る発端となった路地。

休暇の今日、前回のことをすっかり忘れて、近道だからとそこを通ったのがいけなかったのか。

「や、やめてください……」

「聞いたかよ。〝やめてぇ〟だって。こんな可愛く震えちまってよぉ」

「慰めてやらなきゃなぁ」

私の記憶違いでなければ、ひとりの女性を取り囲んで下卑た笑いを浮かべているのは、いつぞや私が地面に転がした男達だった。

学習能力がないのだろうか。これで女を口説いているつもりなら呆れを通り越して絶望する。

見たところ、絡まれている女性は本当に一般的なお嬢さんだ。自衛も難しそうな、ごくごく普通の。

この路地は飲食店の裏手にあり、普段は人通りがほとんどないのだ。ここが人通りの多い場所なら誰かが救いの手を差し伸べるだろうと素通りするが、今は私しかいない。

しかもちょうど私が向かう先で、その下品な行動は繰り広げられている。

そんな状況で、さすがに見て見ぬ振りはできない。私は周りからクールだとか冷静だとか言われているが、決して冷血ではない……はずだ。

大きく溜め息をつき、私はわざと靴音を大きく響かせ第三者がいることを主張した。

「あん？　なんだぁ？」

おもむろに視線を寄越したひとりの男が、私を認めて少し動きを止める。

そこで当然、私のことを思い出したのだろうと思ったのだが……

「おお、何かいい感じの美女までいるじゃねえか」

……これは、完全に忘れているわね。

あれから二ヶ月程が経ったただろうか。それなりに衝撃的なことをした自覚はあったから、記憶に残りやすいと思っていたのだけれど。

その頭の悪さを喜べばいいのか、それとも牽制にすらならないのを嘆けばいいのか。

「ひとりじゃ物足りねえと思ってたんだ。ちょうどいい。オイ姉ちゃん、俺らと遊ぼうぜ？」

しかも誘い文句も適当過ぎる。頭に木屑でも詰まっているのか、この男達は。

頭痛を覚えそうになりながらも、私は更にその男達に向かって歩く。

男達の陰で、涙目の女性が小さく顔を横に振っているのに気付いた。

もしかして、自分が襲われそうなのに、私を心配してくれているのだろうか。何とも優しい女性だ。普通だったら、我先に逃げそうなものなのに。

「私ひとりで充分でしょう。物慣れていない女性に無理強いはやめなさいな」

誘惑と見せるには台詞が棒読み過ぎた。それでも単純な男達は納得したらしい。あっさりと女性を放して、ふたりで私にじりじりと寄ってくる。

迫られていた女性に視線で逃げるよう指示すると、一度はためらったものの、彼女は路地を駆けて大通りへと向かっていった。

きっとあの女性なら、憲兵にでも訴えてくれるだろう。ただ、それを待っている訳にはいかない。

「ひとりで俺らふたりを相手にしてくれるって?」

「お堅そうな顔しといて、好き者だなぁ」

反吐が出る。

男というのは大体こんなのばかり。元子爵邸で浴びていた視線も、同じような種類だった。

私はどうしてか、澄ました表情を崩したいと思わせる雰囲気をしているらしい。

そんなもの知りたくもなかったが、そうやって具体的かつあからさまな言葉で伽(とぎ)を要求されることが多かったのだ。

貴族であり、いつか何かの政略のために使われる駒であった私には、純潔(じゅんけつ)が必要だった。おかげでその要求は退(しりぞ)けられていたが……もし機が悪ければ、どこかの腐った上位貴族の寝室に送り込まれていただろう。下衆(げす)の思考というものは、どこでも変わらないもののようだ。貴族でも平民でも、腐った男は腐っている。

建物の壁に背を付けた私に今にも触れそうなところで、男達はあえて立ち止まった。

私をにやにやと見下ろすその目は、好色さを隠そうともしていない。

「臭いわ」

「は？」

「息が臭い。臓物(ぞうもつ)が腐っているのではないかしら」

指を一本、唇に付ける。私の呪術には、この動作が必要なのだ。唇から出した言葉を、指の指し示す対象に伝えるために。

動きを封じるだけ。それだけでいい。そう考えて指を突き出し、口を開いたと同時。

「はいはーい、茶番は終わりにしてくださーい」

非常に軽い台詞(せりふ)と共に、周囲に風が巻き起こった。

思わず目を閉じてしまったせいで、呪術のために練っていた魔力が霧散する。

「だせーナンパしてんなよな。騎士サマ怒っちゃうよ」

そっと目を開けてみれば……目の前には息の臭い男達ではなく、気だるげな表情をした銀髪の騎士が立っていた。

とっさに視線を巡らせる。すると、まるで何かに横なぎにされたかのように、少し離れた場所に男達が折り重なって倒れていた。

何が起こったのかはわからないが、目の前の彼が何かをしたことだけはわかった。

その証拠に、彼の手には抜身の剣がある。

「今度はちゃんと助けに入ったっすよ、ベロニカさん」

へらりと笑う彼は、剣を収めて後ろを振り返る。

そこでようやく、彼の背後に数人の騎士がいることに気付いた。

「とりあえず憲兵の詰所でいーや。突っ込んどいて」

「隊長、気絶させないでくださいよ。運ぶのめんどくさいじゃないですか」

「意識失った救護者を運ぶ訓練だと思っとけって」

「御婦人は御無事で？」

「おいおい、オレが剣抜いて守れねーとか、それこそないだろ。傷どころか返り血の一滴も付いてないっつーの」

　彼の部下だろうか、気安いながらも手早く処理をしている様子だ。

　だが……どうして私から見えないようにするのだろう。

　細身ながら男性の平均身長はある彼に真正面に立たれると、マントを羽織(はお)っていることもあって前が全く見えないのだが。

「あの、ミゲ……」

「ほらほら、さっさといけー。御婦人はオレが責任持って、お話ししながら送り届ける」

「うわー役得」

「もげろ色男」

「仕事ちゃんとしてください」

　被(かぶ)せるように解散の合図をされて、騎士達が男ふたりをさっさと回収して去ってしまう。

　彼と共に残された私は、目まぐるしい展開にいまいちついていけていない。

「あー、やっといった。騒がしくてごめんね、ベロニカさん」

「助けてもらったのは私なのに、どうしてあなたが謝るの。……ありがとう」

　私を隠したのは、おそらくあの騎士達が私の顔を知っているからだろう。言祝(ことほぎ)の神子付きの侍女が襲われていたとわかって、話が大きくなってしまうのを避けてくれたのだ。

軽い調子の中にある気遣いにも感謝してそう言うと、どうしてか彼は目を見開いた。

「ベロニカさんがオレにお礼言ってくれた……」

「礼も言わない程の恩知らずだと思われていたのかしら？」

「いや、ンなことねーけど！　うっわー、何か嬉しい。オレ騎士っぽかった？　颯爽と駆けつけてかっこよかった？」

騎士っぽいというか、正真正銘騎士だろう。何を言っているのかと半眼になるものの、非常に嬉しそうな彼を見ると指摘する気も失せる。

「ええ、今度はちゃんと助けてくれたものね。何をしたのかはわからなかったけど」

「アンタに当たんねーようにふっ飛ばしただけっすよ」

「そ、そう」

さらりと言われても、剣ひとつでどうやってそうできたのかは謎だ。

切られた傷はなさそうだったので、剣の腹や柄を使ったのだろうか。よくわからない。

ただ、それを詳しく聞いても仕方がない。気を取り直して、私は服の裾を軽く叩き、建物の壁から背を離す。

「ベロニカさん、今日休暇なんすね」

「ええ。こんなことがあったし、もう帰るけど」

「んじゃ送ります」

　確かに騎士達にはそう言っていたが、別に必要ない。

　私用は全て済ませたので、今はもう帰りだ。大通りを通って、貴族の邸宅が立ち並ぶ区画へいくだけなので、あのような男達が現れることもないだろう。

「仕事中でしょう？　私のことは構わないで」

「いやいやー。これであいつらと合流したら、オレって無責任かつフラれ男になっちまうんで勘弁してください。つーか今日は元々巡回日なんで、これも仕事のうちですし」

「ああ、そういえば王都では騎士も巡回するのよね」

「そーそー。まぁ、基本オレらは国中を飛び回ってるから、頻度は多くないっすけどね」

　さり気なくエスコートされて、私がひとりで帰るという選択肢が消される。

　仕事だというなら別にいいか。そう思って従うと、彼が芝居がかった仕草で溜め息をつく。

「あーあ、残念。これが仕事じゃなくてデートならいいのに」

「騎士然としたいなら最後まで職務に徹しなさいな」

「ベロニカさんに〝頑張って〟って言われたら騎士っぽく頑張れる」

だから、そもそもあなたは騎士でしょう。

そう言いたいのをぐっと抑えて、ひどく平坦な声で望まれた言葉を紡ぐ。

「お仕事頑張って」

「了解いたしました。オレの大切なお姫様」

「殴られたいのかしら」

非常に恥ずかしい台詞を臆面もなく口にした彼は、私の睨みを受けても何故か嬉しそうに笑った。

子どもっぽいところがあったり大人の男性に見えたり、どうにも捉えどころのない人。

もう少し彼のことを知りたい。

そう思っている自分がいることに、私ははじめて気付いた。

× × ×

御屋敷中が賑やかで、どこか慌ただしい雰囲気に包まれている。

着々と進む、婚姻式の準備に追われながらも、使用人達の顔は明るい。かくいう私も、通常の業務に加えて色々な仕事を抱えているが、全く苦にならない。

だって、もう少しなのだ。

もう少しで、お嬢様の人生で最も輝かしいであろう日を迎えることができる。

かの方が幸せそうに微笑む瞬間を想像し、つい自分も笑顔になってしまう。

「……はぁ、駄目だわ」

浮かれている自覚は充分にある。

今は仕事中なのだから、もっとしっかりしないと。

ティーセットを載せたワゴンを押しながら、庭園への道を進む。

今日は次期南公爵である、旦那様の兄上様がいらっしゃっている。

どうやら、相当慌ただしい旅程でここまでお越しになったようだ。昨日の夜に王都入りし、顔合わせのため御屋敷を訪われた兄上様にお目にかかったが、旦那様より柔和なお顔立ちにやや疲れたような影を落とされていた。

顔合わせはごく私的なものだからと、旦那様は応接間を使わずに、庭園の東屋を整えるよう指示を出された。優美ながら可愛らしい雰囲気のあの東屋は、お嬢様のために作られた場所だ。普段はお嬢様の憩いの場として、私的なお茶会もできるようになっている。

だが、まさかはじめてのゲストが旦那様の兄上様になるとは思っていなかった。

話すのは三人だけでということなので、私の役目はティーセットを運ぶことのみだ。

お茶はお嬢様が手ずからお淹れするらしい。

兄上様は穏やかな方だと聞く。和やかな雰囲気の顔合わせになるだろうか。

「こんにちはー」

……いつもながら、どうしてこう唐突なのだろうか。

間延びした声が聞こえた方を向くと、そこには案の定彼がいた。

彼は旦那様が南公領にいらっしゃった時からの、長い付き合いだとは聞いている。だが、こうも頻繁に御屋敷に出入りして何故誰も何も言わないのか。その前に、曲がりなりにも役職持ちの騎士なのに、どうやって時間を作っているのだろう。とても謎だ。

「やっぱいた。ベロニカさん」

「こんにちは……あなた、本当に暇なのね」

溜め息をつきながら、それでも私はワゴンを押す手も、足も止めない。

私が仕事を中断して彼との会話を優先させることはまずない。侍女としてそれが当然だし、彼も邪魔をするつもりはないようだ。私が明らかに忙しくしている時などは挨拶だけで帰ることもある。

「いやいやー、今日は若様がこっちに来たっつうから、ちらっと会っておこっかなと。あ、あとオレ夜勤明けなんで、ちょっと時間があるんす」

「それはお疲れ様。ところであなた、兄上様とそんな気軽に会える程親しかったの」

「まぁ、オレ何年間か公城に住んでたんで」

「え……」

「それよかベロニカさん、どこいくんすか？　庭でお茶会？」

さらりと流された話題。蒸し返すのも何だかためらわれて、私はひとまず頷いた。

「そうよ。東屋でお話をされているの。申し訳ないのだけれど、兄上様にお会いするのはそのあとでもいいかしら？」

「あ、了解っす。まぁ約束してる訳じゃねーし、全然急いでないから」

言いながらも彼はゆったりとした足取りで私と並び、機嫌良さそうに鼻歌を歌いはじめる。

だから、仕事は。夜勤明けでも何かやることがあるのでは。

そう言いたいのをぐっと抑えながら、私は彼をちらりと盗み見た。

このゆるい雰囲気に感化されたのか。私はずいぶんと、彼に対して気安い態度を取るようになってしまった。最初の頃以外で直接的な好意の言葉をもらったことはない。けれど、その態度ひとつひとつから滲み出る好意。それをずっと向けられて、私はおそらく絆されてしまったのだろう。

本人には決して言わないが、私も少しずつ、彼ともっと話したいと思うようになってきた。

好ましい、とは感じている。ただ、それをきちんと言語化するのは難しい。

どうでもいい異性の心の機微は感じ取れるのに、いざ自分のことになると途端にわからなくなってしまう。今までこういった感情を味わった経験がないからだろうか。

前へ向き直った私に代わって、今度は彼が私をそっと見ているのを感じる。

視線の先は、おそらく私の髪。きっちりといつも通りにまとめ、髪留めは地味で小さくまとまるものをつけている。普段と変わりないと思うが、もしかしてどこかほつれているのかも……

「ベロニカさん、ベロニカさん」

「何かしら。今日運んでいるのは、スウリヤ産とラグーンディセ産の茶葉よ」

私は他愛ないお喋りというものが下手だ。仕事のことなら、どれだけでもすらすらと応えられる。だが私的なことになると話題を拾うのも広げるのも難しく、いまいち気の利かないきつい態度になってしまうのだ。今だって、絶対聞かれていない内容について口走ってしまった。

こんな女のどこがよくて、毎回御屋敷の中で私を捜すのだろうか。つまらない女だと、いい加減わかってもよさそうなのに。

「おーこれまた通なとこ選んでるっすね。じゃなくて、ベロニカさんって好きな色とかあります？」

だけど、彼はそんなのを全く気にせず笑う。

唐突な話題転換だけど、考えれば話題の種は落ちている。

少し頭の中を整理してから、私はワゴンを押していた手を止めた。

「……それは、私の髪に合う色ということ？」

「ありゃ。わかりやすかったっすかねー」

遠回しの問いを無粋にも聞き返されて、それでも彼は笑みを崩さない。

実は以前、同じような質問を、ほぼ初対面の異性にされたことがある。だからこそすぐにピンときたのだということは……ひとまず置いておくとしよう。

「駄目ね。そんな贈り物をされる程の仲になった覚えはないわ」

髪留めなんて、常時身に着けるものだ。今までお菓子などの消え物だけだったのに、そんないきなり……

そこまで考えて、別に嫌ではないことに気付いた。

嫌だったらわざわざ聞き返すこともせず、さっと話を流してしまっていただろう。

自分で言った手前、別に贈ってもいいけどなんて口が裂けても言えない。

どうにも気まずくて、私は止まっていた足を一歩踏み出した。

廊下の角を曲がる。すぐ先には庭園に続くテラスがある。それ以上は、彼も立ち入らない。

どうしようか。彼の気持ちを撥ね退けて、本当にそれだけでいいのか。

少しの逡巡を経て、私は唇を開いた。

「ミゲルさん」

「はい？」

言語化は難しい。だからといって、このまま彼の気持ちを無下にしたい訳ではないのだ。

贈り物をされたいという訳でもないが、その気持ちは嬉しいのだと、それだけは伝えたい。

「私は好きな色より、似合うと思った色を贈られたいわ」

「は、い？」

「いつか、ね」

自分で言うのもなんだが、可愛くない女だ。

だが、これが私の限界だ。今まで異性にきちんとした贈り物をされたことがない私の、精一杯。

「……いいように取っちゃっていいのかなー、その言葉」

軽い物言い。それでも柔らかな喜びに溢れた声は、私への好意をわかりやすく主張してくる。

逆に、何故今はっきり好意を口にしないのか、そう問い質せたらどんなに楽だろうか。そんなことを思ってしまうくらい、彼の声は甘い。

「……好きに取ればいいわ」

私は侍女だ。内心の動揺など、仕事中に見せたりしない。

細く息を吐けば、私的な感情はひとまず整理される。

ティーセットになるべく衝撃を与えないよう、またワゴンを押しながら、立ち止まっている彼の方へ振り返った。

「それではごきげんよう、ミゲルさん」

「ハイ、ごきげんよう。気難しくて可愛い侍女さん」

「口に熱湯流し込むわよ」

「それは勘弁」

楽しそうな声でひらひらと手を振る彼。それを確認して、私は彼に背を向けた。

後ろからの視線が背中に刺さるが、わざわざ戻ることはない。

「……好き、なのかしら」

陽が眩しい庭園を歩きながら、ひとりごちる。

現時点であれだけ好意を示されていて、嫌な気はしない。彼から好意の言葉をもらったとしても、前程嫌ではない。そう思う。

だけど〝好ましい〟と〝好き〟は違う気がするのだ。

私は異性を好きになったことがないから、その違いが明確にわからない。

このまま彼との関係を続けていけば、自然と変化していくものなのだろうか。

「それでも、私は……」

絶対に――自分の中で一番大切な人が、彼になることはないのだ。

それが許されないのなら、好きになんてならなくていい。なりたくない。

×　×　×

「これからもよろしくね。私の大切なふたりに、生涯愛せる人ができますように」

そう言って、純白の花嫁衣装を身に纏ったお嬢様は、私とロシータに美しい花を一輪ずつ差し出してくれた。

嬉しかった。とても、とても嬉しかった。

私は充分幸せなのに、これ以上幸せをもらってもいいのだろうか。そんな風に不安になるくらい嬉しくて。堪えきれず涙を流してしまった私を見て、かの方はまた微笑んだ。

同僚達に促されてその場を辞したが、嗚咽が止まらない。

宴のファーストダンスの前に、旦那様から指輪を受け取ったお嬢様――いや、もう奥方様か。奥方様が涙を零されたのを見て、更に込み上げてきてしまっている。

「ベロニカ、少し休みましょう？　宴は充分手が足りているから、大丈夫ですよ」

私の背を撫でながらそう提案してきたのは、四人いる侍女の最後のひとり、サティアだ。彼女は南公爵夫人付の侍女頭の娘で、おっとりとしているが仕事振りは完璧。サティアがそう言うのなら、私の手が必要ないのは事実なのだろう。

だけど、泣き崩れて仕事に穴をあけるなんて……

「い、いいえ、大丈夫……迷惑をかけるつもりはないわ」

「迷惑ではありません。ただ、あなたを心配しているのですよ。夜はまだ長いのですから、少しくらい抜けても誰も文句は言いません。そうだ、庭にでも出てみてください。夜風が心地いい頃ですから」

有無を言わさない響きで、サティアは私の肩を軽く叩く。

諦めて頷き、私はダンスの終わりを待ってテラスへと向かった。

花々に飾られ、妖精もかくやと言わんばかりに可憐な御姿の奥方様。かの方を眩しそうに見て、そっと腕の中に収める旦那様。

とても美しい光景だ。幸せとはこういうものだ、と示されたら誰もが納得するだろう。

おふたりの晴れの日に、私が無様な姿を晒してしまったことが悔やまれる。

たとえ奥方様がそう思っていなくても、広間の招待客が不快に感じたなら、私は侍女として失格だ。

「はぁ……」

庭園の奥へと進みながら、深く息をつく。

辺りはそこここが淡い灯りに照らされ、とても幻想的な雰囲気を醸し出している。

だが、それをゆっくり観察する余裕はない。先程フレータ団長と婚約者のメディナ公爵令嬢が庭園に向かったので、鉢合わせをしないよう、奥方様に許可されている区画の方を目指す。

東屋を中心とした一画は、奥方様の専用のお庭だ。その片隅にある長椅子は、時たま休暇に庭園で読書をする私に「ベロニカ用にね」と言って奥方様が用意してくださったもの。

そこに辿(たど)りついた瞬間、足の力が抜けて、椅子にしなだれがかるように座り込んでしまう。

酔っているのかと自分で驚いてしまうくらい、力が入らない。

——大切だと、私のことが大切だと言ってくださったのだ。

私は色々なものを主(あるじ)にいただいている。もう充分だという程、幸せに満ちているのに。

神の銀を纏(まと)わない、かの方自身からの言祝(ことほぎ)。

それがどんなに心の籠(こも)ったものなのか。わかるくらいには、私はかの方に近い距離にいる。

次々に降り注ぐ温かい幸せの恵み。それに対して、私は一体何を返せるのだろうか。

生涯お仕えするのは義務ではなく、私の望みだ。それだけでこのご恩に報(むく)いることができるとは思えない。

おそらく、その言祝(ことほ)ぐ通りに生涯愛せる人ができれば、かの方は喜ばれるはずだ。幸せを感じてくださるかもしれない。

だが、私は……きっと、うまくその人を愛せない。

〝好(この)ましい〟と〝好(す)き〟の違いすらわからないような女だ。今まで受け取ったことのない〝愛〟なんて、尚更わかるはずもない。

それに、もし――

カツン、と硬質な音が響いた。

思考を霧散させたそれにはっと振り返れば、やや離れた場所にひとりの男が立っていた。

「あー……えーと」

まごついた彼の声が、変に籠って聞こえる。耳の奥が少しおかしいようだ。

こんなに泣いたのなんて、物心ついてからなかった気がする。

「……何か」

思ったよりも低く出てしまった声を浴びせられた彼は、どこか困ったように頭を掻いた。

「や、悪いとは思ったんすよ。でもすげー気になって、ついてきちゃいました」

近くの灯りでぼんやりと照らされる、波打つ銀髪。騎士の正装に身を包んだその姿は、輝く髪と相まって絵本に出てくる王子のようだった。

幼い頃、母親が唯一読み聞かせてくれたとおぼろげに覚えている、その物語。

国を亡くし、名を変え遠国の騎士となった銀髪の王子。王子は騎士として戦う日々の中、魔物の生贄に選ばれたひとりの娘を生涯愛し抜く誓いを立てる。そして最後には魔物を倒し、娘と幸せに暮らすのだ。

それは使い古された、幸せの物語。

世界で一番大切だと、娘にそう愛を告げた王子。

彼はその王子ではない。魔物とは戦うだろうが、生贄に選ばれた娘を救う訳でもない。

だが、一度重なってしまったその印象はなかなか消えない。

「ここは奥方様の専用区画よ。私は許可されているけど、勝手に入っては駄目」

「あ、そうなんすか？　こりゃ失礼」

素っ気なく言っても、立ち去る気などさらさらないとばかりに彼は歩を進めてくる。

三人掛けの長椅子にはまだ座れる場所があるけれど、彼は行儀悪く椅子の肘掛に腰を落ち着けた。だらしなく足を組んで、私の言葉を待つように間を置く。

「何を、しに来たの」

わざわざこんなところまでついて来るくらいだ。

当然私に用があるに決まっているし、その内容も何となく理解できる。

「見苦しい姿を晒して失礼。広間でのことは、触れないでちょうだい」

先んじてそう言ってみても、無駄だろう。

一拍置いてから、彼はゆっくりと口を開いた。

「いやいや、無理っしょ。そこでハイわかりましたーとか言ったら、オレは何しに来たんだって感じ」

相変わらず軽い口調。それなのに、いつもよりも少しだけ低く落ち着いた声だった。

彼にはたまに、こういう時がある。普段は軽薄さが目立つ人なのに、ふとした瞬間に大人の男性なのだと強く感じる。

そうなると、私は普段のように彼の言葉や態度をかわすことができなくなってしまう。真剣に応(こた)えなくてはいけない。自然とそう思ってしまうのだ。

「派っ手なことするよなぁ、神子様も。でも、何で〝生涯愛してくれる人〟じゃなくて〝生涯愛せる人〟だったんだろ」

それは私も思ったことだ。

泣きながら考えて、思い至ったのはひとつ。

「かの方にとって、旦那様がそういう方だからではないかしら」

天上世界では深く人を愛したことがないと零(こぼ)していた奥方様が、本気で愛したのは旦那様がはじめてだという。

愛されることは幸せだ。幸せにしてもらえる、と言い換えてもいいだろう。

だけど、自分も同じように相手を愛するからこそ真に幸せになれるのだと、お互いに心を向けられるからこその幸せなのだと、かの方は言いたいのかもしれない。

とはいえ、生涯をかけて愛せる程の存在なんて、滅多に出会えるものではない。そう思っているがゆえに、奥方様は私達にそんな存在が現れることを願ったのだ。

また目頭（めがしら）が熱を持つ。

最上級の幸せを、惜しみなく与えようとするかの方が、何よりも尊（とうと）くて、大切で。

「なるほどねー……なぁ、ベロニカさんさぁ」

「何、かしら」

「その〝生涯愛する人〟って、できそう？」

少しの違和感。考えてみて、いつものゆるい敬語を使ってないことに気付いた。

今気にするのはそこではないと思い直して、私は目に力を入れ、ぐっと感情を落ち着かせる。

そしてようやく居住まいを正し、きちんと長椅子に座り直した。

「できればいいと思っているわ。かの方が願った幸せが、手に入ればいいと」

もし、彼がその相手だったら。好ましいも好きも通り越して、愛せたとしよう。

私は生涯真摯に彼を愛せるだろうか。というか、世界で一番大切だと言えないのに、愛しているなんて言ってもいいのか。

「んー……そっか。じゃあさ、それってオレじゃ駄目？」

あまりにも、あっさりとした声だった。

「アンタが生涯愛せる相手ってのに、オレのこと選んでほしいんだけど」

直接的な愛の言葉よりもっと、真に迫るそれだった。

それを聞いても、動揺は少なかった。

私が最初に拒絶したからこそ、彼はこれまで明言を避けていたのだと思う。日常の中で向けられた口に出さない好意の全てが、彼の言葉に重みを持たせている。

代わりにかけられてきた柔らかい声が、微笑みが頭の中に浮かぶ。日常の中で向けら

そんなこれまでの積み重ねがあって、彼は今この場でその問いを発したのだ。

「……あなたのことは、好ましいと思っているわ」

だから私も、本音を言おう。

茶化した様子もない、痛い程真剣な彼の言葉に、正直に応えよう。

「好き、なのかもしれない。だけど、わからないの」

「わからないって？」

「私はずいぶんと長い間、心が動かなかったものだから……親愛以外の好きという感情

を理解するのが難しいのよ。この歳になって、おかしいでしょう？」

そこで私はようやく、彼の方を向いた。

薄明かりに照らされたその顔は、どこか苦しげにも見える。

「だから、あなたを愛せるのかもわからないわ。もしそれが叶ったとしても、どこか不実なものになってしまう」

「不実？　誰かに心奪われちまってる、って訳でもねーのに？」

困惑されるのも仕方がなかったか。自分の台詞を思い出して、場違いにも笑ってしまう。

「ふふっ……そうよ。私があなたや、あなた以外の誰かを愛せる時がきたとしても、その人を一番大切な人にはできないの」

だって、私の一番は決まっているのだ。

私に温かさをくれた。心を取り戻させてくれた。幸せをくれた尊い主。

たったそれだけのこと、と言う人もいるかもしれない。

だが、私にそれを与えてくれたのはあの方だけだったのだ。

その瞬間に、私の生涯を捧げる相手は決まった。だから、愛していても、一番にはできない。

「愛している人がいても、私は何かの岐路に立たされたら、愛する人ではなく主を選ぶわ」

主のために生きていたい。

不器用と言われようとも、それを曲げたくないのだ。

それなのに、彼はふっと笑って立ち上がる。

「ベロニカさん、真面目過ぎじゃねーの？」

「……今、かなり真面目な話をしているのではないかしら」

芝居がかった風に首を横に振られて、少しいらっとくる。

何なのだ。私は本当にきちんと考えて……

「主が一番？　ンなの別に構わねーっつうか……だから、尚更アンタがいいんだよ。オレだって、そんな時は団長を選んじまう」

またあっさりと。それが普通のことだと、疑いようもなくしっかりした声で告げてくる。

確かに旦那様と彼は、ただの上官と部下にしてはだいぶ気安い。南公領出身だというし、何年間か公城に住んでいたとも聞いている。やや歳は離れているものの、幼馴染のようなものなのだろうか。

いや、ただの幼馴染だったらこんなことは言わないはずだ。旦那様の幼馴染である国王陛下やフレータ団長は、旦那様を大切に思っていても一番だとはきっと思っていない。

聞いてもいいのだろうか。いや、聞くべきだ。

瞬きで話を促した私をしっかりと見てから、彼が隣へ乱暴な仕草で座る。

「先に言っとく。これ、あんま楽しい話じゃねーよ？　もしかしたらドン引きされっかも」

「しないわ」

端的に返すと、彼は波打つ銀髪をぐしゃりと掻き乱した。

少し整理するように視線を宙へやってから、彼は口を開く。

「いや、オレさ。元々カレスティア人じゃなくて。何つーか、奴隷だったんだよね」

「は……」

引くとかそういう以前に、衝撃的過ぎる。

奴隷制度は、カレスティアと同盟国ではとうに廃止されている。諸外国でも奴隷制度が残っている国は少ない。人間を人間以下の存在たらしめる悪習だと、カレスティアでは認知されていた。

予想外も予想外な告白に目を見開いた私を見て、彼は軽く笑った。

「カレスティアから見たら有り得ねーけど、オレの生まれた国って、奴隷は子々孫々奴隷なワケ。優れた奴隷を作るために奴隷同士交配させたりしてさ、その過程で生まれたのがオレ。奴隷印は生まれた瞬間に体へ焼き付けられて、今でも消えない」

彼に対してではなく、その国の所業に愕然とする。その国で彼らは人間として認識されていないのだと、それだけでもわかる。生まれた瞬間から奴隷。奴隷同士の交配。

「オレの親は割と見目のいい闘技場上がりの剣奴と、歌上手でものすごく綺麗な性奴隷。昼も夜も役に立つ奴隷を作りたかったんじゃねーかな。親のいいとこもらって、オレは結構な美形に生まれました。やったねー」

わざと言っているにしては、本当に軽い口調。

ただの事実なのだと、同情など必要ないのだと私に知らしめるかのようだった。

「まぁ親達は色々あって、珍しく交配相手と愛し合っちゃったみたいなんだよね。で、手に手を取ってゴシュジンサマのもとから逃亡。愛の結晶であるオレも連れて、追手を蹴散らしながらかなり無理して隣国まで逃げてきた」

「そこから、どうしてカレスティアに？」

「親父が鬼みてーに強くてさ。逃げながら傭兵もどきとしてやってくうちに伝手ができたんだよ。その国から陽の河を渡った先、カレスティアのスルティエラ領なら余所者も受け入れてくれる裏街があるって聞いたから、三人でどうにか転がり込んだんだ。スルティエラについた時にゃあさすがに親父はボロボロ。当然だよなー、オレはまだギリギリ自力で歩けるくらいのガキだし、おふくろは剣ひとつ持てない性奴隷なんだし」

奴隷に戸籍はない。逃亡奴隷なら、国境を渡るのも至難の業だっただろう。もちろん、日々の生活もままならなかったに違いない。

さらりと告げられた言葉にどれ程の苦難があったのか、私には想像できなかった。

「スルティエラの裏街は、公城下の暗部っつーのかな。代々の公爵が手出ししない半独立の区域なんだと」

北部出身の私は、南公都には詳しく知らない。そのような場所があることも、今はじめて知った。

「そこは確かにオレらを受け入れてくれた。受け入れてくれたっつーか……勝手に入ってきても何も言わねーけど、手を差し伸べてくれたりもしねーって感じかな。今は裏街なりに秩序があるけど、昔はスラムよかマシってくらいだった」

そこで彼は一度言葉を切り、空を見上げた。

皮肉げに笑うその横顔に、声をかけるのをためらう。

「親父は無理がたたってロクに体を動かせなくなって、おふくろは唯一できることだからって娼婦になった。オレは盗みでもスリでも、仕事をもらえるなら何だってやった。自分で言うのもアレだけど、オレ結構優秀みてーでさ。少し経てばもう立派な、性質の悪いスレたガキになってた」

生まれより逃避行より、その生活が一番の苦しみだったのだと、その横顔が語っていた。

裏街がどんな場所か、私は知らない。ただ、決して生きやすい場所ではないことだけはわかる。

胸が締め付けられるようだった。彼は現在立派に生きているというのに、当時の幼い彼が今でも苦しんでいるような気すらしてしまう。

「そんで、こっからがオレの大出世話になるワケ」

だけど、彼がそんな風に言うから。

私は黙って頷くしかないのだ。

「オレらが来て二年くらいかなー？　そっから、少しずつ裏街が変わりはじめた。最初はやけに街の顔役とか幹部が話し合いしてんなーと思ってたくらいだったんだけど、そのうち雑用とか掃除とか、真っ当な仕事が多くもらえるようになったんだよな」

「二年って、その時あなたは何歳くらい？」

「どんくらいだったかな、多分六、七歳？　すばしっこいから、よく使い走りの仕事もらえてたよ。で、前よか仕事きつくねーのに金はちゃんとくれたんだ。色んなとこ走り回ってて、何か裏街が綺麗になってくのに気付いた。ボロ家が一旦壊されて集合住宅っつーの？　あんな感じの立派な雨風凌(あめかぜしの)げる家が割り振られた」

その年頃といえば、私が母親をなくした頃だ。

不幸比べをしたい訳ではないし、ひたすらに同情したい訳でもない。だが、彼の少年時代に少しだけ灯(あか)りがともされたことに思わず息を吐く。

「たまに飯の配給とかがあって、割と新しめの古着とかもすげーいっぱい持ち込まれた。あっと言う間に、色々変わってってったんだ」

「そう……よかった」

「いやいやーこっからだって。オレが若に会ったのは」

「若？」

耳慣れない言葉に聞き返してみると、ぺろりと舌を出して彼が笑った。

「団長のこと。昔は〝若〟って呼んでたんだ。裏街の奴は結構そう呼んでたから」

「……旦那様なのね、裏街に手を加えたのは」

「手を加えたっつーか……元々裏街を遊び場にしてたんだ、あの人」

話から歳を逆算すると、旦那様はその時間違いなく成人前だろう。

スラムよりはマシな程度の場所を、遊び場に……何というか、さすが旦那様としか言いようがない。

「オレが裏街に来る前から、ちょいちょい遊びに来てたらしい。最初は幹部のおっさんと喧嘩したり、顔役のばあさんとゲームしたり。だんだん仲よくなってから、『家がボロい』だの『飯が少ない』だの『人が足りない』だの文句言って、色々裏街に物押し付けたり仕事押し付けたりして、無理矢理裏街を変えてった。すげーよな、南公の直系のくせに、顔役呼びつけたりしねーで自分で裏街走り回ってんだから。しかも誰にも文句言われねーように、施しじゃなくて別の形で対価取ったり、裏街の人に家作らせたり」

一体どのような経緯で、裏街ができたのかはわからない。

だが、心の中で誰もが望んでいただろうことを、旦那様はやってのけた。

それが裏街の住人達にどのように映ったかは、彼の声の明るさを聞けばわかる。

「挙句の果てに『従者がほしい』って、裏街で探しはじめたんだぜ？　何であえてここの奴にするんだって顔役が止めても気にしねーし、たまたま目が合っただけのオレを気に入ったっていきなり剣持たせて振れっつーし、マジ何なのこの人って思った」

「昔の方が破天荒だったのね、旦那様は」

「そーそー。あんなに強引な人に会ったの、はじめてだぜ。んで、オレに従者なんて務まる訳ねーじゃん？　でも剣筋がよさそうだからもらってくっつって、親共々公城に引っ張られてさ……」

その時を思い出したのか、彼が髪をぐしゃりと掻き乱す。

「親父がすげー強かったんだって言ったら、神殿の司教を連れて来て、親父の体を治して剣を振れるようにしてくれた。娼婦を続けてたおふくろは、公爵夫人に歌を気に入られて公爵家の音楽家に誘われた。オレは生まれてはじめて風呂に入れられて、洗い立ての服着せられて、湯気出てる美味そうなでっかい肉出されて食いついて。泣きながら食ったよ。鼻水啜りながら頬張ってても、誰もオレを咎めたりしなかった」

彼が旦那様から温かいものを受け取った瞬間。

家族もまとめて救い出されたその時のことを、彼は決して忘れないのだろう。

普段の態度に全く出ない裏側に、そんな想いを隠していたことに、私は全く気付かなかった。

「オレらよか底辺の暮らししてる奴だっていた。でもオレは救い出されて、家族も引き上げてもらえた。若は恩を売ろうとした訳じゃねーんだ、本当にただ目に留まっただけだってわかってる。だからこそ、オレはあの人に生涯かけて報いたい」

私と彼は違う。当然、主に仕えたいと思った理由も、その想いの形も。

彼の主は、鮮やかなまでに彼の心に色をつけた。私の主は、ゆっくりと染み渡るように心を温めてくれた。

「イサーク・ガルシア・ベルリオスはオレを人間にしてくれた。戸籍まで捻じ込んで、ミゲル・レジェス・オルタを作ってくれた。あれから十年以上経っても、本人は大げさだって笑って受け取ってくれねーけど……オレの永久の忠誠はあの人のもとにある」

右手を心臓の上に置き、軽くウインクしてくる彼。

だけど言葉は間違いなく真剣なもので、その誓いに偽りはない。

「お互い生涯主に仕えるなら、一緒にいてもいいだろ？」

「そういう、ものなのかしら」

「そーそー。だってオレ、あの人のためなら死ねるけど、愛してる抱かれたいとかありえねーし」

確かに。そういう風に言われれば私だってそうだ。

奥方様のことをとてもお慕いしているけど、それは決して恋情が絡む感情ではない。

……いいの、だろうか。

私も彼も一番は主。その次に誰かを愛しても、構わないのだろうか。

不実と思っていたことが、彼の言う通り真面目過ぎたのかと思ってしまう。

「オレの頭ン中はベロニカさんでいっぱいにはならねーけど、それってアンタも同じだろ？」

「なる訳がないわ。奥方様以外にも、私の心の中には色々な人がいる」

「それが普通っしょ。好きな人には自分のことだけ考えてほしいってヤツもいるけど、ンなの無理だって」

「私はそういう要求をしないから、ちょうどいいのね」

そう言うと、彼は顔をしかめて溜め息をつく。

「いやいや、ちゃんとアンタのこと好きなんだって。つれないすげない超クール！　って感じですげー手ごわいのに、諦めずに粘ってんだぜ？　そこは認めてくれよ」

「だって、『その気迫に惚れました』なんてふざけたこと言うから」

あんな告白をされたら、間違いなくからかわれていると思ってしまうだろう。

今度は私が顔をしかめると、彼は慌てたように弁明をはじめた。

「確かに変な惚れ方したって自分でも思うけどさ……真面目でストイックなとこもかなり面倒見がいいとこもかっこいいし、意外とバターたっぷりのクッキーが好きで自分と同僚のごほうびに買ってるとこも可愛いし、アンタのつく溜め息もだんだん愛溢れる感じに聞こえてきて癖になるし」

「そんなもの癖になってほしくなかったわ」

「癖になるくらい愛しちゃってんだって、わかってくれる？　こんな言い方しかできねーけど、本気なんだって信じて」

覗き込まれるように視線を向けられて、つい顔が熱くなる。

好意は当然感じていた。だけどさっきの話を聞いていて、パートナーとしてちょうどいいからという理由の方が大きいのだろうと腑(ふ)に落ちてしまったのだ。

こうしてきちんと言葉を尽くされると、最初に聞いたあのおかしな愛の告白が本当だったのだと思い知らされる。

「わ、かったわ……前向きに、検討(けんとう)する」

「そこは『私も愛しているわ』とか言って、ぎゅっと抱きついてほしかったなー」

「無理言わないで。異性と抱き合ったことなんてないわ」

「うわー鉄壁(てっぺき)。オレが栄(は)えある第一号か」

「まだ早い！」

「じゃあ先に髪留(ど)め贈らせてね、ベロニカさん」

さり気なく髪に触れられて、それが嫌ではないことにまた頬が熱を持つ。

だから、どうしてそこで少し雰囲気が変わるのだ。

その大人の男性的な落ち着きに、逆にこっちが落ち着かなくなる。

「かっわいーなぁ。まぁ、ゆっくり考えてみて。この身が朽(く)ちるまで、アンタと共に主(あるじ)

のために生きたい男がいるんだってこと」

　ゆっくり、なんて考えられるだろうか。

　彼が仕掛けたゆるやかな関係を心地いいと思い、身に着ける物を贈られるのが嫌ではないと感じ、おそらく好きなんだろう相手にそんなことを言われて……どう考えても意識してしまう。

　ちらりと隣を見れば、視線が絡(から)む。

　波打つ銀髪の、美しい騎士。よく見れば少しだけ青みがかった桃色の瞳は、まるで甘い果実のよう。

　――やはり、彼は物語の騎士王子ではない。

　世界で一番大切なのは愛する人ではなく、たったひとりの主(あるじ)。命をかけるのは、その主(あるじ)のため。

　物語は確かに美しい。だけど、隠すこともなく〝主(あるじ)のために共に生きよう〟と言えるこの人の心だって、とても誇り高く美しいものに思える。

「ちゃんと、考えるわ。あなたを愛せるか」

　実は、もう予感がする。

　きっと、私は彼を愛するだろう。

そしてお互いの主のために命をかける時がきたら、黙ってその背中を見送る。

そんな日はこない方がいいけど……そうしなければならない時、私達はためらわない。

そんな関係になれる気がする。

「考えて。オレのことばっかにならなくても、今よりオレのこと想って」

甘く囁くようにそう言われたと同時に、遠くで歓声が聞こえた。

「おー、何か盛り上がってんなー」

「そ、そろそろ戻らないと」

「いや、まだ目元赤いぜ？」

「……よく見えるわね」

「オレ、夜目が利くの」

何気なく手を取られて、優しく握られる。

こんな風に彼と触れ合ったのは、今日がはじめてだ。

あまりにも当然のように触れてくるから何とも思わなかったが、気付いてしまうと少し戸惑う。

「どうして手を握るの」

「そりゃ、絶好の機会だから。無体なコトはしねーから安心して。お歌でも歌おっか？」

「子どもじゃあるまいし……でも、いいわね」

賑やかな雰囲気が、風に乗って微かに届く。

今日はとてもめでたい日だ。きっと広間では、誰かが歌いながらダンスをしているはず。

私は歌なんて詳しくない。流行の歌を楽しめるような生活ではなかったし、子守唄も遊び歌とも無縁だった。

彼の母親は歌が得手だと言っていた。どんな歌を知っていて、どんな風に歌うんだろうか。

「んじゃ、オレの美声披露しますかー」

適当に言ってから、彼は私の手を握ったまま小さく歌い出す。

聞いたことのない調子の、流れるような歌声。

音楽にはさほど明るくないものの、こんなところでひとりのために歌うにはもったいない程、綺麗な声だ。全く知らない曲だけど、恋歌らしいことはわかった。

夜空にふわりと浮かぶ、優しい恋の歌。

悲劇的でも情熱的でもなく、穏やかで小さな恋を囁くような。

自身に愛を語られている訳でもないのに、私は心にまたひとつ温かいものが生まれるのを感じた。
満たされている心が、抱えきれない程の幸せに浸されていく。
ああ、やはり——私は、きっと彼を愛する。
これは予感ではない。そう確信してしまう自分をどこか他人事のように感じながら、
私は彼の手を握り返した。

魔法のことばと幼い恋

侍女の朝は早い。

でも、お休みの日はそれも免除。少し寝坊して、起きてもしばらくベッドでごろごろする。

私、ロシータの休日は主に勝るとも劣らずな、のんびりとしたはじまりだ。

こうしていると、奥方様の気持ちがよくわかる。誰にも起こされずに目を閉じているだけで、あったかくて幸せな気分になれるんだ。

奥方様はいつも本当に幸せそうに寝ているから、起こすのが申し訳なくなる。

旦那様はできる限り御屋敷に帰ってきて一緒にお休みしているけど、やっぱり忙しい方だから奥方様はひとり寝をしていることも多い。

寝る前には少し残念そうにされているものの、奥方様は寝ることが好きなようだから睡眠時間がたくさん取れるのは嬉しいんだろう。

それに旦那様が帰られると、アレコレあって寝る時間も遅くなるし……

「……起きよう」

朝からそんなことまで考えるんじゃなかったわ。

しっかり冴えてしまった頭で後悔しながら、さっと起き上がってカーテンを開ける。

外を見れば、外はあいにくの曇り空。今日はお休みだっていうのに、ついてない。

「でも、雨はまだ大丈夫そうだわ」

小さな頃から外で遊んでばかりだった私の天気読みは、結構当たる。

空を見れば一日の天気が何となくわかる。お洗濯の時に重宝される、ちょっとした特技だ。

今日は雨が降るとしたら、多分夕方前からだろう。ベロニカや他の同僚とは休みが被っていないから、ひとりで好きなものを買って早めに帰ってくれば大丈夫かしら。王都は新品の既製服がたくさん出回っていて、サイズも豊富だから、買い物するのが楽しい。

雨に降られないなら、新しい服をおろそう。そう思ってワンピースを手に取れば、天気のせいで少し下がった気分も晴れやかになった。

ウエストに綺麗なレースリボンがあしらわれているその服は、この間のお休みの時に見つけて一目惚れしたもの。昔だったら買って後悔しただろうと思うくらい、いいお値段の買い物だった。

理由があって実家に仕送りができず、お茶をするか買い物をするしか気晴らしがなかった昔の暮らし。いつも物を買い過ぎて御給金のやりくりが大変だったことを思い出し、遠い目をしたくなる。

それに引き替え、今は仕送りもばっちりできるし、御給金もずいぶんよくなった。

ワンピースに袖を通しながら、ぼんやり考える。

風変わりで綺麗な少女——言祝の神子たる奥方様があの屋敷に運び込まれたのは、一昨年の夏頃だったか。

私があの最悪な屋敷に仕えはじめたのは、忘れもしない十三歳の時。

騎士の娘だった私は、ある理由から両親のもとを離れ、ずっとあの屋敷にいたのだ。

長い間、無心で仕えるよう強要され、色々なもので縛られていた。奥方様はそんな陰気な日々に、大きな波を立たせたのだ。

あれからたくさんの出来事があり、去年の初秋にかの方はお嬢様から奥方様になった。

貴族としてはささやかな、それでも幸せに溢れた婚姻式。半年以上経った今でも、あの時の感動は忘れていない。

二月程前には新婚旅行という、事件はあったものの素敵な旅も終え、奥方様と旦那様はカレスティア一仲睦まじい夫婦として知られている。私も侍女として充実した日々を過ごしていて……

　実は今でも、全てが夢なんじゃないかと思う時がある。私は未だに心を殺すことを強いられ、誰と笑い合うこともできず、あの墓場のような屋敷で暮らしているのではないかと。

「夢じゃないのよね、うん」

　ぱちん、と頬を軽く叩いて暗い錯覚を吹き飛ばす。

　それでも、本当に夢ではないかと疑いたくなるくらい、何もかもが変わったことは事実だ。

　世界の至宝たる言祝の神子を自分の主とするなんて、天下に名高い天将軍の御屋敷で働くことになるなんて、想像もしていなかった。

　神子である奥方様が一番波瀾万丈な一年を過ごされたと思うけど、私だって結構怒涛のような日々を送ったと思う。

　かの方がいなければ、あの最悪な元子爵のもとに落ちてこなければ……きっと、私はこんな風にのんびりできる休日なんて一生過ごせなかっただろう。

　主と巡り合い、充実した日々を送って、楽しい休日を過ごせる。単純かもしれないけど、どうしようもなく幸せだと思う。もっと余裕ができたら、御屋敷の馬を借りて遠駆けにいったりしてみたい。そんなことを考えられるくらい、現在の私は自由だ。

「遠駆け、したいなぁ」

目を閉じれば、幼い頃一番好きだったあの場所が今でも簡単に蘇る。

遠駆けというより、ちょっとした冒険気分だったかもしれない。

晴れた日に、村の外れにある森を抜けて、子どもだけでいってはいけない遠い場所にある小高い丘まで駆けていく。丘の上には湧水が小さな泉を作っていて、そこで馬を休ませてから、よく草の上に寝転がっていたっけ。

思い出すその光景には、いつも隣にあいつがいて……

「……いやっ、今日はお買い物日和だしね？　馬とか触りにいかないしね!?」

ぶんぶんと頭を振って、浮かんでいた思い出を遠くに追いやる。

誰もいないし誰も人の頭の中なんて見られないのに、何言い訳してるんだか。

アホだなぁと思いながら、姿見を覗いて乱れた髪を撫でつける。

その手を見下ろせば、昔とは比べ物にならない程、白く綺麗だ。

侍女の仕事をしているから、貴族令嬢としては特段綺麗でもないだろう。だけど、私が昔想像していた、剣を手にする人間の手ではない。

幼い頃はこの手で馬の手綱を引き、木剣を振っていた。きっとあのまま剣を振り続ければ、もっと掌は厚くなり、皮膚は硬くなっていた。女性にしてはずいぶん荒れた手になっていたと思う。

だけど、私はそうなりたかったのだ。馬を駆り、剣を取りたかった……

「っ、買い物！　いこう！」

撫でつけた髪を自分で思い切り乱しながら、頭の中を一旦リセットする。

感傷に浸るなんて、らしくないわ。幸せだからこそ、余計なことを考えちゃうのかしら？

姿見に向かってにっこり笑顔を作り、ワンピースの裾を軽く直す。

やっぱり、即決で買って正解だ。丈も袖もいい感じだし、シルエットも綺麗。

最近の外出にいつもつけているペンダントを首にかければ、素敵な服がもっと素敵に見える。

最後に部屋履きからお気に入りの靴に履きかえて、さあ出かけようか。

外は変わらない曇り空だけど、深く息を吸えば心が浮き立っていくような気がした。

×××

「やばい、買い過ぎた……」

通りを歩きながら、大きな手提げ鞄を両手で抱いて呟いてしまう。

当然、誰も窘めてはくれない。

ひとりで買い物をすると、こういうのが怖い。ぱっと見て〝これだ！〟と思うとすぐに手に取ってしまう。いつもならベロニカがすっぱり冷静に止めてくれるんだけど……ああ、帰ったら冷たい目で見られそう。自分のお金で買った物なのに、何となく後ろめたい。

今日は生活用品を買って、これからの季節によさそうなスカートがあったら少し見てみよう、なんて思っていたんだ。なのに一通り買い物を終えてみれば、予定していた物に加えてワンピースとショールと耳飾りとお土産まで買ってしまっている。

「いや、でも直感は大事よね、うん」

ワンピースは裾が綺麗に揺れるものだし、ショールは異国的な意匠が素敵だし、耳飾りもなかなか見ない形で可愛いし。うん、使える使える。

お土産は皆も買ってくることが多いから、尚更問題ないだろう。

使用人達には、専用の食堂に置いておくお菓子をたくさん。奥方様付きの侍女達には、自分用にも買った最近人気のお菓子店のクッキー。旦那様から日々たくさんの贈り物をされている奥方様には、木をプラキュリアの形に彫り出して色づけしたペーパーウェイト。プラキュリアは奥方様が婚姻式の際にブーケとして使った花で、花弁が幾重にもなっていてとても可愛らしいものなのだ。

同僚達は皆甘いものが好きだし、奥方様は可愛らしい小物がお好きだから、きっと喜んでもらえると思う。

色々買って満足だ。ただ、こんなに買う予定はなかっただけで。

そこまで重くはないけど、かさ張るわ……

「あー……何か、降ってきそうだわ」

見上げた空は、重苦しい色をしている。

この分だと、あまり時間を置かずに雨が降ってくるだろう。読みが少し外れたみたいだ。珍しい。

他の人の邪魔にならないように通りの隅に寄って、立ち止まる。

どうしようか。買い物は終わったから、急いでどこかにいく用はないけど……

今さっきお昼ご飯を食べたばかり。どこかで雨宿りがてら休憩という気分にもなれない。そもそも休憩をしても、きっとこの雨雲はすぐに王都から去らない気がする。雨宿りをしても意味がない。

いきなり大降りになったりはしなさそうだから、御屋敷まで走ってしまおうか。

そう思って、手提げを持ち直して気合を入れる。

いつもと同じように、急ぎながらも慌ただしく見えないという小走りで通りを進む。

表に出る使用人には必須の技術で、仕事以外でも結構重宝するのだ。

こんな時くらいばたばた走ってもいいんじゃないかと思うものの、身に染みついたものはなかなか直らない。まぁベロニカにはまだ慌ただしさが伝わってしまう所作だって言われるから、完璧には程遠いんだろうけど……

「おーい」

ていうか、本当に買い過ぎたわ。全部同じ鞄に入れたの、失敗だったかも。手提げなのに抱えなくちゃいけないって、今更だけど何だか恥ずかしい。でもわざわざ別の袋を買うのもなぁ。

「落としたよ、お嬢さん」

ああ、でももう一回り大きな鞄がほしい。私、買い物するといつも鞄がぱんぱんなんだもの。

さっき入った雑貨屋の鞄、次のお休みまで売っていたら買おうかしら。たくさん物が入りそうだったし、外にポケットがいくつもついているのに形も綺麗だったし……

「お嬢さんってば！」

ぐっと肩を掴まれて、思わずたたらを踏む。

振り返った瞬間、その力強い手はすぐに離れていった。

「あっ、失礼！　不作法だったよな」

慌てたように手を振るその人は、天聖騎士団の制服を着ていた。

私と同じ年くらいか。すっきりとした短い薄茶色の髪は清潔感に溢れていて、焦った顔をしているのに何だか爽やかな雰囲気だ。

ただでさえ大きな青緑色の目は、びっくりしたように見開かれている。自分で引き止めたのに、どうして彼の方が驚いているんだろうか。

「いえ、私こそすみません。急いでたものだから、気付かなくて……」

肩を掴まれたのは確かに驚いたけど、自分が声をかけられていると思わなかった私が悪い。

謝って頭を下げようとしたところで、ようやく彼が私を呼び止めた理由に気付く。

彼が上げている手とは反対の手に持っていたのは、とても見覚えのあるものだったからだ。

まじまじと見て、思わず抱えていた手提げ鞄を取り落としてしまった。

「え、えーと……落としたぜ、これ。鎖切れちゃってるけど、お嬢さんのだろ？」

細い銀の鎖の先に吊るされた、楕円形のペンダントトップ。円の中には草花を模した柄が透かし彫りになっていて、花の中心には小さな黄色の魔石が填め込まれている。

間違いなく、私のペンダントだ。

実物が目の前にあるのにとっさに自分の胸元に手をやって、さっきまであった感触がないことを確かめてしまう。

「わ、私のです。ありがとうございます！」

このまま引き留められずに帰ったら、雨の中でも絶対に探しに戻ることになっただろう。

あのペンダントは、奥方様がくれた大切なものなのだ。

一般的に、女主人が侍女に物を買い与えることは割とある。主が外出する際は、侍女は地味なドレスに銀の装飾品を身に着けるのが基本的な格好になるから。その時、いかにして侍女を目立たせず、さりとて品よく仕上げるのか、女主人のセンスや器量が問われる場面もあるのだ。

でも、これは本当にただの贈り物で。奥方様が「いつもお世話になっているから。自分で稼いだお金じゃなくて申し訳ないけど」と、自分付きの侍女全員にくれたものだ。

わざわざご自分で私達のことを考えながらデザインし、商人にオーダーして作ってくださった一点もの。どうしてもなくせない。

「本当に、ありがとうございます。大切なものなんです」

優しい手つきで手元に返されたそれを両手で抱いて、今度はきちんと頭を下げる。

この騎士が気のいい人でよかった。もし目が肥えている心無い人に拾われていたら、自分のものにされてしまっていただろう。

奥方様はあまりわかっていなかったようだが、見る人が見ればどれだけ手の込んだものかわかる。

繊細な透かし彫りは匠技(たくみわざ)で、あしらわれた魔石はとても純度の高い澄(す)んだもの。素材こそ平民でも身に着けられる銀でできているし、魔力を籠(こ)めた魔道具でもないけど、芸術品のような逸品(いっぴん)なのだ。

「そう、なんだ。誰かからの贈り物？」

気安い雰囲気でそう聞かれて、奥方様のことを思い出す。

これをもらった後、旦那様より先に奥方様から装飾品を贈られたということで、またちょっと揉めたのよね。奥方様は「イサークは装飾品なんてつけないでしょ」なんてあっさりと言って、実は上質なペンを贈ろうとしていたんだったわ。

旦那様ったらそれを知ってすごく嬉しそうににやけちゃって。本当に相思相愛でいいなぁ……

「ええ、主人からの」

ハンカチでペンダントを包んで、ワンピースのポケットにしまう。

奥方様と旦那様のことを考えると思わず笑顔になってしまって、にやけたまま答えれば、彼は何とも言えない表情をした。

意味がわからなくてまじまじとその顔を見ると、ふと誰かと重なった。

あれ……私、この人に会ったことあったかしら。見覚えがある、ような気がするんだけど。

「……そっか」

何故か硬い声でそう返されて、私は首を傾げてしまう。

薄茶色の髪。青緑色の目。私より頭半分高い背。人好きのする、爽やかな顔立ちは少し日に焼けている。見た目通り騎士だろうから、奥方様達の婚姻式で見たのかもしれない。

いや、でもあそこにいた若い騎士は旦那様の直属小隊の人だけだ。彼らは私やベロニカのことを知っている。お嬢さん、なんて声をかける訳がない。王都の中央本部の騎士に、知り合いなんて……

「ロシータ、だろ？」

顔をじっと見たまま止まってしまっている私に、彼が呆れたように笑いかける。

その〝しょうがない奴だな〟と言わんばかりの笑い方。

私は、それをよく覚えていた。

「あ……」

古びた記憶が、一気に蘇る。

青空の下、村外れの小高い丘。

隣に寝転ぶあいつの薄茶色の髪が揺れて、大きな青緑色の目を眩しそうに細める。

そしてお互い軽く拳を打ち合わせ、大人達の目を掻いくぐりうまく村を抜け出せたことを祝うんだ。

ふたりでいると、何故かいつもちょっとした喧嘩になった。あいつが私をなじり、私が言い返して。最後には自分でも何を言いたいのかよくわからなくなってしまって、ただ笑い合って――

記憶の中のあいつが、目の前の彼と少しだけ重なる。

まさか、そんな……

「……フィオ、なの？」

腐れ縁。幼馴染。男女の違いなんてわからなかったあの頃、家族より近くにいた存在。

「久しぶりだな」

さらりとそう言って、軽く片手を上げる仕草。拳を作ろうとしてやめた手は、中途半端に固まってしまっていた。何気ないそれは、どうしようもなくフィオを思わせると同時に、ひどく馴染みのない男性の仕草にも感じた。

変わっていないようで、すっかり変わってしまった人。

懐かしさと違和感が同時にあって、どういう態度で話したらいいのか迷ってしまう。

「ええ、その……久しぶりね、うん」

最後に会ったのは、私が十歳になる前。フィオが村を離れ、遠くに行ってしまった日だ。

私とフィオの父親は従兄弟同士で、同時期に天聖騎士団の北方支部へ入った。騎士となって、何の偶然か配属された駐屯地も同じ。仲がいいというか、腐れ縁のような関係だと父は言っていた。

ある日、フィオの父親が急に西方支部へ異動することになった。

騎士が駐屯地を移動することは多い。だけど支部が変わることは、昇進など余程の理由以外にはないのだ。理由を父に聞いても苦笑いをするばかり。母親と共に荷物をまとめるフィオを問い詰めても、だんまりで。何かに追われるように馬車に乗り込もうとした彼に、泣きじゃくって「行くな」と叫んだのは、今となってはかなり恥ずかしい思い出だ。

あんな話、蒸し返されたらたまったもんじゃないわ。昔とは違うんだし、気軽に笑い話なんてできそうもない。

「ちょっと端に寄ろうぜ。邪魔になる」

「あ……うん」

さっと私の荷物を拾って、フィオが小走りに急ぐ通行人を避けながら通りの隅に寄る。

確かに、道の真ん中で無言で向き合っているなんて変な図だ。騎士の制服を着ている彼は、割と目立つ。慌ててついていき、ついでにちらりと空を見上げた。

まずい。もうすぐ降ってくる。空気も何だか湿っぽいかも。

「あとどれくらいで降るんだ？」

「えっ？」

「雨、わかるだろ」

何気なく言われたそれ。よく覚えてるわねと言いたくなったけど、私も人のことは言えない。

特に、この半年くらいは……

「すぐに降るわよ、ざっと降って夜の早い時間に止むわ！　あ、荷物ありがとうね！」

頭の中に思い浮かんだことを消し去るように、早口で言い切る。

同時に手を差し出して、荷物を返してもらおうとすると。

「急いでるんだな。ご主人が待ってるのかよ」

「主人？　待ってないわよ。私用だもの」

「は？」

何だか、話が噛み合っていない気がする。

お互いに首を傾げて、そのタイミングが一緒だったからおもしろくなってしまった。

それと同時に、どこかほっとする。

私とフィオは、双子かと言われるくらい一緒にいた。仕草や相槌のタイミングがよく被ることもあって、尚更そう思われていたようだ。

変わってしまったけど、彼はやっぱりちゃんとフィオだ。

目の前にいるこの人が、私の幼馴染なのだとようやくしっくりきた。

「ええと、私は今ある方に仕えていてね、今日はお休みをもらったのよ」

「主人って……雇用主の主人かよ！」

「それ以外に何があるのよ。それと雇用だけじゃなくて、生涯お仕えする主よ」

胸を張って主張すると、どうしてかフィオは溜め息をついた。

「紛らわしいんだよ。主人って、亭主のことかと思ったぜ」

「そんな訳ないじゃない。爪を見ればわかるでしょ」

確かに私は成人して五年経つ。貴族の端くれであることを脇に置いたとしても、もう婚姻していてもおかしくない歳にはなった。

女性が外に出て働くことも多いカレスティアでは、平民の婚姻適齢期は二十歳前後だ。生粋の貴族女性は成人してすぐ婚姻することも結構あるけど、侍女として仕える女性は職業柄晩婚が多い。

呆れたように鼻を鳴らして、婚姻の証である爪が染まっていないことをよくよく見せてやる。そうすれば、またしても大きな溜め息をつかれる。

「王都にいるはずない昔馴染みが、そんないい服着て、何かすごいペンダント持ってんだぜ？　そりゃ勘違いもするだろ」

「色々あってこっちに来たのよ。今はさる御屋敷に勤めているわ」

「はー、だからそんなお上品な感じになってんだな。昔は猿みたいに森の一番でかい木に登ってたのに」

「さ、猿ですって⁉　失礼ね！」

確かに登ってたし、木の上で果物に齧りついてたけど！　そんなの子どもの頃の話じゃない。今は立派な淑女……なのかはわからないけど、おしとやかになったつもりよ。

憮然とする私に軽く謝りながら、フィオが荷物を返してくれる。

「悪い悪い。今は猿じゃないよな。ちゃんとスカート穿いてるし」

あんまり悪いと思っていなそうなその謝罪も、昔はよく聞いたものだ。

「そりゃ穿くわよ。もういい歳の大人なんだから」

そう、私はもう大人だ。ズボンを穿いて馬に乗ることも、練習用の木剣を振ることも、汗まみれになって遊び回ることも、もうない。

十三歳のあの時から、私は大人にならなければならなかったの――あんたとの約束を、破って。

「……あんたは、立派に騎士になったのね」

あの丘で、約束した。「騎士になって空を駆けよう」と。

父親達と同じように、国中どこにでも駆けつけて、皆を救う人になろうと誓い合ったのだ。

騎士に性別は問われない。本部と四支部にある騎士学校で学び、試験に合格すれば騎士になれる。

騎士学校に入れるのは十三歳からだ。一緒に学校に入り、どちらが先に試験に受かるか競争しようとそう言って、騎士になった自分達を想像してわくわくしていた。かっこいい騎士である父親を間近で見てきて、物心つく頃にはもう騎士になることが私達の夢だったのだ。

だけど、私は約束を守れなかった。

己を曲げれば家族が助かる。それが理解できるだけの年齢だったからこそ、私は迷いなく行儀作法を学ぶことを選んだのだ。

夢を諦めるのは、思ったよりも簡単だった。遠い昔に手放した木剣(ぼっけん)の感触を、もう思い出せない。柔らかく綺麗になった私の手は、今や剣を扱うことはできないだろう。

「ああ、まあな」

どこか気恥ずかしそうに頭を掻(か)いているけど、身に纏(まと)う黒の騎士服はフィオにとても似合っている。まさしく思い描いていた通りの、騎士の姿だ。

夢を叶えた彼を祝福したい。なのに、気持ちが弾(はず)まない。

「おめでとう。中央の騎士なんて、すごいわね」

自分でもわかる。白々(しらじら)しい声だった。

あまりにも失礼な態度なのに、彼はまた少し困ったように笑う。

「って言っても、この間こっちの所属になったばかりなんだ。目をかけてくれてる上官が中央に異動になったから、副官としてさ」

「副官って……あんた役職持ちなの？　頑張ってるんだ」

「まだまだだけどな。中央の騎士は質がいいし、腕も立つからなかなか勝てない。第一小隊長なんてほんっと鬼みたいに強くてすごいんだぜ？　俺とそこまで歳が変わらないはずなのに」

「ああ、オルタ小隊長ね。確かに見かけによらないわよねぇ」

オルタ小隊長は見た目こそちゃらちゃら……いや、中身も割とちゃらついているけど、聞いた話だと騎士の中でも屈指(くっし)の剣士らしい。

どうしてもとせがまれ、騎士団の公開訓練を見学に行ったベロニカが「普段もう少ししゃんとしてれば、旦那様の懐剣(かいけん)と呼ばれているのを疑わなくて済んだでしょうね」と溜め息をついていたのを思い出す。

ちょっと驚くことに、実はベロニカとオルタ小隊長は恋人同士なのだ。

正反対なふたりだけど仲がこじれることもなく、もう付き合って半年以上経つだろうか。

素っ気ないベロニカとへらへら笑うオルタ小隊長を思い出して、つい笑ってしまう。そんな私を見て、フィオは不思議そうな顔で首を傾げた。

「お前、オルタ小隊長のこと知ってるのか？」

「知ってるわよ。私の主人は、騎士の奥方様だもの」

仕える主が言祝の神子だということは極力言わないようにと、御屋敷の使用人全員に通達がされている。繋がりを辿って祝福を望む人が出てきたらきりがないからだ。

フィオがそんな不躾なことをするとは思わないけど、規則は規則。公の場で知られるのならともかく、私的な知人には主の名前は言わない。

話が逸れたことに内心安堵する。これ以上、彼と騎士の話をしたくない。だからといって、世間話ばかりしてもしょうがない。

もう、会話自体を切り上げよう。内心頷き、話をうまくもっていくために口を開こうとしたら。

「ロシータ、お前侍女として仕えてるんだよな」

「ええ、そうよ」

女主人に仕えられるのは侍女だけだ。ただの使用人なら屋敷の主がそのまま自分の主になる。

だからその確認をわざわざされたのが不思議で、思わず眉を顰めてしまう。

「……やっぱり、護衛とかじゃないんだな」

ぽつりと呟かれたその一言に、身が凍った。

お前は約束を破って騎士にならず、平凡な貴族の娘として生きているのかと。

もはや剣を持つことすら諦めたのかと、そう失望された気がした。

「っ私は！」

騎士になりたかった。

諦めたのは理由があったからで、決して口先だけの夢だった訳じゃない。

そう言いたかったけど、口に出せば言い訳じみたものにしかならないことはわかっている。

夢を叶えるために前進することをやめた自分が、落ちぶれたとは思わない。私は今確かに幸せだし、侍女としての仕事にも誇りを持っている。

だけど、言えない。言いたくなかった。

黒い騎士服を着ている彼からすれば、私はただ約束を破った昔馴染みにしか見えないのだ……

大声を出したものの、それ以上言葉を続けられない。

俯いた先の石畳に、小さな丸い染みが落ちた。

柔らかくひとつ、ふたつと落ちた染みは、またたく間に石畳の色を変えていく。

「うわっ、降ってきやがった」

今しかない。

そう思って、荷物をしっかりと両手で抱え直す。

「私、帰るわ。慌ただしくてごめんね」

「え、おい、送ってくぜ」

「いらない！　仕事頑張って！」

勢いよく走り出した私の背に、彼が更に何か声をかけてくる。それに振り向きもせず、聞こえなかったふりをして通りを急ぐ。優雅な所作には程遠い、久々の全力疾走だ。

逃げていることなんて、わかっている。

それでも、彼が騎士になったことを手放しに喜べる余裕はなかった――あの日々の思い出が、眩し過ぎて。

×××

御屋敷に着いて使用人口から中に入ると、通りかかった料理番のおばさんに驚かれた。

「ロシータ、あんたずぶ濡れじゃないの！」

「あはは、間に合いませんでした」

「あんたのことだから、雨雲に気付いてさっさと帰ってくると思ってたのに」

「ちょっと知人に会って話し込んでいたんですよ」

笑ってみるものの、指摘された通り、私は結構濡れてしまっている。

あんまりな格好だからか、おばさんはそれ以上私を引き留めるつもりはないらしい。

ひとつ息をついて、私はできるだけ廊下を汚さないよう、小走りで自分の部屋に飛び込む。

新しいワンピースも、お気に入りの靴も台無し。こんなことなら、ベロニカに雨除けの呪をかけてもらえばよかったか。

思ってみても今更だ。溜め息をつきながらさっさと体を拭いて着替え、布で髪を乾かす。

急いだかいあって、荷物はさほど濡れていない。今の時期は暖かいから、体も冷えなくてよかった。

「お土産だけでも配ってこようかしら」

同僚達はまだ仕事中だから、とりあえず食堂にお菓子を置いておこう。

奥方様は何をされているだろう。確か読書の時間ではなかったはずだ。もしかしたら、最近はじめた趣味兼お仕事の時間だったかもしれない。

私達の装飾品をデザインしてくださってからというもの、奥方様は富裕層の平民向けの装飾品や可愛らしい小物のデザインを描いている。デザイン画を渡され装飾品を用意した商人から、是非にと頼み込まれたのだ。

もちろん名前は伏せているし、旦那様が贔屓にしている大きな商会が扱うので、世間に奥方様のこの趣味がバレたりはしないだろう。

元々奥方様は、天上世界で雑貨屋の次期店主としてお勤めになっていたようだ。家具や生活用品からちょっとした装飾品まで、カレスティアの雑貨屋と比べるとずいぶん手広く扱っているお店で、国にいくつもの支店を持つ雑貨屋だったと聞く。それで〝しがない雑貨屋〟なんておっしゃるんだから、天上世界は本当に文化が進んだ世界なんだと思う。

奥方様が描かれるのは「こんなものがあった」というものから「こういうのが好き」という夢を詰め込んだものまで、素敵なデザインがたくさんある。こっそり雑貨屋を開いたら、王都の若い娘がたくさん詰めかけるんじゃないかしら。

まぁ、旦那様が奥方様を働かせることに反対するはずだから、有り得ないけど。

上位貴族夫人の仕事は社交だ。でも旦那様と国王陛下は、当面の間は必要ないと判断している。奥方様が夜会を開いたら招待状の奪い合いになるからだ。かといって、平民の娘のように普通に働くなんてあるはずがない。そして神子としてのお役目も頻繁とは言いがたい。

この世界に降臨される前の奥方様は、独り立ちした立派な大人としてお給金を稼ぎ、おひとりで生活されていたのだ。未だに色んな分野の勉強はされているものの、これといった仕事がない日々はかの方にとってだいぶ暇を持て余すものらしい。

そんな中で奥方様がデザイン製作の依頼を了承したのは、当然と言えば当然だろう。

実際のところ、旦那様は奥方様に何もしてほしくないし、何の苦労も与えたくないと考えていらっしゃるようだ。ただご本人が楽しんでいるからと、このお仕事に関しては許可を出されている。

ご自分が休暇の時は、何が何でも奥方様を隣に座らせてべったべたしているけどね。

「気に入ってもらえるといいんだけど……」

丁寧に包まれた木のペーパーウェイトを手に取り、少し考える。

　こういったものは、確かまだデザインされていないはずだ。奥方様は花がお好きだし、この優しい黄色もプラキュリアもあの方に似合う。

　使ってもらえると嬉しいな、と思いつつ、ようやく水気が取れてきた髪を手櫛で梳かし、被っていた布を椅子にかけて干す。ワンピースは自分で洗うとして、他の洗濯物は後でまとめて洗濯室に持っていこう。きっとこの雨で大変なことになっているはずだ。

「あっ、そうだわ！」

　大事なことを忘れていた。髪なんて悠長に乾かしている場合じゃないわよ、私ったら。

　脱いで吊るしたワンピースからペンダントを取り出す。鎖は切れてしまっているけど、ペンダントトップに傷がついた様子はない。

　よかったと胸を撫で下ろしながら、これを拾ってくれた彼を思い出してしまう。

　考えたくないのに、出会いたくなんてなかったのに……

「――ロシータ、いるの？」

　数度続く、ノックの音。

　はっと我に返り急いで扉を開けると、そこには眉根を寄せたベロニカがいた。

「いるなら返事くらいしなさいな。何度もノックしてしまったではないの」

「ごめん。気付かなかったわ。あ、ただいま」

「はい、おかえりなさい。雨に降られたようね、珍しく」

呆れ顔のベロニカは私の全身をさっと見て、指を一本唇に触れさせてから私の方に向ける。

小さく何かが呟かれ、彼女の指先に魔力が滲む。数瞬の後、生乾きだった髪がさらりとした感覚に戻ったのがわかった。

「乾きの呪よ。少しはましになったでしょう？」

ベロニカはカレスティアでは珍しく呪術の心得がある。本人曰く使えるのは小さな呪くらいとのことだが、ちょっとした護身術代わりなど、生活に役立っている。

「ありがと。ついでに靴も……なんてね」

「別にいいわよ。服はきちんと洗った方が綺麗になるから、自分でやりなさいね」

「え、でもベロニカ、あなた今仕事中でしょ？」

奥方様第一のベロニカが、仕事中に私事に時間をかけることはない。

どうして私の部屋に来たんだろう。昨日の業務で何かやり残しでもあったかしら……

「奥方様からのご伝言があるのよ。『今日は夜のお茶会を開こう』と」

夜のお茶会。それは奥方様がご婚姻後にはじめた、侍女達との交流会のことだ。

侍女は私を含め、四人いる。主人と侍女それぞれの立場があるのは当然だが、夜のお茶会では、そんなお互いの間にある壁をある程度取り払って、私的な会話に花を咲かせることが許されている。「色々考えた結果で、嫌がる人もいると思うけど」と前置きされた上で奥方様から提案された時は、とても驚いた。

参加は強制ではないし、不参加だからといって咎めることは絶対にないと言われていた。それでも第一回目のお茶会には全員が参加したのだから、私達も相当奥方様のことが好きなのだと思う。

だって、あの可憐な奥方様が言うのだ。上目使いで、不安そうに「常識外れだってわかってるけど、付き合ってくれたら嬉しい」って。

使用人達にとても心を砕いてくださる穏やかな主が、あんなに寂しそうな表情をしたら、参加したいという気持ちが絶対参加するという熱意に変わるのも当然だろう。

初回こそお茶会の間に誰が夜番と早朝業務をするかで揉めたけど、今はそんなこともない。お茶会の日に夜番をする侍女がそのまま早朝業務をして、他の侍女は奥方様と同じ時間に起きてもいいと決められた。ちなみに夜番の侍女は翌日休暇に入ることができる。

つまり私達は誰はばかることなく主と話をして、同じテーブルで飲食ができるのだ。しかもそれで遅寝をした分、遅く起きてもいいと許しをもらっているのだから、夢のような時間だと思う。だから余程の理由がない限り、皆参加するのだ。

「今回参加するのは私達だけよ」

「えっ、サティアもビビアナも欠席？　珍しいわね」

南公爵家から旦那さんと揃って派遣されたサティアと、王都で新たに雇用された子爵令嬢のビビアナ。どちらも気のいい人達で、同僚同士の仲はいい。交流会が設けられてからは、更に仲が深まったと思う。

「サティアは元々ご主人と約束があったようね。ビビアナはご実家に親類の方がいらっしゃるそうよ。もてなしのために今日の夜から明日の休日いっぱい実家に戻ると泣く泣く言っていたわ」

「娘がいないと井戸水と生野菜を丸齧りして食事代わりにするらしいわね、あの子のお父上」

「ロシータ。それ、本人は知られていないつもりよ。今後も黙っておきなさいな」

夜のお茶会はお茶とお菓子だけ出る訳じゃない。普通にお酒も供される。

実は奥方様、あの儚げなご容姿からは想像がつかない程、お酒を嗜まれるのだ。しかも好みが渋い。甘い果実酒よりも、強い蒸留酒を好まれる。しかもストレートで何杯も空けて、ほろ酔い程度だ。

ご本人は節度を持った飲み方をしているからとおっしゃっていたけど、きっと元々お酒に強いんだと思う。

侍女の中で一番お酒に強いのはベロニカで、一番弱いのはビビアナだ。ビビアナは果実酒一杯で陽気になって、実家の色んな愚痴というか笑い話を零す。聞いているこっちはおもしろいけど……きっと本人に酔っている間の記憶があったら、頭を抱えて部屋から出てこなくなる気がする。

奥方様とベロニカと私。この三人でのお茶会は、実ははじめてだ。二人も欠けた状態で開催されるお茶会も、はじめて。

「思い付きで決めただけだから別の日にしようと、奥方様は言ってくださったの。けど、せっかくだから北方出身組で楽しんでと二人が勧めてきたのよ」

「そうなの……二人には申し訳ないけど、お言葉に甘えて楽しみましょうか。ねぇ、ベロニカ」

「ええ、とびっきりのお茶を淹れてちょうだいな、ロシータ」

せっかくだから、自分用に買ったお菓子を持っていこうか。奥方様は貴族や神官方からの贈り物を出してくださるから見劣りすると思うけど、今日買ってきたお店のお菓子は美味しいから、ぜひ食べてほしい。

どんな話をしようか。どんな話が聞けるのか。

旦那様ですら禁制のお茶会だ。今から心が浮き立ってしまって、私達はくすくすと笑い合った。

×　×　×

「ロシータ、無礼講(ぶれいこう)って知ってる?」

「ぶれいこう、ですか……すみません、わかりません。ベロニカは?」

「申し訳ございません。私も寡聞(かぶん)にして。どのような意味でしょうか」

「私の国の言葉でね、最初は〝色々な形式に則(のっと)った席とは違う宴(うたげ)ですよ〟って意味だったと思うんだけど、近年は身分の上下関係なく楽しむことを指すんだよね」

にっこりと、奥方様が微笑む。

いつもなら儚(はかな)げで清楚(せいそ)なそのご容姿が、一気に華やかなものに見える……はずなんだけど。

「このお茶会はね、その無礼講(ぶれいこう)のつもりなの」

どうしてだろうか、その笑顔に凄味(すごみ)があるのは。

「だからベロニカもロシータも、私に言いたいことがあるなら何だって言っていいんだよ。私も言いたいことを言わせてもらうから。ねぇ、ベロニカ？」

「素晴らしいです。この胸の内を吐露(とろ)してもよろしいのですね」

どこか芝居(しばい)がかったふたりに気圧(けお)されて、ソファーの背もたれにべったり背中をつけてしまう。

一体何なの。私の知らないうちに変な感じで通じ合わないでほしいんですけど……

「ロシータ」

「はっはい!?」

「誰にいじめられたの。言って」

「はい？」

奥方様の目が、真剣過ぎる。

いじめ？　同僚をはじめとして、御屋敷の使用人達の中にそんないじわるな人なんていない。

その前にどうしてそんな話になったのか、全然見当がつかない。助けを求めてベロニカを見れば、彼女は蒸留酒(じょうりゅうしゅ)をぐいっと呷(あお)り、ガン、と勢いをつけてグラスをテーブルに置いた。いつになく荒々しい仕草に目を見張ると、ベロニカはぐっと眉根を寄せて口を開いた。

「ロシータ。あなた今日帰ってきてから、自分の顔を見たのかしら？」

「え、うん。そりゃあね、身だしなみくらい整えるわ」

「そう。あなた、ひどい顔しているわよ」

端的（たんてき）に言われて、思わず両手で頬を触ってしまう。

「いつも笑っているあなたが苦しそうな顔をするなんて、会話の合間合間でひっそりと溜め息つくなんて、今までなかったわ」

「ベロニカの言う通り。城下に出てからだよね。知人に会ったって聞いたけど、ひどいことでも言われたの？　もしその人がロシータを貶（おとし）めるようなことを言ったとしたら、私にも考えがあるから」

何の考えですか、奥方様。

聞いてはいけない雰囲気がして、そこには触れずに大きく首を横に振る。

「そんなこと言われてないです！　むしろ、私の方がいけなかったし！」

なんせ、騎士になった彼を素直に祝福できなかった挙句（あげく）、雨を理由に走って逃げたのだ。

からかわれはしたけど貶（おとし）められてなんていないし、ひどい態度を取ったのは私の方。

私が落ち込んでいい理由なんてない。

言葉が続かなくて、変な間が生まれてしまう。そこに降ってきたのは、奥方様の溜め息だった。

「……ロシータ、話したいと思うなら話して。嫌なら今後聞かないから。不当に虐(しいた)げられた訳じゃないなら、無理には聞き出さないよ」

興味本位で聞いているんじゃないと、そう示してくれる奥方様。

ベロニカもグラスを置いて、静かに頷(うなず)くだけだ。

——もう、話してしまおうか。

〝ぶれいこう〟というので許されるなら、誰かに聞いてほしかった。誰かというより、きっと生涯共にいるだろう主(あるじ)と同志に知っていてほしい。

私がここにいる理由を、それでも今幸せだという気持ちを。

「ちょっと、長いし暗いですよ？」

「そうかもしれないって思って、早めに話を切り出したんだよ」

「うじうじして、愚痴(ぐち)っぽくなるかもしれないです」

「今私達が飲んでるのなんだっけ、ベロニカ？」

「お酒でございます。お酒の席では、愚痴(ぐち)っぽくなるのも自然の流れかと」

「だって。さぁ、吐き出しちゃっていいから」

そう言われたら、あとはもう堰を切ったようだった。

とても優しい父親と、穏やかな母親がいること。暮らしていたのどかな村には、気のいい村人達と幼馴染がいたこと。幼馴染と約束した〝騎士になる〟という夢があったこと。今日、騎士服に身を包んだその幼馴染と思いがけず再会し、逃げてきたこと――

うまく整理できなくて、話がぐちゃぐちゃになってしまう。だけどふたりは、遮ることも聞き返すこともなく耳を傾けてくれる。

「……私の父親、娘の私から言うのも変な話なんですけど、すごくいい人なんですよね。いい人過ぎて、悪い人につけ込まれちゃったんです」

血縁関係でもない知人に騙されて、父親は借金を負ったのだ。

はじめは少額から。少し苦しいけどまだ家計が回るくらいの取り立てだったのが、気付けばひどい利子がつけられて借金は膨大な額になっていた。

騎士爵はただの騎士ではなく、一定の功績がある騎士に叙爵される。領地は与えられない。

父親の収入は騎士自体の御給金と騎士爵の貴族年金だった。その十年分としても、到底返済できる額ではなかった。

家にいた母親がたくさん内職をするようになり、父親は方々に頭を下げて返済にあてるお金を借りていた。外で剣を振るばかりだった私は、何か変だなくらいにしか思っていなかったのだ。

そして、領主である子爵の使者が訪れるまで、家に借金があることに気付けなかった。

「色々なところから借りていた借金を一本化して、子爵が肩代わりしてくれると言ってきたんです。お金は子爵に返していけばいい、利子代わりに娘を行儀見習いとして屋敷に、と。実際のところ、私は単なる人質でした。北方支部の情報を子爵へ流すのに、父はうってつけの人物だったんです。小隊長として長く勤めていて、騎士爵になるくらいの功績と周りからの信頼がありましたから」

子爵の申し入れを断っていたら、私達は借金まみれで家族全員首を括っていただろう。だが、感謝なんて全くしていない。

「……借金が異様に膨れたのは、子爵の差し金だったんです」

ぐい、とグラスを傾ける。

喉を焼くお酒は上等なものだから、もっと味わうべきだけど、飲まないとやっていられなかった。

「ずっとおかしいと思いながら、八年もあの屋敷に仕えました。女中から、上級使用人になって、侍女にまでなって。その間仕送りはおろか、手紙のひとつを出すことも許されませんでした」

この屋敷はそういう規則になっているのだと、当たり前のことのように言われたのだ。無知で何の力もなかった私は、訳のわからない規則に頷き、意味不明な雇用の契約魔術をかけられた。使用人は誰もが外とのやりとりを禁止されていたから、ひとりだけ逆らうのはわがままなのではと思ったのだ。

家族は無事だと信じて、ひたすら働いた。

「借金があったのに御給金が支払われていたのは、きっと自分が使用人を不当に扱っていないと表向きだけでも見せたかったからでしょうね。自棄になって買い物癖がついちゃいました。それでも厳しく教育されて、ずいぶん淑女らしくはなれましたよ」

だけど、それは私が望んだ道じゃなかった。

「奥方様が旦那様に救出されてから、色々な調査が入ってやっとわかったんです。……あの男、高利貸しと繋がっていたんですよ。使えそうな人間がいたら追い詰めて、すんでのところで助けて恩を売る。家族を人質にして、金銭的にも心情的にも裏切れない駒にする。そういう手だったんです」

調査を進めた結果、父親の借金も全て消え、不当に搾取されていたお金は戻ってきた。真面目な父親は自責の念から降格と異動を願い出て、今は母親と共に東部で元気に暮らしている。

それでも、私の八年は戻ってこないのだ。

ちょうど騎士学校に入れる年齢で諦めた夢は、もう見られない。

叶うと思っていた。頑張れば手が届く夢だった。

母親は少し難色を示していたけど、父親は喜んでくれて。体力づくりに毎朝村の中を走って、剣術より体術が先だと怒られながら、こっそり木剣ばかり振っていた。騎士学校に入る時に父が剣をくれると約束してくれ、その日を何年も前から待ちわびて、空を駆けるための騎獣はこういうのがいいなんて下手くそな絵まで描いたのだ。

……そんな日々は、あまりにも遠い。

「私は、今確かに幸せです。こうなったことに憤りはあるけど、家族全員欠けることなくここまで生きてこられた現状に満足しています。剣と馬にしか興味がなかった馬鹿な私でも、家族を守るために子爵の屋敷にいかなくちゃいけないことくらい、わかりました。幼馴染との約束を破って夢を諦めたのも、自分で決めたから……それを、誰のせいにもしたくありません」

ぽたり、とテーブルに何かが落ちた。

綺麗に磨かれた石造りのそれは、石畳のように色は変わらない。

喉が震えた。数度深く呼吸して、息を整える。

「ただ、あいつに約束を破ったと失望されたことがすごく悲しくて、悔しくて、つらくて……っ！　あの楽しかった、きらきらした思い出のまま、騎士になれたあいつを真正面から見られないんです。本当は、心から祝福したいのに！」

夢を諦めた理由を言えば、フィオは決して私を責めないだろう。それどころか心配して、自分のことのように怒ってくれるはずだ。私達は、家族より近い存在だったから。

言い訳をして、そうやって同情されたい訳じゃないの。私がかわいそうだったと思わないでほしい。道が分かれた私のことを、どうか……

「嫌われたくないいんだね。好きだから」

静かな、囁くような言葉。

ぱっと顔を上げると、奥方様は優しく微笑んでいた。

「理由があったとはいえ約束を守れなかった自分が、綺麗な思い出を汚したって思われるのが嫌なんだよね。とても大切な時間だったから、とても大切な人だったから。言い訳したくないいんだ」

私が吐き出した言葉を丁寧に拾い上げて、奥方様が組み立て直してくれる。どうにもならない愚痴なのに、私の隣に座っていたベロニカは嫌な顔ひとつせず私の肩を擦ってくれた。

またひとつふたつ、涙が零れる。

「奥方様がご婚姻の時に言ってくださった、〝生涯愛せる人〟が、彼しか思いつかないんです。勘違いだって、夢見がちなだけだってずっと自分に言い聞かせてました。それでも、会ってしまったら、自分をごまかせなくて！」

幼い恋心だった。ううん、今でも幼いままだ。

私は兄弟のような幼馴染のことが、好きだった。染み込むようにじわりじわりと広がった恋心を自覚したのは、奥方様に祝福されてからようやくだった。

それでも私は、確かに長らく彼に恋をしていたのだ。

空を駆けることを夢見た日々。いつの間にか幼馴染や家族の枠を超えていた彼と過ごした毎日。

それを、どうして大人達の事情で汚されないといけないのか。

「好きでした。顔を見て、フィオだとわかったら、今でも好きなんだと思い知らされました」

「だったら、逃げるべきではないわよ」

「ベロニカ……」

きっぱりとそう言われ、縋るように正面を見てしまう。

奥方様は少し苦笑して、それから頷いた。

「ベロニカの言う通りかな。穏やかなまま、大切にしたいって気持ちは当然。だけど逃げたら、その人の中にある思い出は、あなたの走り去る後ろ姿しか残らなくなってしまうよ。ロシータの恋心も、行き場がなくなって苦しくなるばっかりだ」

そこではじめて、彼の気持ちを考えた。

久しぶりに再会した、騎士にならなかった幼馴染が、白々しく祝いの言葉を述べて、会話を早々に切り上げて走り去っていった。

それって、すごく嫌な気持ちになるだろう。当たり前のことに、今ようやく気付いた。

お酒が入っているはずの顔がさあっ、と青くなっていったのが自分でもわかった。

「泣いたり叫んだり青くなったり、忙しいわねロシータ」

「ベロニカ、あんまりいじめないであげてよ」

「この子がうじうじしているのが悪いのです。話を聞いていれば、その幼馴染は侍女として生きるベロニカに何の不満も見せていないではないですか。誓い合った夢を破ったことより、今ロシータがちゃんと暮らせている方が大切なのだと思っているのが私でもわかります」

「え……」

「約束を破ったことに失望？　そんなのだったら、最初にあなたと気付いた時点で名乗らないわよ。それくらいわかりなさいな」

やってられないとばかりに鼻を鳴らしたベロニカが、またグラスを呷る。

空になったそれに、すかさず奥方様がお酒を注ぐ。いつもだったらこのお茶会でも絶対に奥方様にお酌なんてさせないのに、今日のベロニカは気にしない。

軽くお礼を言ったベロニカがまたグラスに口をつける中、奥方様は無言で私のグラスにもどぼどぼとお酒を入れていく。

「……ロシータ、今すぐじゃなくていいから、会いにいこう」

「会いに、って」

「その幼馴染に。十年ぶりの再会だよ？　なのに向こうはロシータを覚えてくれてたじゃない。色々あって約束は守れなかったけど、お互い前を向いて選んだ道を歩いてきて、今思いがけず交わった。この再会、運命って言ってみたくない？」

奥方様がそう口にすると、あの再会した瞬間が本当に運命なのかと思えてくる。

世界すら違えた道を生きてきたこの方が、何より愛しい人を見つけてこうして大切にされている。それが運命だったと言いたいと、惚れ惚れするような微笑みで零していたことがあった。

　運命かはわからない。ただ、運命だと名付けたら勇気が出てくる。

　そんな大きなものが味方をしてくれるなら、私も頑張れる気がするのだ。

「言いたい、です」

　後押しされて、ようやく自分の望みを口に出すことができた。

「よしきた。ベロニカ、騎士団の見学日の日程確認しておいて」

「かしこまりました。その幼馴染の所属小隊を調べ、通常訓練の見学日をピックアップします。見学については旦那様より貴人用の観覧席を常に空けてあると伺っておりますが」

「今回は普通の見学席か、立ち見でいいよ。聖石は隠していく。ドレスは子爵令嬢……いや、多少箔付けがほしいから伯爵令嬢くらいに見えるように」

「え、あの……奥方様？」

　一気に進む話に完全に置いていかれている私に、奥方様はまたしても凄味のある笑顔を向けて。

「ロシータの主人として、恥ずかしくないようご挨拶をしないとね」

　いつも伏し目がちで、少し垂れ気味の愛らしいその瞳がどうして笑っていないのかは……怖くて聞けなかった。

×　×　×

「俺を見に来てくれる訳じゃねえのは残念だが、オメエの大事な侍女のことだ。きっちり会わせてやるよ」

そう言って奥方様の頬にキスをした旦那様は、今日も雄々しく一分の隙もない程素敵である。

あからさまにでれっとしているのに、ここまで男前だとそれも魅力的に見えてしまうなんて、すごいお人だと常々思う。

さらりとお返しのキスを頬にした奥方様が、まるでこれから戦場にいくと言わんばかりに闘志をみなぎらせて頷いた。

「会わせる場所は、たまにミゲルがさぼってる訓練場の裏庭ね。ターゲットを見定めたら、私もイサークの雄姿をじっくり見るから、かっこいいとこ見せてね？」

「当然だろ。この俺がオメエに情けねえとこ見せる訳がねえ。何だったら、小隊長全員と稽古つけてやってもいいぜ」

「それは向こうがかわいそうだから、やめてあげて」

奥方様が騎士団の見学にいったことは、二度ある。一度目は全騎士が奥方様を見ようとしてロクな訓練にならず、旦那様が魔術で文字通り雷を落とすこととなり。二度目はお忍びでいったけど、張り切った旦那様が見取り稽古で神業を披露したおかげで結局バレてしまった。

今回は派手なことをすると動きにくいから、必ず普段通りでと昨夜旦那様に重ねてお願いしたらしい。そのせいか、奥方様がちょっとお疲れで眠そうなのは……触れてはいけないんだろう。

「昼には帰れよ？　日差しでオメエの白い肌が痛めつけられちまうからな」

「日傘があるし、大丈夫なのに」

「嫁を大切にすんのは当然だろ」

……もう、見ているとこう、わーっと悶えたいくらい甘い。

奥方様の掌にキスを落とす旦那様はもちろんのこと、奥方様の声も甘いのだ。

いつも吐息混じりで甘い声だけど、旦那様に対しては更にすごい。破壊力まである気がする。

婚姻して半年以上経つというのに、おふたりは本当にお熱い。

「ベロニカも、オルタ小隊長とふたりきりだとあんな感じになったりするの？」

「なる訳ないでしょう。あれは奥方様と旦那様だから、微笑ましく甘やかで美しいの。他の夫婦がやっていたら胸焼けで薬がほしくなるわ。私と彼は論外」

「……そうよね」

相変わらず素っ気ない。でもベロニカが異性に熱を上げている場面なんて想像できないから、それはそれでいいのかもしれない。

そういえば数日前にも、理由をつけて御屋敷に来たオルタ小隊長を袖にしていたわね。恋人なのに甘い雰囲気を論外と言われるオルタ小隊長はかわいそうだけど、相手がベロニカだものね。

毎日のお見送りのいちゃいちゃを済ませた旦那様が、開かれた扉をくぐり颯爽とスレイプニルに乗って空を駆けていく。市街地で騎獣に乗っていいのは、持ち家がある小隊長以上の騎士と決められている。フィオはおそらく、王城にある騎士用の宿舎にいるはずだ。

今日、私はついにフィオに会いにいく。

とにかく最初に逃げたことを謝って、約束を破ったことも謝って、騎士になったことにちゃんとおめでとうと言おう。私はきちんと暮らしていると、お互いに頑張ろうと伝えよう。もし聞かれたら湿っぽくならないように今までの日々を話そうか。

　最後に告白、なんてできるかな？

　伝えるべきだろうけど、やっぱり夢を叶えた彼を祝福をしたい気持ちの方が大きい。

それに、もしかしたら笑い話になってしまうかもしれないし……

「ロシータ、顔色悪いよ？」

「今から何緊張しているのよ。落ち着きなさいな」

　ベロニカに軽くおでこを小突かれて、何度か深呼吸する。

　行く前から緊張していてどうするのよ、私。

「外ではいつものお忍びの時みたいに呼んでね。周りの余計な注目を浴びたくないから」

「わかりました、お嬢様」

　奥方様はとても小柄(こがら)で、ぱっと見では失礼ながら幼妻(おさなづま)という言葉が似合うご容姿をしている。

　よく見れば理知的な瞳と落ち着いた雰囲気で、外見通りの年齢ではないことはわかる。だけど、奥方様と呼ばれているのを聞いたら、近くにいる人はぎょっとするだろう。だからお忍びでどこかに行く時は、わざとお嬢様と呼ぶようにしているのだ。

「仕度(したく)は大丈夫？」

「問題ございません。そろそろ馬車が来る頃かと」

「じゃあいこうか」

そんな奥方様の声と共に礼を取る執事に見送られて、私達は御屋敷を出た。

今日の奥方様、いやお嬢様はお忍び用のドレスに身を包んでいる。

ハイネックのそれはこの季節にしては暑苦しい形だけど、首を覆う部分は全て上品な白いレースでできていた。ドレス自体は青みがかった爽やかな黄色で、生地に織り込まれた花々の模様が光を受けるたび輝くのが美しい。そして可憐な色合いのドレスに合うように控えめな装飾品をいくつかと、爪を隠すためのレースの手袋を嵌めている。

それを眩しそうに見るベロニカは青灰色のドレスを着ている。侍女らしく地味な色合いでスカートの膨らみも少ないが、鮮やかな青と水色の刺繍が施され、さり気ない優美さと品のよさがある。

程よく開いた胸元には、お嬢様から贈られたペンダント。形は私のものと同じだけど意匠が違い、円の中の透かし彫りには海と貝が描かれ、開いた貝にまるで真珠のように水色の魔石が填め込まれているのだ。

私のドレスはというと、ベロニカと形が似ている、ややくすんだ色調の薄い緑色のもの。濃い色のレースが襟ぐりから胸の半ばまで広がり、ドレスを着ると嫌でも気になる胸の大きさを隠してくれる。もちろん、胸元にはお揃いのペンダントだ。

このドレス、実はお嬢様からの贈り物なのだ。侍女は一般的に、女主人からドレスのお下がりをいただけることがある。だけどお嬢様と私達では体格が違い過ぎるから無理だ。

それを気にしたお嬢様が旦那様に相談し、一着だけドレスを誂えてくださった。お嬢様はもっと華やかなドレスをと考えてくださっていたようだが、正直これ以上はまずい。私もベロニカも控えめな色合いではあるが、見る人が見れば上質で手が込んでいるとわかるドレスなのだ。

私達に対して甘過ぎじゃないかと思うものの、お嬢様は他の使用人にも優しいし甘い。旦那様は普段わがままを言わないお嬢様の願いは何でも叶えてあげたいとおっしゃっているから、私達が進言できることは何もない。

結果、この家はあまり貴族らしくない雰囲気の御屋敷になっている。

だけど、いやだからこそだろうか。ここは本当に、温かい場所なのだ。

この場所で生きていることを、何を後ろめたく思うことがあったんだろうか。謝りもしない、言い訳もしないでわかってもらおうなんて、そんなの勝手過ぎる話だろう。

「少しは吹っ切れたようね」

隣を歩いていたベロニカが、そう囁く。

「ごめん、確かにうじうじしてたわ」

「わかればいいのよ。あなたが沈んでいると、場も沈むわ。お嬢様も気になさるのだから」

そこで自分がどうとか言わないところが、ベロニカらしい。

苦笑すると、少し歩を速めた彼女が更に小さく呟いた。

「――いつか、私の話も聞いてちょうだいな」

聞くわよ。そんなの当たり前じゃない。

性格が正反対でも、お互いのことを深く知らなくても、私達うまくやってきたんだから。もっと踏み込んでみたいと思うのなんて、当然でしょう。

言うだけ言って、お嬢様に寄り添うようにさっさと歩いていってしまった彼女の背を見つめ、私は慌ただしくない小走りでふたりを追った。

×　×　×

そういえば以前お嬢様に付き添って騎士団の見学に来たのは、ご婚姻後の秋の深まった頃と、やっと少し冷たい風がやわらいできた春の口だったたか。

暖かいが、まだ暑いとまではいかないこの時期。

外に長時間いるには、一番過ごしやすい……と、思ってはいたけど。

「……すごいね」

ぽつりとお嬢様が呟いたそれに、全力で頷く。

見学席はすでにほぼ満席。立ち見のための手すりの前は、半分以上埋まっている。

訓練場の四分の一程に沿って作られた席には、色々な人がいた。見学席の上部にある貴人用の観覧席にいてもおかしくない程豪華なドレスの令嬢や、どう見ても既婚者だろう四十代くらいの女性、揃いの布を頭に巻いている若い男性の一団まで。何だか場が混沌としている気がする。

騎士団の公開訓練は、基本的にはいつも同じ流れだ。慣らしの修練と、集団に分かれて武器を使った稽古。そこで休憩を挟んで、そのあとは旦那様の思い付きで色々な形式の訓練をするとのこと。

わざと訓練方式を通達しないことで対応力や応用力をつける……とは言うものの、一番の理由は見学人がいても気を散らす暇を与えないようにしているからだと旦那様が笑っていた。

私が見た時は魔術も込みの練習試合と、騎獣に乗っての集団戦闘訓練だった。そんな理由であんな高度なことができる騎士はすごいと思うわ……

今はちょうど、慣らしの修練が終わる前の時間だ。一番人気の旦那様の思い付き訓練まではまだ時間があるのに、すでに大盛況に見える。

「暖かくなると見学日は賑やかになると、彼が言っておりましたが……まさか、ここまでとは」

あまりの人出に、ベロニカがうんざりしたように首を横に振る。

「まぁ花形職業だしね、騎士って。魔術士は公開訓練してないいんだよね？」

「公開型の研究報告会がございますが、浮ついた雰囲気では到底入れないと聞き及んでおります」

「じゃあこっちに見学者が集中してるってことかな」

お嬢様が人の合間を上手に縫って、空いている手すりの前を確保する。以前は都会で働いていたということで、人ごみを歩くのは得意だそうだ。むしろ私とベロニカの方が出遅れてしまった。

何とか追いついて、ようやく日傘を開いてお嬢様に差し掛ける。前にお嬢様、斜め後ろに私とベロニカが控える形だ。侍女を連れている令嬢は他にもいるから、変に目立つことはないだろう。

「ありがとう。ふたりは暑くない？」

「大丈夫ですよ、午前中はまだ涼しいです」

「私も問題ありません。お嬢様、本格的にはじまるようでございますよ」

体術で軽く組み合いをしていた騎士達が綺麗に隊列を組み、両手を後ろ手に組んで待つ。

ゆっくりと現れたのは、副団長を伴った旦那様……いや、団長である天将軍だった。

悠々と歩を進めて騎士達を睥睨（へいげい）するその姿は、まるでこの場の主（あるじ）は自分だと言わんばかり。

そう思うのが当然だと納得してしまう程、覇気（はき）のある声が響く。

「欠員は」

「おりません」

「第一小隊、第三小隊、第十四小隊、第二十七小隊、第三十小隊。小隊長はここに」

「はっ！」

訓練に参加するのは、通常五つの小隊と決まっている。

本部には団長の直属小隊である第一を含めて三十一の小隊があるけど、他は駐屯地（ちゅうとんち）に派遣されていたり、遠征訓練中だったり、任務中だったりするのだ。

三つの小隊を合わせると中隊となるが、大きな任務でない限りほとんどが小隊ごとに動く。だから、訓練はこうして小隊単位でやることが多いらしい。

天将軍の前に、黒いマントを身に着けた副団長と、濃灰色のマントを身に着けたそれぞれの小隊長が並び、一斉に礼を取る。

この瞬間は、何度見ても飽きない程かっこいいと思う。団長のマントは裏も表も派手な赤だけど、副団長から小隊長は裏地が赤で、それが翻る様はすごく目に鮮やかなのだ。

騎士達は全員が任務に赴く格好のまま。任務は騎士服を着て動く前提だから訓練もそうするのが当然なのだという。稽古着も別にあるらしいが、公開訓練では見たことがない。

「……ロシータ、どこにいるか見える？」

お嬢様の声かけに、見惚れている場合じゃなかったと慌てて目を凝らす。

薄茶色の髪なんてありふれた色だ。それでも何となく、私はすぐあいつを見つけられるんじゃないかという変な自信があった。

第十四小隊。西方支部からの栄転でその小隊を預かることになった小隊長の、副官。

隊列の前列で見つけた横顔は、間違いなく彼だった。

「真ん中の隊の、前列にいます。手前の、薄茶色の髪をした……」

行儀が悪いと思いながら私が列を指し示すと、ベロニカが軽く頷く。

「ものすごく好青年って感じね。爽やかで、何だか元気が溢れてそうだわ」

「うん、昔からそんな感じ。私には意地悪で生意気な態度ばっかりだったけど」

見て一発でわかるとは、ベロニカの観察眼はすごい。

「ちょっと緊張してるのかな。まだ本部に慣れてない感じ。でも皆からの印象はよさそう。一緒に王都に来たっていう上官の小隊長も周囲にしっかり馴染んでるし」

そしてお嬢様も、人を見る目はかなりすごい。というか、場の空気を読むことに長けていらっしゃるんだろうか。

確かにフィオは何となく背筋に力が入っている感じがするし、その割に小隊の統率は周りと同じように取れている気もするけど……言われてよくよく見ないとわからない。

「お嬢様、よく見ていますね……」

「そりゃあ見るよ。ロシータの大切な人になる予定なんだから。イサークは若いながらも優れた騎獣の乗り手って評価してたけど、内面まではさすがにわからないし」

お嬢様は旦那様から事前にフィオのことを色々聞いていたようだ。

もし旦那様が彼にいい印象を抱いていなかったら、お嬢様はもっと直接的にフィオと対面して〝ご挨拶〟をするつもりだったとのこと。

お嬢様はご自分のことを平和主義者だと称されているのに、後々の穏やかな日々のためなら大胆な手もためらいなく使うから、たまに驚かされる。

「とりあえず、見学はちゃんとしようか」

「かしこまりました。見定めましょう」

「じっくりとね……って、イサーク……」

呆れたようなお嬢様の声に被るようにして、悲鳴ともつかない歓声が上がった。

見れば天将軍が手に黒金色の愛槍を顕現させ、にやりと笑ってこちらを見ている。

見物人へのサービスと言えばそうだけど、あれは明らかにお嬢様に向けたものだ。旦那様、だからバレますって……

ベロニカが何気なく日傘を深めに傾けたところで、お嬢様が小さく手を振る。それで満足したのか天将軍はきりりとした顔に戻り、何か指示を出して小隊をばらばらに分けた。

「……今度こそ、ちゃんと見ようね。私は全神経配れなそうだけど、頼んだよベロニカ」

「心得ております」

何だか、フィオがとんでもなく面倒な査定をされる気がするのは、私の気のせいだろうか。

心配になりながらも、訓練は滞りなく進んでいく。

どうやら得意武器ごとに騎士を集めて、稽古をするようだ。

オルタ小隊長はさっそく一番多い剣士の人を集めている。変わった形の斧を持ち、同じように声かけをしているのは副団長だ。天将軍は槍を肩にかけ、まず全体を見回ることにしたらしい。

フィオが何を使っているのか、予想はしていたけどやっぱり剣だった。

だるそうな表情で指示を出すオルタ小隊長のことを真剣なまなざしで見て、隣の騎士に何か声をかけられ頷いている。

「本当に、騎士なのね……」

当たり前だけど、フィオは騎士になったのだ。

今だったら、心の底からおめでとうと言える。自分の見栄とか負い目とかを全部置いて、ちゃんと祝える。

「ロシータ、何涙ぐんでいるのよ。母親じゃあるまいし」

「フィオのお母さん、元気にしてるかしら……」

「本人に聞けばいいでしょう」

素っ気なくそう言ったベロニカだけど、声自体はいつもより柔らかい。

わかりにくい優しさは、彼女ならではだと思う。

剣を得手とする騎士達は、色々な形式で稽古をすることにしたようだ。

フィオは先程声をかけてきた騎士と向かい合い、腰元から剣をすらりと抜いて静かに構えている。

青緑色の瞳が、身じろぎひとつ見逃さないとでも言うように眇められているのが見えた。

稽古では刃を潰したものが使われる。父親がそうやって練習していたのを見ていたから知っているけど、稽古がはじまると騎士達は雰囲気を変え、ぴりりとした緊張を纏う。それがまるで真剣でのやり取りのようで、はじめて見た時は見ているこちらがどきどきしたものだ。

「……あの馬鹿、何張り切っているのかしら」

ベロニカの呟きにつられてそちらを見ると、オルタ小隊長は何と四対一の稽古をしていた。

四方から迫りくる騎士の剣を、滑らかとも言える剣筋で受け流し、軽々といなしていく。その間にも挑発するような口調での助言が飛び、四人のうちのひとりが剣を弾かれて後退する。

木剣を振っていただけの私でも、あの騎士達の技量が不足している訳じゃないことはわかる。オルタ小隊長が群を抜いて強く、巧いのだ。

「ロシータ、ミゲルの剣は確かにすごいけど、そっちじゃないよ。せっかく今いいところなんだから」

「あっ、えっ？」

冷静なお嬢様の声に引き戻されて、慌てて視線を戻す。

見ればフィオは、相手の騎士と幾度も剣を合わせていた。

他の音と混じって聞こえないはずなのに、潰した刃のぶつかる音がここまで聞こえてくる気がした。

濃灰色のマントが翻り、踊るような剣戟が繰り返される。

強く二度、剣を打ち合ってから、鍔迫り合いに持ち込まれた。

ふたりの体格は同じくらいだ。しばらく均衡を保っていたが、力は向こうの方が上のようだった。

だんだんと、フィオが圧されていく。

険しい顔をした彼が、唐突にふっと体の力を抜いた。傾きはじめていた均衡が一気に崩れ、力の行き場を失った相手が僅かにぐらつく。相手もすぐに踏みとどまったが、もう遅い。

フィオが剣を擦り合わせるようにして下へ薙ぎ払い、相手の手から剣を奪う。

そして、彼の剣が相手へと向かい――

「は……っ」

無意識に詰めていた息を、細く吐き出す。気付けば、私のこめかみには汗が流れていた。

一体私は、どれくらいの時間こうしていたんだろうか。意識の外に弾き出された周囲の雑音が、今更戻ってくる。

「フィオ……」

会わなくなってから、彼がどれ程の訓練を重ねて騎士になったのか、私は知らない。

それでも、ここまでが平坦な道ではなかったことは、何となくわかるのだ。

「おめでとうって、言えそう？」

「はい……いえ、言えそうっていうか、言いたいです」

今その場に立っているあんたを誇りに思う。素直に、そう言いたい。

×　×　×

『思ったよりうまくいきそうだね』

『このままふたりで話をした方がよいのでは、と思いますが』

『そうだね。私達がいたんじゃ話が進まなそうだから〝ご挨拶〟は別の機会にしておくよ。ベロニカ、手筈(てはず)は？』

『整っております。彼にはよくよく言い含めましたので、旦那様やお嬢様のことは露見(ろけん)しないかと』

『了解。じゃあ私達はここにいるから。しっかり話しておいで』

あの笑っていない目が嘘だったかのように、奥方様は穏やかな微笑みを浮かべ私を送り出した。

ベロニカも涼しい顔で、〝さっさといきなさい〟とばかりに私の背を押して。

もしかして、あの怖い程の勢いは演技だったんだろうか。私が会いたいと言ったから、その気持ちが萎(しぼ)まないうちに段取りをつけて、後押ししてくれたのかしら。

全部が全部演技とは言わないけど、そう考えられなくもない。

周りの人に助けられなければ、こうして簡単に再会することはできなかったと思う。

「は？　ロシータ、何で……」

旦那様に指示をされたオルタ小隊長が、余程うまく言って連れて来てくれたんだろう。

第一小隊長の憩(いこ)いの場、誰も来ない裏庭にやってきたフィオは私の姿を認めると、大きく目を見開いた。

「休憩中にごめん。ちょっと話がしたくて」

「いや、別にいいけどさ。お前、こんなところにいたらまずいだろ。一般人は見学席以外は立ち入り禁止なんだぜ？」

「許可をもらってるから大丈夫よ」

「そんな簡単に許可なんか出ないだろ。いくら主人が騎士の奥さんだからって……」

騎士服の首元をくつろげて布で汗を拭いながら、フィオが首を傾げる。

旦那様は普通に許可をくださったけど、そこまで特殊なことだったとは知らなかった。

「ていうか、オルタ小隊長を使い走りにするって……その騎士、かなり上の人か？」

「……そうかもしれないわね」

深く突っ込まないでほしい。

そんな思いで明言を避けると、ひとまず追及は止んだ。

「で、話ってなんだよ」

休憩時間は、そう長くない。

本題を促してきたフィオは、自然体そのものだ。ベロニカに言われた通り、フィオが私に失望していたら、こんな風に呼び出しても踵を返されていたはずだ。こうして彼がこの場にいるだけで、私がひとりであさっての方向に考え過ぎていたことに気付かされる。

舞台は整えられた。あとは、私が素直に話すだけ。

全部話せないにしても、とにかく言っておかなくてはいけないことがたくさんある。

それよりも先に、まずやるべきことはこれだ。

意を決して、勢いよく頭を下げる。

「この間はごめんなさい！　話の途中で逃げるようなことして、本当に失礼だったわ」

顔を上げれば、フィオは困惑しながらも首を横に振ってくれる。

「お前急いでただろ。呼び止めたのは俺だし、雨降ってくるって言われたのに話を続けたのも俺だ。謝ってもらうことじゃない」

「それでも相当不自然な去り方だったでしょ？　正直に言うとね……私、あんたとあれ以上話したくなかったの」

黙ってしまった彼の顔をしっかりと見て、苦笑してしまう。

この言い方だと更に感じが悪い。でも、本当のことだ。

「私達、約束したわよね。〝騎士になって、空を駆けよう〟って」

「……ああ、したな」

「私、騎士になれなかったわ。自分でならないことを選んだの」

くしゃりと、フィオの顔が歪む。

どれだけ心が痛んでも、私は真実を語ることしかできない。

「フィオ、あんたが騎士になったことを祝福したい。騎士服を着て剣を持つあんたを、本当に誇らしく思う。でも私はこの通り、騎士どころか剣も持っていないわ」

控えめだけど上等なドレス。素敵なペンダント。まさしく貴族の侍女といった風体の私。

黒い騎士服に濃灰色のマントを纏った彼とは、全く違う存在だ。

「こんな私を見て……失望されるのが、怖かったのよ」

勘違いだとわかっているのに、言葉にするだけでも声が震えた。

「っそんなこと……！」

「ええ、失望するくらいだったら、私の顔を見た瞬間に他人のふりをするでしょうね。侍女だって言った時点で、さっさと話を切り上げてその場から去ることもできた。そうしなかったあんたが私を蔑んでいる訳がないのに、馬鹿だからわからなかったのよ」

溜め息すら、僅かに震えてしまう。

自慢にもならないけど、私は考えることがあまり得意じゃない。ひとりで考えていたら、こんなに簡単に答えなんて出てこないし、こうやって心情を語ることもできなかっただろう。

「私は……」

勇気がほしい。もう少し、この声が震えずに話せる勇気が。

気付けば私は、銀のペンダントを握りしめていた。

「騎士になる夢は諦めたけど、今幸せよ」

ペンダントの少し冷たい感触が、私に落ち着けと諭してくれる気がした。

自分でも意識して、ゆっくりと声を出す。

「嫌なことはたくさんあったし、もう駄目だって思ったりもした。それでもここにいる私は、幸せなの」

やっぱり、あの八年間についてはまだ言わない。言える日はそんなに遠くない気がするけど、この場の大切な時間を、あの暗い記憶ばかりにしたくなかった。

口を引き結んだフィオは、当然私が約束を破った理由が気になるんだろう。

それでも何も言わず、私の言葉を待ってくれている。

「私は侍女として生きる道を選んだわ。勝手かもしれないけど、あんたが騎士になってくれて嬉しい。これからも、応援してる。だいぶ遅くなったけど……おめでとう、フィオ」

言えた。一番言いたかったことが、ちゃんと言えた。

ふと気が抜けて、目の奥が熱くなってくる。

堪えるには気力が足りなくて、目から一筋だけ涙が出てしまった。

「や、やだっ……ごめん、何か」

あたふたしながら手の甲でごしごし拭っても、次から次に流れてきてしまう。

ああもう、ここは笑顔で言うところなのに……！

「やめろよ。傷がつく」

そっと手首を掴まれる。

手つきは優しいのに、私よりずっと大きなその手は力強く、硬かった。

剣を握る手だ。お父さんと同じ、騎士の手。

「ちゃんと化粧してるのに、擦ったらもったいないだろ」

さらりとそう言ったフィオが、柔らかい布で私の目の下を軽く拭ってくれる。

「……それ、さっき汗拭いてたやつでしょ」

「拭ければいいだろ。……手、小さいな、お前」

私は女性にしては大柄で、華奢な印象なんかない。それでもこうして比べてみれば、彼とは全く違う、たおやかと言えそうなくらいの手をしている気がする。

見上げると、昔よりずっと高い位置にあるフィオの顔。

いつものように〝しょうがない奴だな〟と言わんばかりに苦笑して、彼は口を開いた。

「お前にどんなことがあって、騎士にならなかったのかは知らない。でもだからって、何で俺がお前に失望しなきゃいけないんだよ。やりがいのある仕事をして、いい暮らしができて、幸せだっていうのの何が悪いんだ」

フィオは意地悪な態度を取る時が多かったけど、その目は、その言葉はいつも真っ直ぐだった。

「最後に会った日、覚えてるか？」

澄(す)んだ青緑色の瞳に見つめられると、嘘なんてつけない。

間を置いてから頷(うなず)いた私の手を握ったまま、彼は少し迷ったように言葉を続ける。

「お前、ぼろぼろに泣いてさ、俺の手を掴(つか)んで〝いくな〟って引き留(と)めたよな」

「……そんなことまで、よく覚えてるわね」

「最初の一年はそれこそ毎日思い浮かんだんだぜ？　騎士になっても、ふとした瞬間に思い出すんだよ。滅多に泣いたりしない奴だったのに、俺のために泣いてくれた女の子のことを」

女の子、なんて言われたのははじめてだ。私達は双子のように、男友達のように、毎日外で遊んでいた。男女を意識することもなかったはず。

まさかフィオの口からそんな言葉が出てくると思わなくて、ぽかんと口を開けてしまう。

そんな私を見て馬鹿にするでもなく、彼はどこか遠くを見て懐かしむような、苦い笑みを零した。

「西に異動になったのは、親父が支団長に嘆願したからなんだ。隣の領主がおふくろに目をつけてさ、手籠めにされるところだったんだよ」

「隣の、って……」

「去年処刑された、俺らが元いたところの領主の腰巾着だよ。そいつも爵位剥奪されて、今はいい領主が治めてるって聞いたけど」

元子爵と繋がっていた貴族は、それなりにいた。

隣の領主も屋敷に仕えていた時、見たことがある。とても太っていて気味の悪い笑い方をしていて、女性使用人達を舐めるような好色な目つきで見ていたのだ。幸いなことに元子爵の方が立場が上だったため、使用人達の身が汚されることはなかったが……

「その後は大丈夫だったの？」

「ああ。急いで西に向かったから、隣の領主もそこまで追ってはこなかった。しつこく言い寄られて脅されていたおふくろはかなりきつかったと思うけど、西に着いた頃には元気になってたよ」

「そう……よかった」

幼い私から見ても、フィオの母親は明るく綺麗な人だった。私が家を訪ねれば、いつも笑顔で出迎えてくれた。フィオを叩き起こして、遊びにいく私達にお弁当を作ってくれたのだ。

あの優しい人がひどいことをされないでよかった。ぎりぎりだったかもしれないけど、助かった事実に安堵する。

「西に移って、よかったと思ってる。だけど、お前を泣かせたことだけが気がかりだった」

「そんな理由があるなら、私だって馬鹿みたいに引き留めなかったわ」

「悪いな。お前のとこのおじさんにしか言えなかったんだ。どこから情報が漏れるかわ

からなかったし」

そしてその後すぐに、父は借金を負ってしまったんだろう。ほとぼりが冷めた頃にフ

ィオの話を……なんて余裕もなくなってしまった。

何だか、私と彼の家族はとことんあの子爵によって掻き回されてしまった気がする。

怒りはあるけど、もういない人間に対して何を思っても仕方がない。

大きく出てしまった溜め息と同時に、鐘の音が響く。

どうやら休憩時間はもう終わりのようだ。色々と話し足りないけど、一番言いたいことだけでも言えたからいいだろうか。

「話せてよかった。これからも、たまになら会えるか？」

「ええ、大丈夫」

……いい、のかしら。

私が言いたいことは、まだある。ただ、この場面で唐突に切り出すのはおかしい。どうしよう。こういうのって、いつどんな風に言えばいいのかわからないわ。

「そっか。早めに見学席に戻れよ。じゃあな」

「あっ……」

するりと放された手。

つい上げてしまった声に反応して、踵を返しかけていたフィオが立ち止まる。

「えっとね、私、言い忘れてたことがあって」

情緒も何もない。これじゃあ笑い話になってしまう。

それでも、口を出た勢いは止まらない。

「あんたと会って、気付いたことがあるのよ。私ね、何か……」

「何だよ」

「あっ、あんたが初恋だったみたい！　多分！」

……ああ、もう本当に笑い話だ。

鐘の音さえ消えてしまったこの場に、痛いくらいの沈黙が落ちる。

どうにかしなければ。そんな変な使命感からか、私はつい引きつった笑顔になってしまう。

「ばっかよねぇ！　私達って男友達みたいだったじゃない？　どこにそんなの芽生えるっていうのよね。よくよく思い返してみて、今更の発覚よ。まぁ私なんかにこんなこと言われても困るわよね、うん。言いたかっただけだから気にしないで！」

居た堪れない。うまくいっていたはずだったのに、どうしてこうなるんだろうか。

早口でよくわからない言い訳をして、一歩二歩と後ずさる。

「私に連絡取るなら、オルタ小隊長にでも伝言してちょうだいね！　うちの旦那様に話しかけるのは、フィオにはちょっと無理かもしれないから、ね！　それじゃあ！」

言い切って、逃げる。これは前みたいな後ろめたさからの逃げじゃない。そう、かっこよく言うなら戦略的撤退というやつ。

走ることには結構自信がある。ヒールのある靴でも、それなりに……

さらに速く、とグンと踏み込んだ瞬間――腕を強く掴まれた。

「そう何回も、逃がしてたまるか！」

あ、とか、え、とか言う前にそのまま抱き寄せられ、て。

ふわりと汗のにおいがした。

知らない男のひとの香り。震えるような息遣い。

「お前、昔と変わらないな。自分で勝手に納得して、さっさと俺を置いてっちまう」

「そ、そうだったかしら……？　あの、放して」

「俺が意地悪言っても、ひとしきり怒ったら勝手に納得して勝手に謝って、すっかり普通に戻って笑ってる。変な奴だよ、お前は」

「わかったから、私が馬鹿なのはわかったから、放して」

「嫌だ。今回ばっかりは俺にも言わせろ」

腕の中で、無理矢理体を反転させられる。

とんでもなく距離が近い。思わずのけぞって顔を離そうとしたけど、フィオは腕の力をゆるめてはくれなかった。

「初恋だった、だぁ？」

「ごめん嫌なら忘れて！」

「忘れる訳ないだろうが！」

怒鳴った次の瞬間、フィオはうなだれるように私の肩口に顔を埋めた。

「〝だった〟とか言うな……俺は、終わってない。頼むから、勝手に終わらせないでくれ」

「え……」

「ただの幼馴染のこと、年中思い出して笑ってたら危ない奴だろ、俺」

私、自分のこと馬鹿だって言ったわよね。ちゃんと言ってくれないとわからないわよ。

急に心臓がどきどきしてくる。厚い騎士服を通して彼に伝わってしまわないか、それを考えてどきどきが更に増した。

「フィオ、私……」

「言うな。こっちはそれこそ積年の想いなんだぜ。こんな時間のないところでぽろっと言っちまうような、そんなもんじゃないんだ。ちゃんと、お前の話を最後まで聞いてから、お前がどうしてたか知ってから言いたい」

そんな予約みたいなことを言われたら、逆にすぐにでも聞きたくなってしまう。

無言になってしまった私の肩から顔を上げたフィオが、苦笑をして私の手を取る。

抱き寄せられていた腕は解かれていたけど、私は距離を取ったりはしなかった。

「今度は俺から会いにいく。お前の自慢の主人に見られても恥ずかしくないように、かっこよく迎えにいってやる」

「……別にかっこよくなんてなくてもいいのに」

「騎士はかっこいいって決まってんだろ」

彼がおもむろに跪く。

そして私の手の甲をうやうやしく掲げ、そっと唇を落とした。

「待っててくれ。今度はすぐに会えるから」

……何よ。フィオのくせに、今まで散々意地悪ばっかり言ってきたくせに。

どうしてこんな風に、どきどきさせるのよ。

自分が初恋していることすら気付かなかった女よ？　あんたがそんな想いを抱えているなんて、全く知らなかったのよ。……どうしていいか、わからなくなっちゃうじゃない。

返答を待つように、跪いたまま私を見上げるフィオ。

まるで演劇や戯曲の役者みたいに決めたのに、そんなに顔が赤いと、かっこつかないわよ。

そんなことを心の中で思いながら、私は笑った。私もきっと顔が赤くなっているから、人のことは言えない。

「その時は、私もちゃんと話すわ。きっと長い話になるわよ？」

「たくさん話そう。俺も、お前に言いたいことがたくさんある」

思い出を語ろう。これからを語ろう。

私達の道は遠く昔に分かたれて、思いがけず交わった。

運命が味方してくれたこの出会いを、今度こそ大切にしたいと強く思う。

「……連絡、待ってる」

「ああ。じゃあな」

まるで明日も会えるというような、あっさりした挨拶を残して、フィオが再び私に背を向けた。

ひらりと翻るマント。しゃんと伸びた後ろ姿。迷いのない足取り。

本当に、どこからどう見ても立派な騎士様だ。

「〝終わってない〟か……」

私だって、終わってないわよ。

それどころか、この間気付いたばかりなんだから。

『――私の大切なふたりに、生涯愛せる人ができますように』

あの言葉がなければ、私はこの気持ちを自覚することはなかったかもしれない。

失望されるのが怖いと、あそこまで泣くこともなかっただろう。

祝福の銀を帯びた言葉ではなかったけど、あの言葉は確かに私達を言祝いでいた。

誰も来ない裏庭。

もう次の訓練がはじまってしまったのか、遠くで歓声が聞こえる。

私は目を閉じて、大きく息を吸い込んだ。

――彼と恋をはじめよう。今までの時間を埋めるように、話して、色んなところにいって。少し照れくさいけど、初恋を実らせてみよう。

私達は、ようやくお互いの手を取れる距離に辿(たど)りつけたんだから。

書き下ろし番外編

神子様は平穏も刺激も愛する

「すごい、きれい……」

晴れ渡った空の下。眩しい程に鮮やかな、一面の橙色——ジェリアーシェの群生だ。

一連の事件があらかた収束した時点で、旅行のスケジュールは残り僅かだった。だからてっきりどこにも寄らず、真っ直ぐ王都に帰るものと思っていたのだけれど……昼食を摂ってからさほど時間を置かず、唐突に休憩しようと提案されて、馬車を降りたらすぐ、視界に水色と橙色のコントラストが飛び込んできた。

どうやらサプライズで行き先を変更していたらしい。いたずらっ子のように笑う旦那様は、いつも通り非常に格好いいのに、何だかかわいかった。

そして彼にエスコートされ、ふたりきりでのお散歩となったわけだが。

「わ、丘の上まで全部花の絨毯みたい……すごい」

遠くから見ればまさしくふかふかの絨毯で、近づいてみれば、少し細い釣鐘型の花が数輪、枝垂れるようにして咲いていて、単体で見ると控えめで可愛らしい。

これだけの広範囲で群生していると……まさに圧巻だ。事前に聞いていたより、ずっと素敵な光景に目を輝かせると、隣から視線が。

たっぷりと優しさと甘さを含んだそれは、まるで遊園地に来てはしゃぐ子どもを見守るような、だけどデート中に甘いスイーツに心奪われる女の子を見つめるような……

「トモエ、口開いてんぞ」

「………」

いつの間にか開いていた口をしっかり閉じる。

癖なのか、何かに圧倒されるとついつい口が開いちゃうんだよね……もっとおとなしく可愛らしく感動できないのか、私。

というか、何故この間抜け顔にそんな慈しみの目を向けるの、イサーク。

「ありがと……でも、そこは見なかったふりしていいと思うんだ」

「可愛いんだけどなぁ。オメエのその顔」

イサークは笑いながらも、何気なく腰を折ってかがもうとする。

――あ、今絶対抱き上げようとしてる。

瞬時にそれを察知した私は、その手から逃れるべく数歩横にずれた。

途端に凛々しい眉を跳ね上げて不満そうな顔を見せる彼だけど、その口元は笑っている。

「バレたか」

「当然。何度抱き上げられてると思ってるの」

「これからもその比じゃねえくらい抱き上げっから、慣れとけよ」

「お爺様と同じ道を辿るわけね……」

「別に構わねえだろ。爺も俺も、ただ嫁が可愛いだけだ」

嫁が可愛くても、息をするのと同等の自然さ、それも屋外で、嫁を抱き上げる人はあまりいないと思う。

何の照れもなくそう言い放つイサークとは、嫁の扱いについて一度きっちり話さないといけないだろう……常日頃から抱き上げられて感覚が麻痺する前に。

まぁ正直ふたりきりの時はお膝抱っこに疑問すら抱かなくなってきたから、もう麻痺しかかっている気がするけど。

抱き上げるのは一旦諦めたらしいイサークが、私に手を差し伸べる。素直にそのエスコートに身を任せ、再び散策へ。

「日差し、きつくねえか?」

「大丈夫」

確かに天気はいいけど、日傘を差してこの景色を遮るのはもったいない。

すう、と息を吸い込むと柔らかい花の香りがする。何だかとても落ち着く香りだ。

景色も香りもよくて、肩を抱くイサークの体温も心地よくて、さっきまでは感動していたのに、すっかりのんびりモードになってしまう。

このたくさんのジェリアーシェを見ながらだらだらするの、すごく気持ちがよさそう。

今となっては懐かしい気もする蛇男の屋敷の中庭みたいに、地べたに直接絨毯を敷いてクッションを置いて……いや、いっそのこと。

「この花畑で寝たら気持ちよさそう」

ぽかぽか陽気に綺麗な景色にいい香り。しかも現在時刻は昼下がりという、まさに絶好の転寝条件が揃ってしまっている。

そう気付いたせいで、願望が口をついて出てしまった。せっかくこんな景勝地に連れて来てくれたのに、あんまりな感想だ……。

今のナシで、と言う前に上から低い笑い声が降ってくる。

「そりゃあ御伽噺みてえな絵面だな。似合いそうだ」

「い、いや今のはうっかりで」

「声に出たってことは、そうしてえってことだろ?」

御伽噺(おとぎばなし)というか乙女チック過ぎるというか……でも、できると言われればやってみたいのが本音だ。

微妙に頷(うなず)いた私の髪を撫で、イサークがざっと周囲を見渡す。

「屋敷の庭だったら整えてやれっけど、ここは貴人用の群生地(ぐんせい)だかんなぁ」

「え、そんな場所あったの?」

そこまで顔が知られていない私ならともかく、世界規模で有名なイサークが、普通の顔して観光地にひょっこり出ることはできない。

だからここは有名な群生地(ぐんせい)じゃなくて、秘密のスポットなのかなと思っていたけど……それにしてはだいぶ広々としているから少し不思議だった。

「まぁな。ジェリアーシェの花畑は、あの丘ひとつ越えた先までずっと続いてんだ。普通に入れるのは丘の反対側」

つまりここはVIP専用区画ということか。道理で全く人影がないはずだ。きっと自然公園みたいに、広大な敷地を仕切って使っているんだろう。

イサーク曰(いわ)く、どうやら私達がいる方は領主が直々に管理している一画らしい。旅行のスケジュールがずれても大丈夫なように、今日を含めて数日間、ここをリザーブしていたとのこと。

しれっと当然のように教えてくれるけど、見る限りハイシーズンっぽいこの場所を、よく数日もおさえられたものだ。

「ありがとう。そういう手配してくれたこととか、全く知らなくて……」

「気にすんな。オメエが喜んでくれりゃあ、それでいい」

だから安心して甘えろ。寄りかかってこい。そう言わんばかりに口の片端を持ち上げて笑う彼は不遜そのもの。

イサークに全力で甘えたら、速攻で駄目な人間になりそうな気がする……いや、正直やってみたい気もあるにはあるけど。

甘い誘惑を断ち切るようにアルカイックスマイルを浮かべ、私は丘の上、この区画の端を指さす。

「あの辺まではいっても大丈夫？」

「ああ。上までいっても一般区画からは見えねえようになってる……だが、そうだな」

「？　何」

「どうせだったら一等綺麗な場所から見せてやりてえ」

この位置からでもすごく綺麗だけど、丘の上からだったらまた違う景色が見えるはず。

でもそれよりいい場所って……どこだろう。

自分の故郷のお隣だから、きっとイサークは穴場を知っているのかも。

「どの辺り？」

「こっちだ」

「っひゃ」

おもむろに腰を抱かれる。身長の関係で歩く時にそうされることはほとんどないから、驚いて変な声が出てしまう。

思わずイサークの顔を見上げると、その周囲には赤と紫の魔力が舞っていた。

何をする気かと口を開くより前に、浮遊感に襲われる。

「掴(つか)まってろよ」

「う、うん」

何度か味わった、足がついている気がするのに、ついていない不思議な感覚。浮遊魔術だ。

「歩けるか？」

「だ、いじょうぶだと、思う」

これまでにも浮遊魔術で空中に立ったことはある。ただ歩くのは初体験だ。

腰を支えてくれるイサークに遠慮なくもたれながら数歩、足を進めてみて地面と変わりなく歩けるのを確認する。腰を抱きやすいように、お互いの浮遊する高さを変えてくれているのもありがたい。

私が慣れるのを待って、ゆっくりと透明な階段を上がるように一歩ずつ浮上する。そして丘の頂上と同じくらいの高さで止まった。

〝一等綺麗な場所〟っていうのは、もしかしてここから見た景色のことなのかな？　確かに観光地を、ヘリとかドローンで映しているのは綺麗だけど……

「トモエ。まず、真っ直ぐ前を見ろ」

急に耳元で低く囁かれて、ちょっと肩が揺れてしまう。

更に吐息混じりの笑い声まで聞こえて、なかなか景色に集中できない。

相変わらず私の心情を読み取るのがうまいイサークはすぐにそれをやめて、もう一度私を促した。

「俺の声、好きなのわかるけどな」

「わかってるんだったら自重して」

「むくれるなよ、可愛いだけだぜ？」

顔も声も身体も当然中身も好きですとも。だからあなたが私のために見せてくれる景色をちゃんと味わいたいわけで。

　一度深く呼吸をしてから、言われた通りに真っ直ぐ前を見る。

「あ、れ？」

　水色と橙色（だいだい）。そのコントラストは変わっていないのに、さっきと全然違う。

　風はないはず。でもジェリアーシェがそこここで揺れて、まるで秋の稲穂のよう。

　濃い橙色（だいだい）から、時折金に見える程薄い橙（だいだい）へ。綺麗なのに、生き物のごとく動いて色を変えるそれは、どこか可愛らしくも思える。

「不思議……」

「次は下、見てろよ。歩くからな」

　透明な床を踏むみたいにして、イサークがゆっくりと歩を進める。

　つられて私も足を出し、今度は真下に視線を移せば……

「…………」

　ひらひらと色を変えながら、花々がさざめく。

　比喩じゃなくて、本当にしゃらしゃらと小さく音を立てているのだ。

　ちょうど私達の真下を中心に、波紋のごとく揺れるジェリアーシェは、言葉では表現できないグラデーションを見せてくれる。

それは歩く度、違う色、違う音をしていて……

正面から見ても斜め上から見ても綺麗だったのに、真上からは綺麗なだけじゃなくて幻想的で、でもやっぱり可愛らしい。

これは……すごい。本当にファンタジーのお花畑って感じで、うまく言い表せないけど、素敵……うん、すごいしか出てこない。

「気に入ったか」

その光景に魅入ったまま、しばらく経っていたんだろう。気付けば最初にいた場所から、ずいぶん離れたところまで歩いていた。

そっと声をかけてくれたイサークだけど、それは疑問形ではなく確信するような声音だった。

彼の指が何気なく私の顎に触れる。多分口が開いていた。度々ごめん。

「うん、すごく」

「そりゃあよかった。種明かしは必要か？　ちいと夢のない話になるが」

この不思議な現象が、魔術や神術初心者の私でもわかる原理なら聞いてみたい。

そう思って頷くと、イサークは説明してくれた。簡単に言えば〝魔力が近づくと、それを取り込んで成長するために揺れる。しゃらしゃらと鳴るのは魔力を吸い込んでいる音〟とのこと。

　確かにロマンチックな話ではないけど、理由がわかると尚更可愛らしさが増してくる。だって音を立ててご飯を食べて喜んでいる花ってことでしょう？　完全に可愛い。

「私、ジェリアーシェ好きだな。何か応援してあげたくなる」

「ははっ、花を応援するってどんなんだよ」

　ジェリアーシェがもっと元気になりますように。そんな風に祈りを籠（こ）めてみれば、見慣れた銀の光が降り注ぐ。

　すると揺れる程度だった動きが、もはや踊っているのかと思うほど激しくなって……何だかこういうおもちゃ、見たことがある気がする。音に反応して動くやつ。

「ふっ、ははは……！」

「笑い過ぎでしょ」

「いや、悪い、多分生えてるジェリアーシェ全部がうねうねしたんじゃねえか？　ある意味壮観だな」

「……怪奇現象って思われたらどうしよう」

「銀の光も見えてるはずだし、言祝（ことほぎ）の神子の祝福だってわかんだろ」

元気過ぎるジェリアーシェが、だんだんと元の動きに戻っていくのを観察しながら、空のお散歩を継続する。

ロマンチックさは薄れてしまったけど、こういうゆるくまったりした感じもいい。イサークとふたりきりで、ほのぼのデートなんて機会もあまりないから、ある意味貴重な時間だ。

「オメエが気に入ったなら、庭に花畑を増やすか」

「待って。私用の区画、もう増やさなくていいからね？」

「俺の屋敷なんだから俺の自由だろ？」

「妻に貢ぎ過ぎ」

「妻を退屈させねえのも夫の務めだ」

イサークが腰を抱いているのとは逆の手で、私の左手を取る。

何をされるのかはもうわかりきっている。くるりと掌（てのひら）を上にすれば、彼は吐息だけで笑った。

「もっとオメエに色んなことをしてやりてえ。色んなものを見せて、色んなものを食べさせて、色んなものに触れさせて。金も手間も、惜しむもんは何もねえ。俺はただ、トモエを喜ばせてえんだ」

当然のように伝えられる言葉は、困るくらいの愛情に満ちている。

イサークは本当に甘やかし過ぎで、私を駄目にしたいんだろうか。掌に落とされるキスからも、少しだけ赤みを増している気がするその茜色の瞳からも、心底私を愛してくれているのだと教えてくれるのに。

「もう充分喜んでるよ。この場所も……連れてきてくれて、見せてくれて、ありがとう」

そして、いつも真っ直ぐに愛情をくれてありがとう。

そこまで言うのはさすがに恥ずかしかったので、私は空を蹴って彼の首元に腕を回し抱きつく。

「っと、珍しいな」

「駄目？」

「歓迎するに決まってんだろ」

そのままダンスを踊るみたいにくるくると回されて、何だかおかしくなってくる。回るのをやめて抱き合っていても、お互いに笑ってしまって。

「ふふっ……ねぇ、イサーク」

「うん？」

「特別なものを私にくれるのは嬉しいよ。けどね、あなたが私にしてくれることならそれだけで嬉しいし、今もくるくる回ってるだけですごく楽しかったよ」

そう口にした私の唇は、あっさりと彼の唇に塞がれてしまった。

――特別な、そう『ちょっとした刺激』も楽しい。でも非凡な彼がくれる平穏も、とても愛おしい。

だから私も何かしてあげたい。私が持っているものなんてほとんどないけど、彼が愛おしいと思うような瞬間を作っていきたい。

今こうして目を閉じる一瞬前に合った視線の熱さも、当然愛おしくて嬉しい――それはきっと、彼も同じ気持ち。

本書は、2017年9月当社より単行本として刊行されたものに書き下ろしを加えて文庫化したものです。


この作品に対する皆様のご意見・ご感想をお待ちしております。

おハガキ・お手紙は以下の宛先にお送りください。

【宛先】

〒150-6008 東京都渋谷区恵比寿4-20-3 恵比寿ｶﾞｰﾃﾞﾝﾌﾟﾚｲｽﾀﾜｰ 8F
（株）アルファポリス　書籍感想係

メールフォームでのご意見・ご感想は右のＱＲコードから、
あるいは以下のワードで検索をかけてください。

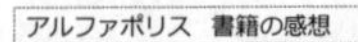

ご感想はこちらから

レジーナ文庫

私は言祝の神子らしい２　※ただし休暇中

矢島 汐

2020年9月20日初版発行

文庫編集－斧木悠子・宮田可南子
編集長－太田鉄平
発行者－梶本雄介
発行所－株式会社アルファポリス
〒150-6008 東京都渋谷区恵比寿4-20-3 恵比寿ｶﾞｰﾃﾞﾝﾌﾟﾚｲｽﾀﾜｰ8階
TEL 03-6277-1601（営業）　03-6277-1602（編集）
URL https://www.alphapolis.co.jp/
発売元－株式会社星雲社（共同出版社・流通責任出版社）
〒112-0005 東京都文京区水道1-3-30
TEL 03-3868-3275
装丁・本文イラスト－和虎
装丁デザイン－ansyyqdesign
印刷－中央精版印刷株式会社

価格はカバーに表示されてあります。

落丁乱丁の場合はアルファポリスまでご連絡ください。

送料は小社負担でお取り替えします。


ISBN978-4-434-27868-6 C0193